PAPIER
FRESSERCHEN
MIM-VERLAG
DIE BÜCHER MIT DEM DRACHEN

Impressum:

Alle weiteren Personen und Handlungen des Buches sind frei erfunden.
Ähnlichkeiten mit lebenden oder verstorbenen Personen sind
zufällig und nicht beabsichtigt.

Oberer Schrannenplatz 2, D- 88131 Lindau
Telefon: 08382/9090344

Besuchen Sie uns im Internet:
www.papierfresserchen.de
info@papierfresserchen.de

Erstauflage 2018

Lektorat: Melanie Wittmann
Titelbild: © Heike Georgi
Grafik: KatyaKatya - lizensiert Adobe Stock

ISBN: 978-3-86196-751-4 – Taschenbuch
Als eBook bei Amazon erhältlich

Herstellung: Redaktions- und Literaturbüro MTM
www.literaturredaktion.de
literaturredaktion@papierfresserchen.de

Gisela Luise Till

Die Königin des Lichts

Eine spannende Geschichte
für kleine und große Leute – gesponnen

Im Zauberland der Fantasie

Für meine Familie –
die ich für keine Zauberperle eintauschen würde!

Die Quelle des Lebens ist das Licht,
geh zur Sonne und du findest dich.

Das Versprechen

Die Sonne stand schon tief am Himmel, als Luzie im roten Schein der untergehenden Sonne die Bergwiese hinaufrannte. Ab und zu blieb sie stehen, vergewisserte sich, dass ihr niemand folgte, und eilte weiter. Das blonde Mädchen sah gehetzt aus. Ihr Blick irrte hin und her und suchte nach einem sicheren Versteck. Am liebsten hätte sie sich gleich hinter die ersten Büsche verkrochen, doch der Schlupfwinkel bot nicht genug Deckung. Sie lief bis zum Wiesenrand, blieb beim alten Heuschober stehen, lauerte nach allen Seiten und huschte in den Schuppen.

Leise fiel die Tür ins Schloss und sie stand im Dunkeln. Luzie lehnte sich keuchend an die Wand und schnaufte ein paarmal kräftig durch. Sie wartete, bis ihr Atem sich beruhigte, sank auf die Knie und kroch im Lichtschein, der unter ihrem Pullover leuchtete, hinter die abgestellten Bretter.

Ihr Vater mochte es nicht, wenn sie sich hier versteckte: Er befürchtete, dass die Bretter umkippen und sie verletzen könnten. Doch sie hatte keine Angst, solange sie achtgab, war alles gut! Das Versteck war sicher, abends trauten sich die Kinder nicht mehr hierher. Max war der Einzige, der sich das traute, und wenn sie Glück hatte, kam er heute nicht auf die Idee, hier nach ihr zu suchen. Das wünschte sie sich so sehr. Immer war sie die Erste, die gefunden wurde, das machte überhaupt keinen Spaß.

Luzie krabbelte in die hinterste Ecke, schlang ihre Arme um die Knie und kauerte sich in den engen Winkel. Es war so eng, dass bei jeder Bewegung die Latten bedenklich wackelten. Sie traute sich kaum noch zu atmen. Wenn die Bretter kippten, war alles verloren: Max würde es hören und sofort wissen, wo sie war.

In der Ecke war es beklemmend, aber sie tat, was sie sich vorgenommen hatte. Sie legte den Kopf auf die Knie, schirmte das Licht ab und blieb stocksteif hocken. Draußen war alles still. Nichts war zu hören. Die Minuten schlichen dahin. Luzie glaubte schon, eine Ewigkeit in der Enge ausgeharrt zu haben, als plötzlich draußen Stimmen kreischten. Der Wind wehte die Worte zu ihr herüber und sie hörte die Kinder rufen: *„Blinki will sich verstecken, wir werden sie entdecken!“*

Sie hielt sich die Ohren zu.

Da hörte sie es schon wieder. *„Blinki, Blinki, die verrückte Blinki.“*

Verärgert presste sie die Lippen zusammen. Egal, was sie tat, überall johlten die Kinder: *„Blinki, Blinki, da kommt die blinkende Blinki!“*

Der Name Blinki brannte wie tausend Nadelstiche in ihren Ohren. Diesen blöden Spitznamen wollte sie nicht mehr hören. Beim Verstecken war es besonders schlimm. Dann sangen alle Kinder zusammen:

„Blinki will sich verstecken,
wir werden sie entdecken!
Blinki, Blinki, die verrückte Blinki.“

Und jetzt passierte es schon wieder. Wo sie sich auch versteckte, das blöde Licht verriet sie immer. Wie sie dieses Licht hasste! Ach, sie hasste alles: den Namen Blinki und das Licht.

Luzie hockte in ihrem engen Versteck und vertraute darauf, dass noch niemand wusste, wo sie sich befand. Wenn sie sich ruhig verhielt und das Licht abdeckte, konnte es Stunden dauern, bis jemand sie entdeckte. Sie wusste genau, Max würde sie suchen. Aber was sollte sie tun, wenn er sie nicht aufspürte? Den Schlupfwinkel wollte sie nicht verlassen, selbst wenn es die ganze Nacht dauern würde.

Luzie stützte sich an der Wand ab, streckte vorsichtig ihre steif gewordenen Glieder und linste durch ein Astloch. Unten am Apfelbaum stand Max, sie konnte ihn sehen.

Er lehnte mit dem Kopf am Baumstamm und rief: „Eckstein, Eckstein, alles muss versteckt sein, eins ... zwei ... drei ...“ Bei zehn drehte er sich um, schüttelte sein lockiges schwarzes Haar und schaute suchend umher.

Der zwölfjährige Junge war schlank und hochgewachsen. Er hatte ein aufgewecktes Lächeln und verschmitzte braune Augen. Obgleich er ein Jahr älter als Luzie war, liebte er es, mit ihr zu spielen, denn sie war klüger und stärker als alle anderen und hatte immer die besten Ideen.

Max betrachtete die Büsche und musterte den Schuppen. Es dauerte keine Minute, da sah er ein Licht durch die Ritzen der Holzwand schimmern und wusste sofort: Dahinter verbarg sich Luzie. Ein verschmitztes Lächeln huschte über sein Gesicht. Er pfiff vergnügt vor sich hin, eilte die Wiese hoch, blieb an der hinteren Stallwand stehen und drückte sein Ohr an die Wand. Luzie hielt den Atem an. Plötzlich hatte sie das Gefühl, in ihrem Versteck eingesperrt zu sein. Max wusste schon wieder, wo sie sich verbarg. Egal, was sie auch tat, er fand sie immer und überall. Das machte überhaupt keinen Spaß!

Max schlich zur Vorderseite, riss die Tür auf, blieb breitbeinig im Eingang stehen und rief: „Eins, zwei, drei, gefunden!"

Luzie kroch mit steifen Gliedern aus ihrem Versteck. In ihrem Kopf drehte sich alles. Sie taumelte gegen die Bretter und schwankte zur Tür. Max reichte ihr die Hand, doch Luzie stieß ihn zur Seite und rannte davon. Der heftige Stoß traf Max in die Rippen. Er stolperte, rutschte aus und fiel hin. In dem Moment stürzten die Bretter um und begruben ihn.

Luzie hörte das Poltern, drehte sich aber nicht um. Aus Angst, sie könnte ein Kind treffen, das wieder ihren verhassten Spitznamen rief, schaute sie nicht nach links und rechts und sauste geradewegs nach Hause. Wütend knallte sie die Tür hinter sich zu, setzte sich an den Küchentisch und vergrub ihren Kopf zwischen den Händen.

Maria, Luzies Mama, blickte sie erstaunt an. „Was ist passiert? Warum bist du so verärgert?"

Luzie presste die Lippen zusammen, knallte ihre Faust auf den Tisch und murrte: „Ich spiel nie mehr Verstecken!"

Maria schüttelte verdutzt den Kopf. „Wieso nicht? Was ist passiert?"

„Das blöde Licht verrät mich immer. Max kann allein Verstecken spielen, der findet mich sowieso sofort." Luzie zog mürrisch die Stirn kraus. Sie hasste das Licht in ihrer Brust, das Leuchten ihrer Haut, das sie immer und überall verriet. Kein Mensch hatte so ein Licht – nur sie. Solange sie klein gewesen war, hatte sie es lustig gefunden, doch nun wurde ihr immer mehr bewusst, dass sie anders war als andere Kinder. Das, was ihr widerfuhr, war nicht normal! Sie fühlte sich so scheußlich und dachte: „Vielleicht bin ich verrückt?

Nur Verrückte haben so ein Licht, darum bin ich auch die Einzige, die so leuchtet. So muss es sein! Ich bin verrückt und alle wissen es. Die Kinder rufen ja schon: *Da kommt Blinki! Die verrückte Blinki!*"

Luzie schluchzte, schluckte die aufkommenden Tränen runter und jammerte: „Mama, bin ich verrückt?"

Maria ließ bestürzt den Kochlöffel fallen. „Du meine Güte, Kind! Wie kommst du denn darauf?"

Luzie zuckte die Schultern und verschluckte die Worte, die ihr auf der Zunge lagen. Sollte sie sagen, dass die Kinder sie hänselten? Damit würde sie ihre Mutter nur ängstigen und das wollte sie auf keinen Fall. Sie zog ihr Taschentuch aus der Hosentasche, schnäuzte kräftig ihre Nase und suchte nach einer Antwort. Während sie die Nase umständlich abwischte, ging die Tür auf und Max humpelte herein.

Er sah fürchterlich aus: Die Haare standen ihm zu Berge, seine Hose war zerrissen, der Ärmel seiner Jacke hatte ein Loch und sein Arm blutete. Mit schmerzverzerrtem Gesicht presste er den Arm gegen seinen Körper und hinkte zur Küchenbank.

Maria schrie entsetzt auf: „Oh Gott, Max! Wie siehst du aus? Was ist passiert?"

„Ich bin gefallen, die Bretter sind auf mich gestürzt. Ich glaub, mein Arm ist gebrochen. Es tut so weh."

Maria betrachtete den Arm. Er zeigte einige Hautabschürfungen und blutige Schrammen, schien aber nicht gebrochen zu sein. Sie eilte zum Wasserhahn, ließ kaltes Wasser über ein Tuch laufen und legte Max einen Verband an. „Hab keine Angst", tröstete sie. „Ich muss den Arm kühlen, damit er nicht anschwillt."

Während sie Max behandelte, ließ Luzie beschämt den Kopf hängen und Marie hegte den Verdacht, dass ihr Kind etwas angestellt hatte. Ihr Gefühl gab ihr recht, Luzie fühlte sich schuldig. Max war verletzt. Das hatte sie nie und nimmer gewollt! Im Gegenteil. Sie verabscheute es, wenn sie mit Max stritt, hinterher fühlte sie sich immer so schlecht, als hätte sie eine große Schuld auf sich geladen. Max war ihr Freund, er war stets lieb zu ihr, und egal, was sie auch anstellte, er verzieh ihr alles. Ihm wollte sie auf keinen Fall wehtun.

Luzie hatte insgeheim selbst auf etwas Trost gehofft, aber nun brauchte Max ihr Mitgefühl, er hatte Schmerzen. Sie setzte sich zu ihm, streichelte seinen Arm und bat: „Verzeih mir, das hab ich nicht gewollt. Tut es sehr weh?"

Er zuckte die Schultern. „Es ist halb so schlimm. Leg deine Hand drauf, dann ist es gleich vorbei."

Max wusste, dass von Luzies Händen eine heilende Wirkung ausging. Immer wenn er sich verletzte und Luzie mit der Hand über die Stelle rieb, strömte eine Wärme in seinen Körper und der Schmerz verging. Deshalb war er Luzie auch nie lange böse, sie machte alles wieder gut. Es war sonderbar, immer wenn Luzie sich aufregte, passierten die merkwürdigsten Sachen. Das hatte etwas mit ihrer Kraft zu tun. Wenn sie wütend war, bekam sie Bärenkräfte und dann traute sich außer ihm kein Kind mehr in ihre Nähe. Einmal hatte sie so fest mit der Faust auf den Tisch geschlagen, dass er in zwei Teile zerbrochen war. Das konnte sonst niemand. Im ganzen Waldaland gab es kein Kind, das so viel Kraft hatte!

Luzie hatte etwas Geheimnisvolles, Unerklärliches; es war, als wohnten zwei Seelen in ihrer Brust.

Max saß grübelnd auf der Bank, als Maria ihm den Verband anlegte und sorgenvoll seufzte: „Ach, Luzie, wie oft habe ich dir schon gesagt, dass du die Kinder nicht schubsen darfst, du weißt doch, wie stark du bist. Du musst deine Kräfte im Zaum halten. Wenn du alle Kinder verletzt, will niemand mehr mit dir spielen. Sei froh, dass du Max zum Freund hast. Alle anderen kommen schon nicht mehr. Die Kinder haben Angst vor dir."

Maria war in tiefer Sorge und hatte ständig Angst, dass Luzie etwas anstellen könnte. Sie liebte ihr Kind über alles und wollte ihren Sonnenstrahl so lange wie möglich beschützen. Doch die Zeit rückte immer näher, da sie Luzie in ihr Geheimnis einweihen musste. Sie konnte es nicht länger verschweigen, allmählich wurde es zu gefährlich. Luzie musste wissen, was mit ihr los war. Obwohl Maria wusste, dass es höchste Zeit war, ihrem Kind das Geheimnis zu verraten, schob sie es immer wieder vor sich her. Luzie sollte so lange wie möglich ein sorgloses Kind bleiben und wie alle anderen aufwachsen. Deshalb hatte sie die Wahrheit über Luzie und das Licht noch nicht über ihre Lippen gebracht. Doch lange konnte sie es nicht mehr verheimlichen. Je älter Luzie wurde, umso gefährlicher wurde es. Ihre Kräfte nahmen zu! Vor allem musste sie

Luzie beibringen, ihr heißes Temperament zu zügeln, ihre Wut zu beherrschen und sich nichts unkontrolliert zu wünschen, was dann vielleicht in Erfüllung gehen und ungeahnte Folgen haben würde.

Maria lief ein kalter Schauer über den Rücken. Wie oft hatte sie schon mit diesem inneren Zwiespalt gehadert und nun kämpfte sie schon wieder den gleichen Kampf. Sie wollte nicht schuld sein, wenn etwas Schreckliches passierte, nur weil sie den Mut nicht aufbrachte, um ihrem Kind die Wahrheit zu sagen.

Am Abend wartete Maria mit dem Abendessen auf Luzies Vater Falko. Sie erblickte ihn durchs Fenster und öffnete die Tür. Das Erste, was Falko sah, war Max' Verband. Falko hätte sich gerne hingesetzt und etwas getrunken, aber Max sah so ramponiert aus, dass er gleich zu ihm ging. „Was ist passiert? Hast du dich verletzt?"

Max sah Hilfe suchend zu Luzie und stammelte: „Ja ... nein ... ich weiß nicht!"

Luzie wurde ganz verlegen. „Das ist meine Schuld. Das hab ich gemacht."

„Duuu?", wunderte sich Falko. „Wie ist das passiert? Was hast du angestellt?"

„Wir haben Verstecken gespielt, Max hat mich sofort gefunden, da hab ich ihn weggeschubst und die Bretter sind auf ihn gefallen."

„Willst du damit sagen, dass ihr im Schuppen gespielt habt?"

Luzie ließ den Kopf hängen, ihre Lippen wurden ganz schmal und dicke Tränen kullerten über ihre Wangen. Falko bemerkte, dass ihre Schultern leicht zitterten, er konnte kaum hinsehen und streichelte tröstend ihre Hand. „Aber, aber, mein Sonnenstrahl. Hör auf zu weinen – so schlimm wird das doch nicht gewesen sein."

Luzie trocknete ihre Tränen. Ihr Vater nannte sie Sonnenstrahl, das war ein gutes Zeichen. Sie kletterte auf seinen Schoß, schlang die Arme um seinen Hals und erzählte, was geschehen war.

Falko nahm ihr das Versprechen ab, den Schuppen mit den gefährlichen Gerätschaften zu meiden, und seufzte: „Geh schlafen, Sonnenstrahl, es ist schon spät, ich begleite Max nach Hause, ich will noch mit seinem Vater reden."

Luzie verabredete sich mit Max für den nächsten Tag, ging in ihr Zimmer und zog ihre Kleider aus. In der Abenddämmerung leuchtete ihre nackte Brust besonders hell und ihr ganzer Körper war umgeben von einem goldenen Schein. Sie betrachtete ihr Spiegelbild und fragte sich, warum sie so anders war. Allein ihr blondes Haar sonderte sie von allen anderen ab. Niemand im Waldaland hatte solche blonden Haare. Alle waren schwarz- oder braunhaarig. Doch das konnte sie verstehen; ihre Oma wohnte in einem fernen Land und war auch blond. Befremdlicher waren ihre Augen, mit denen stimmte etwas nicht. Sie waren braun, von einem blauen Rand umgeben und wechselten wie feurige Diamanten die Farbe.

Es war sonderbar, manchmal strahlten ihre Augen wie die Sonne und schickten goldene Strahlen zur Erde. Deshalb nannte Papa sie auch Sonnenstrahl. Doch etwas passte nicht, das fühlte sie genau. Wenn sie nur wüsste, was. Es war alles so verworren. Genauso verworren war das Theater, das ihre Mama immer machte, wenn sie sich etwas wünschte. Nie durfte sie sich etwas wünschen.

Stattdessen sollte sie sagen: „Es wäre schön, wenn ich eine Katze hätte. Es wäre schön, wenn ich einen Hund hätte. Es wäre schön ..."

Das war doch blöd! Sie wünschte sich schließlich einen Hund! Und wenn sie gerne einen Hund hätte, warum sollte sie sich dann keinen wünschen?

Luzie fühlte sich plötzlich so allein und der Wunsch nach einem Hund wurde immer größer. Sie sah das Tier deutlich vor sich. In ihrer Fantasie hielt sie den Hund an der Leine und spazierte mit ihm im Zimmer umher. Sie sah sich schon mit Max und dem Hund im Wald herumtollen. Diese Vorstellung war so schön, dass ihre Sehnsucht nach einem Hund von Minute zu Minute drängender wurde. Sie konnte an nichts anderes mehr denken und das Verlangen steigerte sich noch.

Plötzlich kniff sie die Augen zu, und ehe sie wusste, was sie tat, flüsterte sie aus tiefster Seele: „Ich wünsche mir einen Hund! Einen wuscheligen weißen mit schwarzen Augen, schwarzer Nase und lockigem Schwanz!"

Während Luzie von dem Hund träumte, jaulte etwas unter ihrem Fenster. Sie zog ihre Schmusedecke vom Bett, wickelte sie um ihren nackten Körper und schaute zum Fenster hinaus. Sie lehnte sich weit hinaus und konnte kaum glauben, was sie sah. War das möglich?

Unten bellte ein weißer Hund und blickte ihr in die Augen. Es war genau der Hund, den sie sich gewünscht hatte.

Sie legte ihren Finger auf die Lippen. „Psst, sei still. Bleib, wo du bist, ich komm dich holen!" Luzie schleuderte die Decke von ihren Schultern, schlüpfte in ihren Schlafanzug und schlich ins Treppenhaus. Vorsichtig lehnte sie sich über das Geländer, spähte nach unten und vergewisserte sich, dass niemand im Flur war. Die Luft war rein. Doch wie sollte sie den Hund hochholen? Niemand durfte ihn sehen!

Sie holte ihre Kuscheldecke, eilte zurück und hörte plötzlich unten eine Tür quietschen. Erschrocken blieb sie stehen und beobachtete, wie die Mutter eine Jacke aus dem Garderobenschrank nahm und damit ins Wohnzimmer ging. Erleichtert stieß Luzie die Luft aus und huschte die Treppe hinunter. Da die vierte und fünfte Stiege knarrten, schwang sie ein Bein über die Brüstung und rutschte das letzte Stück auf dem Treppengeländer hinunter. Sie öffnete die Haustür und pfiff leise durch die Zähne. Der Hund kam sofort angerannt. Luzie versteckte ihn unter der Decke und schlich mit ihm die Treppe hoch. Bei der vierten und fünften Stufe trat sie auf die äußerste Kante, überlistete das Knarren und kam geräuschlos nach oben.

In ihrem Zimmer tanzte sie durch den Raum. Sie drückte das Tier an ihre Brust, legte ihr Gesicht in sein weiches Fell und küsste seine schwarze Nase. Sie tanzte so glücklich durch den Raum, dass sie das Knarren der Stufen überhörte. Plötzlich klopfte jemand an die Tür. Luzie huschte ins Bett, schubste den Hund darunter und stellte sich schlafend.

In dem Moment, als der weiße Schwanz unter dem Bett verschwand, betrat die Mutter das Zimmer. Sie schloss das Fenster, strich Luzies gelbe Decke glatt und gab ihr einen Kuss. „Gute Nacht, mein Kind. Soll ich dir noch etwas vorlesen?"

Luzie schüttelte den Kopf. „Nöö! Heute nicht, ich bin müde und möchte schlafen."

„Gut, wenn du zu müde bist, dann schlaf schön, ich lass dir die Tür etwas auf."

Luzie gähnte. „Nein. Mach sie zu, ich schlaf sofort ein. Gute Nacht, Mama!"

Maria schüttelte den Kopf. Freiwillig war Luzie noch nie ins Bett gegangen. Und jetzt, ohne Licht und Gutenachtgeschichte, das war etwas völlig Neues. Sie warf ihrer Tochter einen fragenden Blick zu, sah, dass ihre Augen schon geschlossen waren, und verließ leise das Zimmer.

Kaum dass die Tür zu war, krabbelte der Hund unter dem Bett hervor und legte sich auf den Bettvorleger. Luzie schlug die Decke zurück, setzte sich auf den Boden, zog den Hund auf ihren Schoß und lachte. „Was bist du für ein kluger Hund! Dich hat der Himmel geschickt, jetzt gehörst du mir, ich geb dich nie mehr her."

Luzie kraulte seinen Kopf und sah ihm fragend in die Augen. „Du brauchst einen Namen. Wie willst du heißen?"

Der Hund tapste mit den Pfoten auf Luzies Beine, stieß sie immer wieder an, tippelte hin und her und bellte. Luzie blickte besorgt zur Tür und zog den Hund zurück auf ihren Schoß.

„Psst! Nicht so laut, es darf niemand wissen, dass du hier bist. Warum tippelst du denn so herum? Willst du mir was sagen? Oder willst du Tipper heißen?"

Ein qualvolles „Wau, wau" erklang.

„Heißt das Ja?"

Der Hund schlackerte mit den Ohren und jaulte: „Wau, wau."

„Nein? Heißt zweimal bellen Nein?"

„Wau", schnaufte er.

„Prima, jetzt weiß ich Bescheid. Einmal bellen bedeutet Ja, zweimal bellen Nein."

Der Hund legte seinen Kopf schief und stieß ein zufriedenes „Wau" aus.

Luzie zog die Stirn kraus. „Aber jetzt hab ich immer noch keinen Namen für dich. Wie soll ich dich nennen?"

Grübelnd streichelte sie sein Fell und nuschelte leise vor sich hin: „Wino ... Mino ... Bino ... Tino ..." Bei Tino sprang sie auf. „Ich hab's! Tino ist schön! Wie wäre es mit Tino?"

„Wau", bellte der Hund.

„Du bist einverstanden?"

„Wau."

„Prima, dann heißt du Tino. Jetzt müssen wir nur noch einen Schlafplatz für dich finden. Wo willst du schlafen?"

Tino hüpfte auf das Bett und kuschelte sich in Luzies Decke. Es dauerte nicht lange, da lagen beide Kopf an Kopf im Bett. Nach ein paar Minuten sprang der Hund auf, legte sich winselnd vor die Tür und hob sein Bein.

Luzie erschrak. „Oh Gott, du musst pinkeln! Ist es dringend?"

„Wuff, wuff, wuff", kam es drängend von der Tür.

Luzie verstand: Es war dringend! Dreimal bellen bedeutete Alarm! Sie spähte in den Flur. Unten wuselte die Mutter mit dem Staublappen herum. Jetzt konnten sie auf keinen Fall runtergehen. Der Hund musste irgendwo anders pinkeln. Aber wo? Sie schaute sich um, vielleicht gab es eine Möglichkeit in ihrem Zimmer? Doch es war nichts da, keine Vase, kein Topf, kein Becken. Nichts, wo Tino Pipi machen konnte. Sie blickte zum Fenster. Außer dem gab es nichts. Es blieb keine andere Wahl: Tino musste aus dem Fenster pinkeln!

Luzie schaute Tino fragend in die Augen. „Verstehst du, was ich sage?"

„Wau."

„Ich wusste, dass du mich verstehst. Pass auf! Wir können nicht nach draußen, meine Mutter darf dich nicht sehen, du musst aus dem Fenster pinkeln. Ist das okay?"

„Wau."

„Gut, dann machen wir es so. Ich halte dich an den Vorderpfoten fest, du stellst dich mit den Hinterpfoten draußen auf den Sims und dann machst du Pipi. Kannst du das?"

Tino bellte einmal kurz und sprang auf die Fensterbank. Luzie drehte sein Hinterteil nach draußen, legte einen Arm unter seine Vorderpfoten und hielt mit dem anderen seinen Körper fest. Dann hob Tino sein linkes Bein. Der Strahl traf den Fensterrahmen, spritzte Luzie ins Gesicht und floss innen auf die Fensterbank. Luzie zog Tino rasch zur Seite. Doch nun landete alles auf dem Fußboden. Das Kunststück war völlig danebengegangen.

Tino legte sich auf das Lammfell und sah Luzie unschuldig an. Die schüttelte lachend den Kopf, trocknete mit dem T-Shirt die Pfütze auf und schlich ins Badezimmer. Sie warf das Hemd in die Schmutzwäsche, wusch sich Hände und Gesicht und plumpste anschließend erleichtert auf das Bett. Tino sprang auf ihren Rücken und tollte mit ihr herum. Plötzlich bellte er Alarm und huschte unter das Bett. Kurz darauf öffnete die Mutter die Tür. Sie hatte komische Geräusche gehört und wollte nachsehen, ob alles in Ordnung war.

„Was geisterst du hier herum, kannst du nicht schlafen?"

„Dooch", schwindelte Luzie. „Ich hatte Durst und hab Wasser getrunken."

Maria blickte verwundert zum Fenster. „Weshalb steht das Fenster auf. Ist dir nicht gut?"

„Es war so heiß, ich hab etwas Luft reingelassen."

Maria stellte das Fenster auf Kipp und strich mit der Hand über die Fensterbank. „Hier ist ja alles nass. Hast du Wasser verschüttet?"

„Ein wenig, das meiste hab ich aufgewischt."

„Ach, hier ist noch alles nass. Ich hol mal einen Putzlappen." Die Mutter holte Wasser und machte alles sauber. Anschließend deckte sie Luzie bis zum Kinn zu. „Jetzt schlaf schön, gute Nacht."

Als die Tür hinter ihr ins Schloss gefallen war, sprang Tino ins Bett. Luzie drückte ihr Gesicht in sein Fell und kicherte: „Mein kluger, lieber Hund, du darfst bei mir schlafen und morgen gehen wir zu Max. Der wird staunen!"

Das Geständnis

Falko saß bei Max' Vater Johann und berichtete, was geschehen war. Sein alter Jugendfreund wusste von Luzies Geheimnis. Die beiden Familien verband eine enge Freundschaft und so war es für Max und Luzie normal, dass sie bei jedem zu Hause waren. Falko saß mit Johann bei einem Glas Wein und sie diskutierten Max' Unfall. Johanns Rat war ihm wichtig. Als Schulleiter wusste er, mit den Sorgen und Nöten der Kinder umzugehen, und hatte für jeden ein offenes Ohr.

Als Johann hörte, dass Luzie Max mit einem Handstreich umgehauen hatte, zog er nachdenklich die Stirn kraus. Er schenkte seinem Freund Rotwein nach und seufzte: „Luzies Kräfte nehmen zu. Sobald sie wütend wird, brechen sie durch. Mit ihren elf Jahren kann sie die Kraft nicht kontrollieren und niemand weiß, wie es endet."

Falko nickte sorgenvoll und Johann mahnte: „Du musst Luzie aufklären, heute noch. Du siehst ja, was passiert. Warte nicht länger, sonst ist es eines Tages zu spät und es geschehen Dinge, die du nicht mehr in Ordnung bringen kannst."

Falko zuckte hilflos die Schultern. „Du hast gut reden, aber wie soll ich Maria dazu bringen? Sie will davon nichts wissen. Luzie soll, solange es geht, wie alle anderen Kinder aufwachsen."

Johann schüttelte verärgert den Kopf, er verstand seinen Freund nicht mehr. Er war doch sonst nicht so zaghaft. Wie lange wollte er denn noch warten? Langsam verlor er die Geduld und murrte: „Indem du Luzie endlich die Wahrheit sagst. Geh nach Hause, Falko, mach es jetzt gleich. Geh, bevor noch mehr passiert!"

Falko fühlte Übelkeit in sich aufsteigen. Er streckte seine Glieder und stand auf. „Du hast recht, Johann, ich muss es tun. Ich mach mich sofort auf den Weg. Danke für deinen Rat."

Auf dem Heimweg durchdachte Falko nochmals sämtliche Möglichkeiten. Dabei kam er zu dem Entschluss, Maria sofort anzusprechen und von der Notwendigkeit, Luzie aufzuklären, zu überzeugen. Er hatte sich fest vorgenommen, keinen Aufschub mehr zu dulden, und ging festen Schrittes nach Hause.

Während er seine Jacke an den Garderobenhaken hängte, rief er nach Maria. Er fand sie im Wohnzimmer und kam gleich zur Sache. „Wir müssen reden. Du kannst Luzie nicht länger im Ungewissen lassen. Wir müssen ihr jetzt sagen, was mit ihr los ist."

Maria schaute Falko mit großen Augen an. Vor dieser Aussprache hatte sie sich schon lange gefürchtet. Sie wusste, dass er recht hatte, trotzdem versuchte sie, ihn wieder davon zu überzeugen, noch zu warten.

„Ach, Falko, Luzie ist doch noch so klein. Ich möchte, dass sie so lange wie möglich ein unbekümmertes Kind bleibt. Wenn sie lernt, ihre Kräfte zu kontrollieren, dann ist doch alles gut."

„Und wie willst du das machen? Du kannst ihre Gedanken nicht kontrollieren. Wie willst du ihr erklären, dass sie Zauberkräfte hat und wenn sie sich etwas wünscht, alles in Erfüllung geht?"

„Indem ich ihr sage, dass sie keinen Wunsch aussprechen darf. Sie muss ihre Wünsche anders formulieren. Sie muss fragen: *Kann ich ein Pferd bekommen?* Oder: *Es wäre schön, wenn ich ein Pferd bekommen würde.* Dann ist doch alles gut."

Falko raufte sich die Haare. „Oh Gott, Maria! Das ist gefährlich! Irgendwann passiert noch was, das wir nicht mehr in Ordnung bringen können. Hör auf mich, sag es ihr!"

„Du hast gut reden! Wie soll ich einem elfjährigen Mädchen erklären, dass es unsterblich ist? Und überhaupt, niemand weiß, ob es ein Fluch oder ein Segen ist. Stell dir vor, sie weiß, dass sie unsterblich ist, läuft blindlings in jede Gefahr und verletzt sich ständig! Oder jemand nimmt sie gefangen, lässt sie hungern und dursten und sie muss das immer und ewig ertragen. Das wäre doch die Hölle auf Erden!"

„Um Himmels willen, Maria, wie kommst du auf solche Schauergeschichten? Das ist ja furchtbar."

„Siehst du, Falko? Jetzt überleg mal! Wenn du ein Kind wärst, könntest du mit so einem Wissen glücklich und sorglos leben?"

„Nie und nimmer! Du hast recht, sie darf es nie erfahren!" Falko war ganz schwindelig geworden. Er sah seinen kleinen Sonnenstrahl schon in den Klauen eines Berggeists. Seine Angst war nicht unbegründet, wusste er doch, dass bei Opa im Stall ein Käfig mit einer Krähe im Gebälk hing, die ein verzauberter Berggeist war. Sie hatten ihn seinerzeit gefangen und im Land der Eltern, wo er keinen Schaden anrichten konnte, in Verwahrung gegeben.

Falko sank kraftlos in den Sessel und sein ganzer Mut war dahin. Maria versuchte, ihn auf andere Gedanken zu bringen. Sie stellte sich hinter ihn, legte die Arme um seinen Hals und flüsterte in sein Ohr. „Es gibt etwas, das wir tun können, Falko. Wie du weißt, ärgert Luzie sich über den Spitznamen Blinki. Wie wäre es, wenn wir ihr ein Hemdchen anfertigen, das leicht wie eine Feder, dünn wie Papier und undurchdringlich wie Gold ist? Sie könnte das Hemd unter ihren Kleidern tragen und damit das Licht unsichtbar machen. Wenn niemand mehr das Licht sieht, ärgern die Kinder sie auch nicht mehr."

„Hm, das wäre schön. Woraus willst du das machen?"

„Aus ihren Haaren. Sie sind wie goldene Fäden, dünn und stark wie Seide, damit müsste es gehen. Die Zauberkraft, die in ihrem Körper wohnt, findet sich auch in ihrem Haar."

„Das könnte klappen, Maria. Einverstanden, versuch es."

Während die beiden darüber nachdachten, wie sie das Hemdchen anfertigen wollten, polterte in Luzies Schlafzimmer etwas auf den Boden. Falko schnellte aus seinem Sessel empor, spurtete die Treppe hoch, stürmte in Luzies Zimmer und stieß einen grellen Schrei aus.

„Mariaaa! Wo kommt das Tier her?" Er konnte nicht glauben, was er sah. Auf dem Boden lag Luzie und in ihrem Bett machte sich ein weißer Hund breit.

Maria hastete die Treppe hoch, starrte auf den Hund und stammelte: „K...k...keine Ahnung, der war eben noch nicht da!"

„Aber du musst doch wissen, wo der herkommt, du warst doch die ganze Zeit hier! Das ist eine Katastrophe. Wenn du nicht weißt, wo der herkommt, ist das der Anfang vom Ende."

„Beruhige dich, Falko, das ist doch nur ein Hund."

„Beruhigen? Was redest du für einen Unsinn? Wenn niemand weiß, wo der Hund herkommt, hat das etwas zu bedeuten!"

Maria war den Tränen nahe. So aufgebracht hatte sie Falko noch nie gesehen. Er schien ernsthaft in Sorge zu sein und hatte für ihre beruhigenden Worte kein Ohr. Während sie noch nach einer Erklärung suchte, erwachte Luzie. Verschlafen rieb sie sich die Augen und blickte erstaunt auf ihre Eltern, die mit roten Köpfen in ihrem Zimmer standen.

Falko hob sie auf und ließ sie unsanft aufs Bett plumpsen. „Was ist das für ein Hund? Wo kommt der her?“

Tino huschte unter das Bett und Luzie hätte am liebsten gesagt: „Ich sehe keinen Hund“, doch sie merkte, dass der Vater böse war und sie mit dieser Lüge alles noch schlimmer machen würde. Deshalb antwortete sie wahrheitsgemäß: „Den hab ich mir gewünscht und dann war er plötzlich da.“

„W…a…a…as?! Den hast du dir gewünscht?“

Luzie nickte.

Falko stockte der Atem. Er bekam keine Luft mehr. Der Boden schwankte unter seinen Füßen und er hatte das Gefühl, jemand schnürte ihm die Kehle zu. Nun war das passiert, was er vermeiden wollte und wovor er immer gewarnt hatte. Er warf Maria einen vorwurfsvollen Blick zu, öffnete seinen Hemdkragen und sank ächzend auf das Bett.

Als er sich etwas beruhigt hatte, klopfte er auf die Bettkante. „Luzie, setz dich zu mir. Mama und ich müssen mit dir reden. Wir müssen dir etwas sagen, was wir schon längst hätten tun sollen.“

Maria setzte sich neben Luzie und kraulte Tino, der sich zwischen sie gedrängt hatte. Falko wusste nicht, wie er anfangen sollte, und es entstand eine beklemmende Stille.

Schließlich raffte Maria ihren Mut zusammen und sagte leise: „Luzie, du hast etwas gemacht, was du nie mehr tun darfst. Deshalb erklären wir dir heute, weshalb deine Brust so leuchtet und warum du so stark bist.“ Maria legte den Arm um Luzies Schultern und suchte nach den richtigen Worten.

Plötzlich sprudelten die Worte aus ihrem Mund und sie erzählte Luzie ihre eigene Lebensgeschichte: „Vor einigen Jahren besaß ich eine Zauberperle, die alle Wünsche erfüllte. Der Berggeist Schakan wollte sie haben und mit der Magie der Perle groß und mächtig werden, damit er alle Bewohner im Waldaland beherrschen konnte. Papa und ich haben gegen ihn gekämpft. Während des Kampfes verwandelte der Berggeist sich in eine Krähe. Wir haben ihn besiegt, eingefangen, mit einem Bannspruch belegt und in das Land deiner Großeltern gebracht. Dieses ist frei von Magie, dort kann der Berggeist Schakan keine neuen Kräfte sammeln. Nur bei uns im Waldaland kann er seine Zauberkräfte benutzen. Deshalb haben wir beschlossen, unser Land auch von der Magie zu befreien und keine Zauberkräfte mehr zu nutzen. Du kennst den Berggeist Schakan. Es ist die alte Krähe, die in dem Käfig in Opas Stall sitzt. Weil er so gefährlich ist, haben wir dir stets verboten, dich diesem Tier zu nähern. Als du drei Jahre alt warst, hast du meine Zauberperle gefunden und sie verschluckt. Seitdem steckt sie in deiner Brust und leuchtet aus dir heraus. Die Prophezeiung sagt, wer die Perle schluckt und nicht daran stirbt, erhält das ewige Leben. Du hast die Perle in dir und mit ihr alle Macht der Magie. Deshalb hast du ungeahnte Kräfte, und immer wenn du dir etwas ganz heftig wünschst, geht es in Erfüllung."

Luzie war so überrascht, dass sie kein Wort sagen konnte.

Maria warnte noch einmal: „Das ist gefährlich! Wenn du dir unbedacht etwas wünschst, können schlimme Dinge passieren, die du vorher nicht bedacht hast. Es könnte jemand davon erfahren, der deine Kraft haben will, und dir etwas antun. Deshalb müssen wir darauf bestehen, dass du dir nichts mehr wünschst. Versprichst du uns das?"

Luzie rutschte unruhig hin und her und senkte traurig ihren Blick. „Ich darf mir nie mehr was wünschen? Nie mehr?"

Maria nickte. „Nie mehr! Du weißt ja, wie du es machen musst, wenn du etwas haben willst, das haben wir doch geübt."

Falko sah den Kummer in Luzies Augen und versprach: „Wenn du dich daran hältst, darfst du den Hund behalten. Wenn nicht ..."

Luzie hörte nur „Hund behalten" und versprach alles, was man von ihr verlangte. Sie drückte ihr Gesicht in Tinos Fell und jauchzte: „Hast du gehört, Tino? Ich darf dich behalten!"

Am nächsten Morgen war Luzie schon früh aus den Federn. Sie schlang das Frühstück hinunter, rief Tino und rannte zur Tür.

Die Mutter hielt sie fest.„Halt, halt, wohin so eilig?"

„Ich will zu Max."

Maria schüttelte den Kopf. „Nicht so schnell! Zuerst muss ich dich kämmen."

„Ich bin gekämmt!"

„Setz dich hin, Luzie. Dein Haar ist struppig. Bevor du gehst, muss ich dich kämmen."

Luzie setzte sich seufzend auf den Stuhl und Maria bürstete ihr Haar. Sie rupfte ihr eine Handvoll Haare aus und murmelte seltsame Sprüche dazu.

Luzie schrie: „Au! Das tut weh. Du reißt mir ja die Haare aus."

Maria streichelte ihren Kopf und lachte. „Eins, zwei, drei, schon vorbei."

Luzie verdrehte böse die Augen und wollte weg. Die Mutter drückte sie auf den Stuhl, bürstete weiter und murmelte monoton:

„Drei wie Vater, Mutter, Kind;
drei miteinander verwoben sind.
Drei mal drei vieltausendmal,
drei mal drei ist die richtige Zahl."

Als sie wieder einige Haare ausriss, sprang Luzie auf und lief mit Tino hinaus. Sie nahm die Abkürzung über die Bergwiese, rannte zur Dorfstraße, klopfte bei Max an die Tür und brüllte: „Mach auf, ich bin's. Luuuzie!" Sie stand mit Tino vor der Tür und trat ungeduldig von einem Fuß auf den anderen.

Als sich nichts rührte, rief sie aus Leibeskräften: „Max! Komm raus, ich muss dir was zeigen!" Zwei Sekunden später pochte sie abermals gegen die Tür, ging einen Schritt zurück und blickte zum Fenster. Als sich immer noch nichts rührte, trommelte sie mit den Fäusten gegen die Tür.

Luzie tigerte ungeduldig vor dem Haus auf und ab und konnte es kaum erwarten, Max den Hund zu zeigen. Es kam ihr vor wie eine Ewigkeit, bis sie endlich Schritte hörte und Max verschlafen die Tür öffnete. „Warum kommst du so früh? Es sind doch Ferien!"

Luzie hielt ihm Tino unter die Nase und jauchzte: „Ist der nicht süß?"

Max riss die Augen auf: „Oooh! Ist das deiner? Woher hast du den?"

„Den hab ich mir gewünscht und dann war er plötzlich da."

„Einfach so? Kannst du zaubern?"

Luzie schaute sich um und flüsterte: „Ich denke schon. Wenn du niemandem etwas erzählst, verrate ich dir ein Geheimnis."

Max verdrehte beleidigt die Augen. „Warum fragst du? Du weißt doch, dass deine Geheimnisse bei mir sicher sind!"

„Heb deine Hand und schwöre!"

Max streckte drei Finger in die Luft und Luzie erzählte: „In meiner Brust steckt eine Zauberperle, und wenn ich mir was wünsche, geht es in Erfüllung. Deshalb musste ich meinen Eltern versprechen, dass ich mir nie mehr was wünsche."

„Und hast du?"

„Na klar! Sonst hätte ich Tino nicht behalten dürfen."

„Schade, ich habe so viele Wünsche, ein paar hättest du mir erfüllen können."

„Genau davor hat meine Mutter mich gewarnt. Es darf niemand wissen, sonst kommen alle Leute mit tausend Wünschen und ich hätte keine ruhige Minute mehr."

„Na ja, kann sein, aber es wäre schon schön!" Max streichelte Tino versonnen das Fell und dachte an die vielen schönen Sachen, die er sich wünschte. Er schob den verführerischen Gedanken zur Seite und fragte: „Und was machen wir jetzt? Sollen wir dem kleinen Kerl ein paar Kunststücke beibringen?"

„Na klar! Dann zeig ich dir, wie schlau Tino ist. Du wirst sehen, er versteht alles, was ich sage."

Max zog seine Schuhe an, steckte sich ein belegtes Brot vom Frühstückstisch in seine Tasche, nahm noch eins in die Hand und lief hinaus. Bei jedem Schritt, den er machte, sprang Tino an ihm hoch. Max lachte und überlegte, ob der Hund ihn als neuen Freund begrüßte oder ob er nur das Wurstbrot haben wollte. Er warf ihm ein Stöckchen zu und schleuderte irrtümlich das Brot weg. Tino schnappte danach, verschlang es hastig und sauste davon. Luzie und Max liefen lachend hinterher in den Wald. Sie rannten zum Perlbach, an dem die großen Tauerweiden standen. Dort machten sie halt, warfen Steine ins Wasser und planschten eine Weile.

Danach tobten sie mit Tino auf der angrenzenden Wiese herum. Den ganzen Tag verbrachten sie dort. Erst als die Sonne sank und der Abend nahte, gingen sie heim.

Am anderen Morgen kämmte Maria Luzie wieder ausgiebig ihr Haar. Sie nahm die Bürste, rollte ein paar lange Haarsträhnen ein, murmelte den gleichen Vers wie am Vortag und riss sie aus. Luzie schimpfte und wetterte. Die Mutter hörte jedoch gar nicht hin, sagte nur: „Eins, zwei, drei, schon vorbei“, und machte am anderen Tag genau das Gleiche. Luzie hasste die Prozedur, ließ sie aber über sich ergehen und rannte anschließend mit Tino zu Max.

Max hatte schon den Rucksack mit Essen und Trinken gepackt und alles für ein schönes Picknick am Bach vorbereitet. Tino begrüßte ihn wie einen alten Freund. Er machte Männchen, schlug Purzelbäume und zeigte, was er gelernt hatte.

Das Wetter versprach einen sonnigen Tag. Max holte seine Angel, schulterte den Rucksack und machte sich mit Luzie und Tino auf den Weg zum Perlbach. Heute wollten sie Fische fangen und sie am Lagerfeuer braten. Sie verbrachten wieder einen herrlichen Ferientag am Bach und gingen abends glücklich nach Hause.

Am vierten Tag stand Luzie früh auf. Max wartete, sie wollten in den Wald und Tino neue Kunststücke beibringen. Heute hatte sie es besonders eilig. Deshalb nahm sie ein Brot vom Tisch, steckte es in den Mund und wollte weg.

Die Mutter hielt sie fest und bürstete wie immer ihr Haar. Sie kämmte und kämmte. Luzie konnte kaum stillhalten und quengelte herum. Die Mutter hielt sie fest und bürstete ihr Haar heftiger als sonst. Sie nahm sich heute besonders viel Zeit und machte nicht den Eindruck, dass sie bald aufhören wollte. Genau wie an den drei Tagen zuvor riss sie Luzie einige Haarsträhnen aus und murmelte geheimnisvolle Sprüche. Luzie hielt es nicht länger aus, sie nahm ihr die Bürste aus der Hand, zog sie dreimal durch ihr Haar, sprang auf und sauste mit Tino zu Max.

Es dauerte nicht lange, da waren die drei auf dem Weg zu ihrem Lieblingsplatz. Als sie zum Perlbach kamen, machten sie bei den Trauerweiden halt. Max drehte einige Äste der Weide wie ein Seil zusammen und ließ Tino darüber springen. Die Übung war viel zu leicht für Tino, er brauchte etwas Anspruchsvolleres. Max verknotete die Zweige der Weide zu einem Ring und hielt ihn Tino vor die Nase.

Luzie verbeugte sich tief und rief: „Manege frei für den großen Hundedompteur. Jetzt kommt Max, der große Tierbändiger."

Max dirigierte Tino mit einem Stock in die richtige Stellung, zählte bis drei und ließ Tino durch den Reifen springen. Danach warfen sie Tino kleine Stöcke zu, die er alle zurück brachte. Sie waren so in ihr Spiel vertieft, dass sie blindlings immer tiefer in den Wald liefen.

Die Zeit verflog und niemand merkte, dass die Mittagsstunde schon lange vorüber war. Erst als der Hunger sich meldete und ihre Mägen knurrten, unterbrachen sie ihr Spiel. Sie durchwühlten ihre Taschen, aber keiner hatte etwas Essbares dabei. In der Hoffnung, im Wald etwas zu finden, schauten sie sich die Umgebung etwas genauer an. Der Wald hatte sich verändert. Hier war tiefster Urwald und der Weg, auf dem sie sich befanden, führte direkt zur hohen Gracht.

Die beiden steckten die Köpfe zusammen und trauten sich kaum zu atmen. Sie wussten, dass sie hier nicht spielen durften; die hohe Gracht war für Kinder verboten. Um den Berg rankten sich geheimnisvolle Geschichten. Er war verhext und es war strengstens untersagt, sich allein in seiner Umgebung aufzuhalten.

Die Dorfbewohner erzählten, dass einst ein Erdrutsch ein ganzes Zwergenvolk ausgelöscht hatte und hier ihre Seelen umhergeisterten. Andere erzählten von schwarzhaarigen Gestalten, die Menschen und Tiere fraßen. Obwohl niemand solche Ungeheuer je gesehen hatte, machten alle im Waldaland einen großen Bogen um den Berg. Umso unheimlicher war es, dass sie nun, mit Hunger im Bauch, allein im schwarzen Wald standen.

Der Wald war schaurig und still. Kein Vogel zwitscherte in den Zweigen und kein Tier raschelte im Gebüsch. Die Stille verströmte ein beklemmendes Gefühl und beide spürten, dass sie diesen unheimlichen Ort schleunigst verlassen mussten.

Max nahm Luzies Hand und drehte sich wortlos um. Sie waren kaum ein paar Schritte gegangen, da kroch Tino ein ekliger Geruch in die Nase. Er knurrte und fletschte die Zähne. Plötzlich schoss er davon, rannte zu einer Reihe Tannen und kläffte sie an. Luzie pfiff ihn zurück. Doch Tino reagierte nicht und bellte Alarm.

Luzie ging in die Knie. „Tino, was hast du? Komm her!"

Tino bellte weiter. Max blickte sich um, er konnte nichts Verdächtiges sehen und zuckte ratlos die Schultern. Tino konnte sich kaum beruhigen und bellte immer wieder Alarm. Die Sache wurde unheimlich. Max schlich zu ihm, packte sein Halsband und versuchte, ihn wegzuziehen. Der Hund war keinen Zentimeter fortzubewegen; er bellte und fletschte die Zähne.

Max hielt ihm die Schnauze zu. „Psst! Ich weiß, dass du uns warnen willst. Sei still, ich erkunde mal die Gegend." Max kroch durchs Gebüsch und entdeckte in einer Senke eine heruntergekommene Hütte. Die hatte er noch nie gesehen. Er winkte Luzie heran und murmelte: „Guck mal, da ist eine Hütte, kennst du die?"

Luzie schüttelte den Kopf. „Nee, die hab ich noch nie gesehen. Vielleicht gibt es da was zu essen!"

Die Hütte sah verfallen aus und Max bezweifelte, hier überhaupt etwas zu finden. Trotzdem schlich er näher heran. Er duckte sich unter das Fenster und spähte ins Innere. Nichts war zu sehen: Die kleinen Scheiben waren mit so viel Grünspan überzogen, dass es unmöglich war, etwas zu erkennen. Er lauschte auf irgendein Geräusch. Als sich nichts regte, klopfte er leise an das Fenster. „Ist da jemand?" Niemand antwortete.

Max schlich um die Hütte herum. Er überprüfte die Rückseite, blieb an der Vorderseite stehen, öffnete die schiefe Tür und ging hinein. Luzie folgte ihm mit Tino. Sie stand dicht hinter Max und spähte über seine Schulter in die Stube.

Als der Lichtstrahl durch die geöffnete Tür drang, erkannten sie eine düstere Kammer, in der sich ein Ofen und ein paar Regale befanden. Der Boden war übersät mit Abfall und auf den Möbeln, die aus einem Bett, Tisch und zwei Stühlen bestanden, klebten sauer stinkende Essensreste. Ein beißender Gestank strömte aus dem düsteren Raum und brannte in ihren Nasen. Max hielt die Luft an und wollte raus. Er hatte schon einen Fuß draußen, als plötzlich etwas auf ihn zuschlurfte.

In der dunkelsten Ecke der Hütte bewegte sich ein schwarzer Schatten und eine Stimme krächzte: „He, ihr Saubande! Was wollt ihr hier?"

Max machte einen Satz rückwärts, stolperte über Tino und fiel auf den Boden. Luzie riss ihn hoch und rannte mit ihm davon. Sie waren grade mal ein paar Meter gelaufen, da vermissten sie Tino. Sie blieben stehen und schauten sich um. Tino war noch bei der Hütte und kläffte eine alte Frau und einen schmuddeligen Jungen an, die daraus hervortraten. Die Alte, die Tino in einem fort ankläffte, war eine bucklige Zwergin und sah einer Hexe zum Verwechseln ähnlich. Lange graue Haare fielen auf ihre Schulter und im Gesicht prangte eine spitze Nase. Ihre Haut war bleich und faltig und die runzeligen Lippen waren ein Anzeichen für eine Reihe fehlender Zähne. Aus ihrem geöffneten Mund schauten ein paar wacklige, faule Eckzähne heraus, die ebenfalls einen stinkenden Geruch verbreiteten.

Der Junge sah nicht besser aus. Völlig verdreckt verströmte auch er einen muffigen Gestank. Sein Fuß war verkrüppelt und seine Oberlippe gespalten. Sabber floss aus seinem Mund und aus seiner Kehle drangen krächzende Laute. Der Junge duckte sich hinter die Alte, schielte hinter ihrem Rücken hervor auf den Hund und warf kleine Steine nach ihm. Tino kläffte, als wollte er mit seinem Gebell die beiden verscheuchen.

Luzie spürte die Gefahr und schrie: „Tino! Hierher!"

Die Alte grinste honigsüß, schnippte mit ihren langen Fingern und säuselte: „Komm, mein Hündchen, komm zu mir, ich hab Leckerchen für dich."

Als Luzie sah, wie heimtückisch die Alte sich an den Hund heranmachte, kam ihr ein schrecklicher Gedanke. Ihr fielen die furchtbaren Geschichten über diese Gegend ein und sie befürchtete, dass die zwei die Schreckgespenster waren, die sich an Tiere und Kinder heranmachten. Tino war in Gefahr.

Luzie zwinkerte Max zu und murmelte mit unbeweglichen Lippen: „Bleib hier und halte mir den Weg frei. Ich hol Tino. Wenn ich ihn habe, läufst du los!" Zwei Sekunden später flitzte sie zu Tino und wollte ihn einfangen.

Doch die Alte versperrte ihr den Weg und keifte: „Verschwinde. Der Hund bleibt hier!"

Die schrille Stimme klang wie eine quietschende Eisentür. Luzie zuckte zusammen und rief: „Tino! Hierher!"

Tino kläffte weiter. Luzie wurde langsam böse und brüllte lauter. Doch alles Rufen und Pfeifen war vergebens. Es war wie verhext: So hatte Tino sich noch nie verhalten. Luzie überlegte, wie sie ihn weglocken konnte, und tat so, als würde sie fortgehen. Plötzlich lief der Junge mit einer Geschwindigkeit, die man ihm nie zugetraut hätte, zu Tino, schnappte ihn und rannte mit ihm davon.

Die Alte klatschte in die Hände und lachte. „Satan, mein Junge, komm zu mir! Komm, bring das Hündchen zu deiner Mami!"

Luzie lief ein kalter Schauer über den Rücken. Sie blickte zu Max und wollte etwas sagen, doch sie brachte keinen Ton heraus. Wie versteinert stand sie da und zeigte auf den Jungen. Der war der Sohn der Hexe und sie nannte ihn Satan ... wie den Teufel. Ihre Lippen formten stumm das Wort „Lauf".

Max verstand, was sie wollte, und rannte hinter dem Jungen her. Er holte ihn ein, bekam seinen Ärmel zu fassen und hielt ihn fest. Doch Satan war schnell. Er riss sich los, boxte Max in den Bauch und entkam. Max krümmte sich für ein paar Sekunden zusammen. Als der Schmerz verging, sah er Luzie mit blitzenden Augen hinter Satan her rennen und er folgte den beiden eilig.

Satan blickte Luzie in die Augen und blieb geblendet stehen. Was war das? Ihre Augen funkelten und versprühten grelle Lichtstrahlen. So etwas hatte er noch nie gesehen. Er starrte in Luzies Augen und konnte sich nicht bewegen. Inzwischen hatte Max ihn eingeholt, er hielt ihn fest und Luzie zerrte Tino aus seinen Armen.

Die Jungen wälzten sich im Gras und kämpften. Die Alte stand abseits und sah grinsend zu, wie sie rauften. Es schien ihr zu gefallen, denn sie dachte nicht daran, die Streitigkeiten zu beenden. Erst als Max Satan wegstieß und mit Luzie und Tino davonlief, kam Bewegung in ihren buckligen Körper. Mit drohenden Fäusten eilte sie hinterher und kreischte: „Halt, der Hund bleibt hier!"

Max blieb verdutzt stehen. Luzie knuffte ihn in die Seite. „Los, Max. Komm weiter, renn!"

Luzie flitzte den Waldweg entlang und wurde immer schneller. Max hatte Mühe, ihr zu folgen, und blieb keuchend stehen. „Ich kann nicht mehr. Hoffentlich erreichen wir das Dorf, bevor wir schlappmachen."

Plötzlich bewegte sich hinter der Wegbiegung ein Schatten. Luzie beschleunigte ihre Schritte. „Komm schneller, Max, ich glaub, wir werden verfolgt."

„Ist das die Alte?"

„Ja, komm!"

Sie sausten weiter. Ein paar Sekunden später bog die Alte mit wehenden Haaren um die Ecke.

Luzie zerrte an Max' Ärmel. „Lauf, lauf!"

Max rannte, was seine Lungen hergaben. Er schielte dauernd zurück und wunderte sich, dass die Greisin mit ihren kurzen Beinen die Geschwindigkeit halten konnte. So ein schneller Schritt war für eine Zwergin nicht normal. Er legte noch einen Zahn zu.

„Guck mal, wie schnell die läuft. Das ist Hexerei!"

Luzie drehte sich um. „Nichts wie weg hier, das ist bestimmt wirklich eine Hexe."

Max hastete den Weg entlang. Doch jedes Mal, wenn er sich umschaute, war die Alte noch einen Schritt näher gekommen. Er versuchte, das Tempo zu steigern, doch von Seitenstechen geplagt, wurde er wieder langsamer. Es dauerte nicht lange, da konnte er kaum noch einen Fuß vor den anderen setzen. Aus der Puste torkelte er von einer Seite zur anderen und hatte Mühe, aufrecht zu gehen. Luzie sah ihn schwanken und nach Atem ringen. Sie nahm seinen Arm, legte ihn um ihren Hals und zog ihn weiter. Auf ihr ruhte nun die ganze Last. Rechts schleppte sie Max und links hing Tino schwer in ihrem Arm. Sie konnte ihn nicht absetzen, das Risiko war zu groß, dass er zurücklief und die Hexe wieder ankläffte. Trotzdem mussten sie weiter, die Alte war schon dicht hinter ihnen.

Max sah, wie sie aufholte, und japste erschöpft: „Ich wünschte, es würde jemand die Alte aufhalten. Ich kann nicht mehr."

„Das wünsche ich mir auch. Komm weiter, Max, reiß dich zusammen, vielleicht gibt sie bald auf."

Luzie glaubte selbst nicht daran, aber irgendwie musste sie Max Mut machen. Er musste weiter, die Hexe streckte schon ihre langen Finger aus und versuchte, sie zu ergreifen. Max stolperte und fiel hin. Luzie zog ihn am Hosenbund hoch. Nun hing er wie eine Marionette in Luzies Armen und seine Füße schwebten kraftlos über dem Boden. Sie flitzte mit ihm den Weg hinunter, bekam einen Vorsprung und bald war von der Hexe nichts mehr zu sehen.

Luzie folgte dem abschüssigen Weg zum Bach und eilte zu den am Ufer stehenden Trauerweiden. Sie wollte sich verstecken und lief zu der abseits stehenden Weide, deren lange Zweige bis zum Boden reichten und eine dichte Laube bildeten. Während sie auf den Baum zusteuerte, suchten ihre Augen nach einem Schlupfloch, um unbemerkt in das Gewirr der langen Äste einzudringen.

Sie war noch ein paar Meter entfernt, da neigte die Trauerweide plötzlich ihre Krone, schlang ihre Zweige ineinander und formte aus ihren dünnen Ästen ein riesiges Vogelnest. Der Wind frischte auf und in den Blättern säuselte es: „Springt rein! Hier seid ihr sicher."

Luzie sprang und kullerte mit Max und Tino erschöpft in das Nest. Die Weide richtete sich auf und einen Augenblick später ging es wie auf einer Achterbahn in die Höhe.

Das leichte Schwingen der Äste machte Max schwindelig. Kreidebleich drückte er sich an Luzie. „Wie ist das passiert, hast du dir das gewünscht?"

Luzie schüttelte den Kopf. „Ich ... nee! Du hast dir gewünscht, dass jemand die Alte aufhält!"

„Stimmt! Doch ich glaub nicht, dass es mein Wunsch war, der das bewirkt hat. Du hast es dir doch auch gewünscht! Also ist dein Wunsch in Erfüllung gegangen."

Luzie zuckte zusammen. „Oje, Max. Meinst du wirklich? Wenn das stimmt, darfst du es niemandem erzählen, sonst muss ich Tino abgeben."

„Au Backe! Daran hab ich nicht mehr gedacht. Keine Angst, Luzie, ich halt dicht."

Luzie lehnte sich beruhigt zurück und schloss müde die Augen. Da wehte ihr ein muffiger Geruch in die Nase. Plötzlich war die Müdigkeit wie weggeblasen. Sie lugte durch die Äste und sah die Hexe um den Baum schleichen. Max hielt Tino die Schnauze zu und zeigte nach unten. Die Hexe schlich um den Baum herum und maulte etwas vor sich hin.

Plötzlich stachen Luzie tausend Nadelstiche in die Ohren, denn sie hörte das, was sie nie mehr hören wollte:

„Blinki blinkt aus allen Ecken,
sie kann sich nicht verstecken."

Ihr Kopf wurde feuerrot, sie presste die Lippen zusammen und kniff die Augen zu. Max sah, wie sie ihre Fäuste ballte, und befürchtete einen Wutausbruch. Er hielt ihr die Ohren zu, neigte sich über den Nestrand und schrie: „Du alte Hexe, verschwinde!"

Die Alte kicherte. Jetzt wusste sie, wo die Kinder waren. Sie starrte ins Blätterdach und wetterte: „Nur nicht so frech, du Erdling! Komm runter, wenn dir dein Leben lieb ist. Ich hab dich schon längst gesehen."

Luzie glaubte nicht, dass die Alte sie gesehen hatte. Die Baumkrone war so hoch und die Blätter so dicht, dass es schier unmöglich war, von unten das Licht zu sehen. Sie lugte über den Nestrand und rief furchtloser, als ihr zumute war: „Dann hast du uns eben gesehen, du alte Hexe. Was willst du?"

„Komm runter, dann sag ich es dir. Du weißt doch, dass du dich nicht verstecken kannst, deshalb heißt du ja Blinki!"

„Na und?! Besser ich heiße Blinki und blinke, als dass ich so stinke wie du. Auch wenn du meinen Freund Erdling nennst, ist dieser Name genauso wie der meine besser als deiner!"

„Ach! Und wie heiß ich deiner Meinung nach?"

„Das ist nicht schwer zu erraten. Du stinkst drei Kilometer gegen den Wind und deine drei Zähne sind wackelig. Du kannst nur Stinki Wackelzahn heißen."

Max zupfte Luzie am Ärmel. Ihm war es peinlich, so respektlos über die alte Frau zu sprechen, und er wunderte sich, woher Luzie den Mut nahm. Trotzdem musste er lachen. *Stinki Wackelzahn*, der Name passte hervorragend.

Luzie sah ihn finster an. Immer wenn jemand sie ärgerte oder etwas Unrechtes geschah, gerieten ihre Gefühle außer Kontrolle. So konnte sie ihr Versprechen, sanftmütiger zu sein, nie einhalten. Nun passierte es schon wieder. Verärgert schlug sie mit der Faust gegen den Ast. „Wieso kennt die Alte meinen Spitznamen?"

„Keine Ahnung, vielleicht hat sie uns heimlich beobachtet."

„Waaas?! Wenn das stimmt, dann weiß die Wackelzahn, wo wir wohnen."

Max erschrak. Er spähte nach unten, beobachtete die Hexe und erschauderte. „Luzie! Guck mal, die Hexe hängt an den Zweigen und will hoch."

Luzie lehnte sich über den Nestrand und sah, wie Stinki sich an einen Ast klammerte und dauernd abrutschte. Es war sonderbar, sobald sie ihre Füße vom Boden hob, brauste ein Sturm durch die Weide und peitschte ihr die langen Zweige ins Gesicht. Diese trafen ihren Rücken, ihre Arme und schlugen auf ihre Beine. Die Hexe verlor den Halt, fiel runter und blieb auf dem Boden liegen. Sie wartete, bis der Wind sich legte, und versuchte es erneut. Doch es passierte genau dasselbe wie zuvor. Sobald sie sich der Trauerweide näherte, heulte der Wind durch das Geäst und die Zweige peitschten sie zurück.

Max lachte. „Na, hast du jetzt genug? Hau ab!"

„Halt's Maul, Erdling! Ich krieg dich noch. Wenn nicht heute, dann morgen. Irgendwann kreuzen sich unsere Wege."

Luzie duckte sich tiefer ins Nest. Sie drückte Tino enger an sich, schlang ihre Arme um Max und flüsterte: „Was will die Hexe von uns? Hoffentlich haut die bald ab."

„Vielleicht hat das was mit deinem Licht zu tun und sie will dich fangen."

„Das glaub ich nicht. Die ist hinter Tino her, das hat sie doch gesagt."

„Stimmt! Am besten bleiben wir hier und warten, bis sie weg ist."

Die drei saßen eng beieinander und warteten. Keiner sagte ein Wort. Plötzlich wurde Max ganz verlegen. Er druckste herum, wollte was fragen, traute sich aber nicht. Nach ein paar Minuten gab er sich einen Ruck und sagte mit gespielter Gleichgültigkeit: „Luzie … zeigst du mir das Licht in deiner Brust?"

Luzie zog schweigend den Pullover hoch und ließ ihr Licht leuchten. Max war wie geblendet. Mitten in ihrer Brust leuchtete ein goldener Punkt und strahlte wie eine kleine Sonne aus ihrem Körper. Er legte seine Hand darauf und fühlte eine wohltuende Wärme. Luzie saß ganz still und ließ es geschehen.

Max legte seinen Kopf auf ihre Brust, kuschelte sich an sie und murmelte aus tiefer Seele: „Meine Blinki, meine strahlende Blinki!"

Plötzlich begriff er, was das bedeutete, und befürchtete einen Wutausbruch. Doch Luzie lächelte ihn an. Es war unbegreiflich! Er nannte sie Blinki und Luzie lächelte.

Verwirrt rückte er ein Stück von ihr ab. „Entschuldige. Ich wollte dich nicht ärgern. Ich find Blinki schön!"

Sie knuffte ihn in die Rippen. „Wenn du meinst. Erdling ist auch nicht schlecht."

Max schloss erleichtert die Augen und genoss Luzies Wärme, die in seinen Körper eindrang. Die Hitze floss durch seine Adern, durchflutete seinen Leib und hinterließ ein wunderbares Glücksgefühl. Max hatte noch nie so ein schönes Gefühl kennengelernt und genoss jede Sekunde an Luzies Seite. Selbst Tino fühlte die Wärme und kuschelte sich näher an sie heran. So saßen sie eng zusammen und vertrauten darauf, dass die Hexe verschwand. Trotz der Gefahr, die noch immer unten lauerte, versank Max in einem wunderschönen Traum.

Er rekelte sich benommen, als Luzie ihn plötzlich anstupste, ihren Pullover runterzog und ankündigte: „Die Hexe ist weg, wir können nach Hause."

Die Zeit war wie im Flug vergangen und er hatte ganz vergessen, dass sie nur darauf warteten, dass die Hexe verschwand. Er raffte sich auf und fragte verdutzt: „Und wie kommen wir hier runter?"

Luzie zuckte die Schultern. „Ich frag die Weide, sie hat uns hochgeholfen und wird uns gewiss auch wieder runterhelfen."

Max zog die Augenbrauen hoch. „Wenn du meinst."

Luzie sprach mit der Weide wie mit einer alten Freundin und bat, sie hinabzulassen. Die Weide schüttelte sich, neigte ihre Krone und schob das Nest auf den Boden.

Luzie bedankte sich, sprang hinaus und rief Max zu: „Bist du bereit, Erdling? Komm, wir rennen heim!"

Das goldene Hemd

Drei Tage hatte Maria Luzies Haare kräftig gekämmt, alle Haarsträhnen aus der Bürste gezogen und diese in einer Schachtel gesammelt. Heute, am vierten Tag, fehlten ihr noch einige. Deshalb nahm sie sich an diesem Morgen besonders viel Zeit. Sie bürstete Luzies Haar heftiger als je zuvor und murmelte dazu geheimnisvolle Sprüche. Selbst als Luzie herumquengelte, ließ sie sich nicht davon abhalten und kämmte weiter. Als sie wieder einige Haarsträhnen ausriss, verlor Luzie die Geduld. Drei Tage hatte sie stillgehalten, doch als es nun am vierten Morgen wieder passierte, nahm sie die Bürste, zog sie dreimal durch die Haare, warf sie auf den Tisch und sauste mit Tino zu Max.

Maria betrachtete zufrieden die vielen Haare in der Bürste und ordnete sie der Länge nach auf dem Tisch. Heute wollte sie das Zauberhemd nähen. Es musste weich wie Samt, leicht wie Federn und dünn wie Seide werden. In Luzies Haar steckte die Zauberkraft und diese Zauberkraft sollte das Licht in Luzies Brust unsichtbar machen.

Maria wählte den besten Seidenkokon, den sie in ihrer Sammlung fand, und setzte sich ans Spinnrad. Sie streifte den Faden über ihre Finger, fügte einzelne Haare hinzu und wickelte alles auf eine Spule. Danach webte sie alles zusammen. Sie webte und nähte, nähte und webte. Und während sie flocht und spann, murmelte sie eine Zauberformel nach der anderen:

„Rädchen, dreh dich geschwind,
will heut weben für mein Kind.
Aus goldnem Haar gewonnen,
wird das Garn gesponnen.

Drei wie Vater, Mutter, Kind,
drei miteinander verwoben sind.
Drei heißt die magische Zahl,
drei ist die richtige Wahl.

Wie die Seide rein und fein
soll das Hemd geflochten sein.
Aus Zauberhaar gewonnen,
wird das Hemd gesponnen."

Maria hatte den ganzen Tag gesponnen, gewebt, genäht und machte nun die letzten Stiche. Sie war so in ihre Arbeit versunken, dass sie gar nicht bemerkte, wie spät es schon geworden war. Ein lauter Schlag und freudiges Hundegebell rissen sie aus ihren Gedanken. Dann hörte sie eine Tür zuknallen und hastige Schritte über den Flur rennen. Luzie lief, gefolgt von Max und Tino, in die Küche, öffnete den Kühlschrank und stellte alles Essbare auf den Tisch.

Maria blickte zur Uhr und bekam ein schlechtes Gewissen. Es war schon Abend und sie hatte noch kein Abendbrot gemacht. Steifbeinig stand sie auf, versteckte das Hemd hinter ihrem Rücken und ging in die Küche. Die Kinder saßen wie Kannibalen am Küchentisch und stopften sich große Scheiben Wurst und Brot in den Mund. Selbst Tino fraß gierig eine riesige Wurst.

Maria traute ihren Augen nicht und fragte verwundert: „Wo kommt ihr denn her? Wieso seid ihr so hungrig?"

Luzie steckte sich gerade ein Stück Speck in den Mund. Sie würgte es mit dicken Backen hinunter und nuschelte: „Aus dem Wald. Wir haben Tino Kunststücke beigebracht und den ganzen Tag noch nichts gesessen."

„Ihr wart den ganzen Tag im Wald? Wieso kommt ihr denn so spät nach Hause? Max, wissen deine Eltern, wo du bist?"

Max biss ein Stück von seiner Wurst ab: „Jaaa ... bei Luzie."

„Aber das erklärt immer noch nicht, wieso ihr so spät heimkommt. Wart ihr bei Papa? Der war auch im Wald."

Die Kinder sahen sich kopfschüttelnd an und verneinten.

„Wo wart ihr dann?"

Luzie druckste herum und wollte nicht so recht mit der Sprache heraus. Doch sie begriff, dass sie ihrer Mutter alles erzählen musste.

„Wir haben im Wald eine verfallene Hütte entdeckt. Darin haust eine alte Frau mit ihrem Jungen. Kennst du die zwei?"

„Ich weiß nicht, wo war das denn?"

„Auf dem Weg zur hohen Gracht."

„Was?! Ihr wart an der hohen Gracht? Aber Luzie! Das ist doch Sperrgebiet!"

„Ich weiß, wir haben nicht gemerkt, dass wir schon so weit gelaufen waren, und standen plötzlich im schwarzen Wald vor der Hütte."

Maria runzelte nachdenklich die Stirn. „Das kann nur die alte Einsiedlerin gewesen sein. In der Gegend hat mal ein Zwergenvolk gehaust. Die Männer suchten in den Bergen nach Gold und Diamanten. Nachdem sie bei einer Explosion in der hohen Gracht umgekommen sind, zogen die Frauen und Kinder in ein anderes Land. Die Alte blieb als Einzige zurück. Papa ist ihr schon mal im Wald begegnet. Doch meistens versteckt sie sich. Hat sie euch denn gesehen?"

„Und ob!", knirschte Max. „Die war richtig gruselig und wollte uns Tino wegnehmen."

„Was? Was wollte sie denn mit dem Hund?"

„Keine Ahnung, Mama. Aber du solltest mal den Jungen sehen, der sieht vielleicht gruselig aus. Und weißt du, wie die Alte ihn nennt? Sie nennt ihn Satan. Wie den Teufel!"

„Nein, so was! Das macht doch keiner. Wie kann man denn einem Kind so einen Namen geben? Vielleicht ist sie doch nicht so harmlos, wie Papa sagt. Ich hab schon mal mit ihm über diese Frau gesprochen. Aber einen Jungen hat er noch nie bei ihr gesehen. Vielleicht sollte Papa die Frau mal beobachten."

Luzie bemerkte, dass die Mutter etwas hinter ihrem Rücken versteckte, und griff nach ihrem Arm. „Was hast du da?"

Maria drehte sich hin und her. Als Luzie fast vor Neugier platzte, hielt sie ihr das Hemdchen vor die Nase. „Ach, das hab ich ganz vergessen. Das ist für dich. Damit kannst du dein Licht abdecken. Probier mal, ob es funktioniert."

Luzie riss ihr das Hemd aus der Hand, streifte es über und zog alle Vorhänge zu. Im Dunkeln watschelte sie zu Max und fragte: „Kannst du mich sehen?"

Max schüttelte überrascht den Kopf.

Als Luzie keine Antwort bekam, fragte sie noch mal: „Siehst du mich?"

„Nein! Wie sollte ich? Es ist dunkel."

Luzie musste die Antwort erst verdauen, doch dann sprang sie jubelnd in die Höhe. „Juhu! Es funktioniert, es funktioniert."

Luzie hatte mit allen möglichen Sachen versucht, das Licht abzudecken, nie hatte es geklappt. Jetzt war es das erste Mal, dass im Dunkeln kein Lichtschein zu sehen war. Sie zog das Hemd hoch und es wurde wieder hell. Voller Freude schob sie das Oberteil rauf und runter, und so wie das Zimmer hell und dunkel wurde, fragte sie: „Siehst du mich? Und jetzt? Siehst du mich jetzt?"

Max nickte und Max schüttelte den Kopf. Im Zimmer wurde es hell und dunkel. Es war, als würde jemand einen Lichtschalter betätigen und das Licht an- und ausknipsen. Luzie machte es so viel Spaß, dass sie gar nicht mehr damit aufhören wollte. Sie war glücklich, endlich konnte sie bestimmen, wann sie leuchtete und wann nicht.

Als es draußen dämmerte, funkelte ein schelmisches Blitzen in ihren Augen. Sie zwinkerte Max zu und lief hinaus. „Komm, ich bring dich nach Hause."

Max wunderte sich, warum Luzie ihn begleiten wollte. Die Abkürzung über die Wiese war ein Katzensprung. Er kannte hier jeden Maulwurfhügel und fand auch im Dunkeln zielsicher nach Hause. Es gab also keinen Grund, weshalb sie ihn begleiten wollte.

„Wieso willst du mit? Ich kann allein nach Hause gehen."

„Das lässt du hübsch bleiben. Ich will doch wissen, ob es draußen auch klappt."

„Warum soll das denn nicht klappen?"

„Was weiß ich?! Vielleicht ist die Luft zu feucht, das Gras zu nass oder eine Hexe unterwegs."

Luzie schaute zum Sternenhimmel, drehte sich um die eigene Achse und tanzte wie ein Wirbelwind um Max herum. Dabei hob und senkte sie ihr Hemdchen und vergewisserte sich immerzu: „Siehst du mich, siehst du mich?"

Tino tänzelte vor Max' Füßen, sodass er Mühe hatte, einen vernünftigen Schritt zu tun.

Luzie versteckte sich vor und hinter Max, zog das Hemd rauf und runter und fragte: „Siehst du mich?"

Als Max verneinte, zog sie ihr Hemd über den Kopf. „Und jetzt?"

Max verdrehte die Augen. „Jetzt seh ich dich."

Luzie hopste im Zickzack über die Wiese und zog im Zweivierteltakt ihr Hemdchen rauf und runter. Ihr Licht flammte auf und erlosch. Im Mondlicht sah sie aus wie ein Leuchtturm, der alle paar Sekunden ein Lichtsignal sendete.

Max beobachtete sie mit Unbehagen. „Luzie, hör auf! Du flackerst wie eine kaputte Laterne, kein Wunder, dass dich alle Blinki nennen."

Luzie blieb so abrupt stehen, dass Max glaubte, sie sei auf ihn wütend. Er holte tief Luft und wollte sich rechtfertigen. Doch sie zwinkerte ihm zu und lachte. „Na klar, Erdling. Ich bin Blinki und kann blinken, wo und wann ich will. Ist das nicht herrlich?"

Max verstand die Welt nicht mehr. Es war das erste Mal, dass Luzie sich über den Namen Blinki freute. Als er begriff, was das bedeutete, legte er den Arm um ihre Schultern. „Ja, das ist wunderbar, damit können wir bestimmt herrliche Streiche machen."

Mittlerweile senkte sich die Nacht hernieder, sie standen am Wiesenrand und Max überlegte: „Wir könnten morgen mit Tino ein Picknick machen. Was hältst du davon?"

Luzie hob ihr Hemdchen und ließ das Licht kurz aufblitzen.

Max zog fragend die Augenbraue hoch. „Und was heißt das jetzt?"

Die Antwort gab Tino. Er bellte einmal kurz und das bedeutete: „Ja."

Satan

Der Wald lag in tiefem Schweigen. Weiße Nebelschleier stiegen vom feuchten Boden auf und hüllten die Bäume in ein gespenstisches Licht. In diesem schummrigen Morgenschein streifte Satan ziellos durch den Wald. Er war wie immer allein: Seine Mutter sonderte ihn von der Außenwelt ab, ließ ihn nicht zur Schule und behauptete, dass er alles, was er brauchte, von ihr lernen würde. Doch das war eine Lüge! Sie vernachlässigte den Jungen und war froh, wenn er den Tag draußen verbrachte.

Satan hatte schnell gelernt, seiner Mutter aus dem Weg zu gehen, und schlich bei Tagesanbruch in den Wald. So wurde er zum Einzelgänger und sein Name verstärkte das Ganze noch. Warum seine Mutter ihn Satan wie den Teufel genannt hatte, wusste er nicht. Doch verwunderlich war es nicht, die Alte selbst war der Teufel in Person.

Obwohl Satan für seine Mutter alles tat, schimpfte sie den ganzen Tag. Sie schlug ihn wegen jeder Kleinigkeit. Nichts konnte er ihr recht machen, dauernd hatte sie etwas auszusetzen. Trotzdem liebte der Junge seine Mutter und war stets bemüht, ihr eine Freude zu machen. In der Hoffnung, ein liebes Wort von ihr zu bekommen, schleppte er täglich Geschenke an. Er schoss Hasen, Rehe, Vögel und hoffte auf ein Dankeschön. Manchmal ging er den ganzen Tag durch den Wald und suchte nach besonders schönen Pilzen. Selbst wenn sie giftig waren, nahm er sie mit. Seine Mutter konnte alles gebrauchen und machte daraus geheimnisvolle Tränke, von denen er nie probieren durfte.

Satans Fuß war ein Stumpen mit verkrüppelten Zehen. Da er es von klein auf nicht anders kannte, hatte er gelernt, damit zu laufen. Ein Paar Schuhe hatte er noch nie besessen. Seine Mutter redete ihm ein, dass er ohne Schuhe besser laufen könne, und hatte ihm zum Schutz vor Dornen und Steinen Hasenfelle um die Füße gebunden. Damit streifte er nun durch die Büsche und stocherte mit einem Stock, den er stets bei sich trug, in jedes Erdloch. Sobald der Stock in einem tiefen Loch versank, griff er mit der Hand hinein und ließ die lockere Erde durch seine Hände rieseln. Er hatte schon einige Löcher durchsucht, als nun seine Finger etwas berührten. Ein Blitzen trat in seine Augen. Er warf den Stock beiseite, legte sich flach auf den Boden und betastete das Erdreich. Plötzlich stieß er auf etwas Weiches. Er presste es zwischen Daumen und Zeigefinger, und als er die Hand herauszog, ringelte sich ein dicker Regenwurm um sein Handgelenk. Satan schnalzte mit der Zunge, legte den Wurm in sein Halstuch und suchte weiter die Erde ab. Aus Erfahrung wusste er, dass hier noch mehr zu holen war. Die Erde duftete nach Wald und feuchtem Moos, dies war ein untrügliches Zeichen für ein gutes Brutgebiet und wurde meistens mit weiteren Würmern belohnt.

Satan drückte nochmals seinen Arm tief in die Röhre, befingerte die Erde und beförderte einen Wurm nach dem anderen ans Tageslicht. Plötzlich fühlten seine Finger etwas Warmes. Ein zufriedenes Lächeln erhellte sein Gesicht. Er hatte es schon oft erlebt und trotzdem verblüffte es ihn immer wieder, wie zielsicher er die richtigen Löcher ausfindig machte. Beherzt griff er zu. Kurz drauf zerrte er fünf nackte Mäuse aus dem Erdreich und stopfte sie in seine Jackentasche. Er nahm das Halstuch mit den Würmern, steckte es in die Hosentasche.

Satan prüfte schnuppernd die Luft. Noch immer lag ein frischer Morgenhauch auf dem Wald und feine Tautropfen hingen wie kleine Perlen an den Blättern. Er atmete tief die frische Luft ein und ging weiter. Sein Blick wanderte zu den Baumkronen und es dauerte nicht lange, da entdeckte er ein Vogelnest. Rasch kletterte er auf den Baum. Das Klettern war mühsam, aber es hatte sich gelohnt: In dem Nest lagen fünf bunt gefleckte Eier. Er stopfte sie in seinen Rucksack und verschwand.

Zufrieden mit seiner Ausbeute folgte er einem schmalen Pfad, der zu einem kleinen Weiher führte. Je näher er dem Gewässer kam, umso feuchter und sumpfiger wurde der Boden. Den Weg trockenen Fußes zu finden, erforderte viel Geschick. Das Sumpfgebiet war tückisch und nur ein erfahrener Waldläufer wie er kannte den sicheren Pfad. Satan bahnte sich durch hohe Gräser und Schilf einen Weg zum Teich. Mittlerweile plagten ihn die Fliegen und kleine Stechmücken krabbelten in seine Haare. Er beeilte sich, aus dem

Gewirr der Plagegeister rauszukommen, lief zielstrebig den rutschigen Pfad entlang und erreichte kurze Zeit später das Ufer.

In dem Gewässer wimmelte es von quakenden Fröschen. Die Tiere waren in Paarungsstimmung und leicht zu fangen. Sie hingen zu mehreren aufeinander, sodass er sie mit der bloßen Hand herausfischen konnte. Er steckte einige in den Rucksack, schaute noch eine Weile dem Liebestreiben zu und ging denselben Weg zurück, den er gekommen war.

Als er wieder festen Boden unter den Füßen hatte und auf den sicheren Waldweg sprang, flogen plötzlich zwei Tauben aus einer Baumkrone heraus. Satan zog blitzschnell einen Kieselstein aus seiner Brusttasche, spannte die Steinschleuder, die um seinen Hals baumelte, und schoss. Der Stein traf sein Ziel, und während die Taube zu Boden fiel, schoss er die zweite vom Himmel. Zufrieden mit seiner Beute verstaute er die Vögel im Rucksack und trat den Heimweg an.

Er war noch nicht weit gekommen, da wehte der Wind leises Gelächter zu ihm herüber. Überrascht blieb er stehen, schirmte mit der Hand die Augen ab und spähte ins Tal. Unten am Bach saßen Max und Luzie und machten mit dem Hund Picknick. Sie lachten, aßen Brote und warfen dem Hund Leckerbissen zu. Die beiden sahen so glücklich aus, dass er kaum hinsehen konnte. Die Harmonie, das Lachen und die Gemeinsamkeit zerrissen ihm beinahe das Herz. Er neigte den Kopf und schielte wehmütig hinüber. Sein Gesicht verlor alle Härte und seine Mimik zeigte eine tiefe Traurigkeit. Plötzlich schossen Tränen in seine Augen. Er wollte nicht weinen, doch er konnte sich gegen das Gefühl, das sich in seiner Brust breitmachte und ihn so traurig stimmte, nicht wehren. Wie gerne hätte er sich zu den beiden gesetzt und mit ihnen gegessen. Doch er traute sich nicht, denn er wusste, überall wo er auftauchte, wurde er vertrieben und keiner wollte ihn haben. Es war ein Fluch, je öfter er vertrieben wurde, desto härter wurde sein Herz und seine Seele verkümmerte von Tag zu Tag mehr. Satans Gesichtsausdruck wurde finster, er wischte mit dem Ärmel die Tränen weg und schlich den Berghang hinunter. An dem gewundenen Bach, der die Wiese vom Wald trennte, kroch er in die dichten Holunderbüsche. Hier hatte er einen guten Überblick und niemand konnte ihn sehen.

Max und Luzie rekelten sich behaglich. Obwohl die Sonne ihren höchsten Stand noch nicht erreicht hatte, war es schon brütend heiß und Tino hechelte mit heraushängender Zunge nach Kühlung. Plötzlich sprang der Hund auf und rannte zum Bach. Luzie folgte ihm und schritt samt Kleidern knietief ins Wasser.

Sie klatschte ihre Hände auf das kalte Wasser und rief: „Max, komm, wir nehmen ein Bad."

Max dachte nicht daran. Er machte es sich auf der Decke bequem und aalte sich schläfrig in der Sonne. Als er wohlig stöhnte, schlich Luzie mit den Händen voll Wasser heran und spritzte es ihm auf den erhitzten Bauch. Erschrocken sprang er auf.

„Bist du verrückt? Lass das! Oder soll ich einen Hitzschlag kriegen?"

Luzie rannte zum Bach. „Wieso? Komm mit, du Feigling! Oder bist du wasserscheu?"

Max spurtete hinterher. „Von wegen wasserscheu. Du bist wasserscheu! Warte, jetzt gibt's 'ne Dusche!"

Luzie stelzte durch den Bach. „Fang mich doch, fang mich doch!"

Max schlich sich von hinten an sie heran und spritzte ihr, als sie nicht guckte, eine Fontäne Wasser auf den Rücken. Sie erschauderte, rutschte aus und landete kopfüber im Wasser.

Der Gebirgsbach war kalt und Luzie wollte schnellstens raus. Auf den glitschigen Steinen fand sie aber so schnell keinen Halt, rutschte erneut aus und platschte ins Wasser. Tino fand das Spiel herrlich. Er sprang auf ihren Bauch und leckte ihr das Gesicht. Luzie fuchtelte wild mit den Armen und versuchte aufzustehen, doch Tino schubste sie immer wieder um.

Max stand am Ufer und rief schadenfroh: „Brauchst du Hilfe?"

„Was fragst du? Hilf mir lieber. Du siehst doch, dass ich nicht hochkomme!"

Max ließ Luzie noch eine Weile zappeln, dann watete er zu ihr. Er packte ihre Hand und zog sie zum Ufer. Als sie glaubte, endlich Halt gefunden zu haben, ließ Max plötzlich ihre Hand los und sie platschte wieder ins Wasser. Luzie erwischte Max' Beine, riss seine Füße vom Boden hoch und tauchte seinen Kopf unter Wasser. Nun waren beide pitschnass und eine wilde Wasserschlacht war im Gange.

Tino nahm Reißaus, schüttelte das Wasser aus seinem Fell und tänzelte bellend am Ufer hin und her. Er lief am Bach rauf und runter und versuchte, die Aufmerksamkeit auf sich zu lenken. Doch niemand beachtete ihn. Als er merkte, dass sich keiner für ihn interessierte, durchstreifte er die Gegend und beschnupperte die Sträucher. An jedem Busch blieb er stehen und beschnüffelte die Ranken und Blätter. Allmählich näherte er sich den Holundersträuchern, unter denen Satan sich versteckte. Es dauerte nicht lange, da witterte Tino seinen sauren Gestank. Schnuppernd hob er die Nase und lief im Zickzack nach rechts und links. Er kroch unter einen Strauch, schnüffelte hier und dort und knurrte leise. Plötzlich änderte er die Richtung, verschwand unter einem dichten Holunderstrauch und bellte Alarm.

Satan lag keinen Meter von ihm entfernt und starrte Tino direkt in die Augen. Ärgerlich kroch er tiefer ins Gebüsch, brach einen Zweig vom Strauch und fuchtelte Tino damit vorm Maul herum. „Hau ab oder ich brech dir alle Knochen."

Tino kroch zähnefletschend näher und Satan befürchtete, entdeckt zu werden. Er zog eine Maus aus seiner Hosentasche und wedelte damit vor Tinos Nase herum. Er wartete, bis Tino das Tier neugierig beschnupperte, packte sein Halsband und zerrte ihn in die Büsche. „Komm her, du blöder Kläffer, ich nehm dich mit, du bist ein schönes Geschenk für meine Mutter!"

Tino bellte und bellte, doch niemand hörte ihn. Satan drückte ihm die Schnauze zu und Tino verstummte. Der Hund wälzte sich herum, kratzte mit den Pfoten und versuchte sich zu befreien. Doch es war unmöglich: Satan kniete schnaubend über ihm und hielt ihn mit eiserner Hand fest. Drei, vier Minuten vergingen, dann ließ der Druck nach. Satan passte einen Augenblick nicht auf und seine Hände erschlafften. Das war Tinos Rettung. Er riss sich los, flitzte aus dem Gebüsch und bellte lautstark Alarm.

Endlich hörten Max und Luzie seine Hilferufe. Sie sprinteten aus dem Wasser und erspähten Satan, der Tino verfolgte. Der Hund rannte, so schnell er konnte, zu Luzie und sprang in ihre ausgebreiteten Arme.

Max versperrte Satan den Weg, packte ihn am Hemd und brüllte: „Was willst du hier? Mach, dass du wegkommst!"

Luzie kam mit Tino hinzu und Satan begriff, dass er verloren hatte. Gegen drei kam er nicht an. Aufgeben wollte er aber auch nicht. Er lächelte, zuckte gleichgültig die Schultern und tat, als wolle er weggehen. Doch als er zwei Meter entfernt war, drehte er sich blitzschnell um und rannte zur Decke. Dort trampelte er die Becher und Teller kaputt, schnappte sich den Picknickkorb und flitzte davon.

Max heftete sich an seine Fersen, bekam seinen Rucksack zu fassen und hielt ihn fest. Satan riss sich los und sauste in die andere Richtung. Doch da stand Luzie und hinter ihm blockierte Max den Weg. Tino sprang zähnefletschend an ihm hoch. Er saß in der Falle. Wenn er hier entkommen wollte, musste er sich etwas einfallen lassen. Die Zeit drängte. Luzie hob schon ihre Fäuste und er wollte keine Prügel riskieren. Satan dachte an seine Mutter, überlegte, was sie tun würde, und machte das Gleiche.

Mit einem scheinheiligen Grinsen verbeugte er sich vor Luzie. „Entschuldigung. Das hab ich nicht mit Absicht gemacht, ich bin über die Sachen gestolpert."

Luzie glaubte ihm kein Wort und ihre Augen funkelten böse. „Was willst du mit dem Korb? Gib ihn her, das ist meiner!"

Satan stand ihr gegenüber und verspürte leichtes Unbehagen. Er warf ihr den Korb vor die Füße und zog unbemerkt die Mäuse aus seiner Hosentasche. Als Luzie sich bückte, setzte er ihr rasch die Tiere in den Nacken.

Luzie fühlte etwas Warmes auf ihrer Haut. „Was ist das? Max, guck mal, was hat der in meinen Pulli gesteckt?"

Max zog ihren Pulli hoch, sah aber nichts. Luzie hüpfte herum und versuchte, das warme Etwas zu entfernen. Max wusste keine andere Lösung und schlug ihr heftig auf den Rücken. Doch das war ein Fehler: Die Mäuse steckten unter ihrem Hemd und durch die harten Schläge zerquetschte er sie. Luzie fühlte, wie eine dickflüssige Masse ihren Rücken runterrutschte. Sie riss das Hemd hoch, bekam es aber nicht aus der nassen Hose und zerriss es fast. Plötzlich gab es nach und die zermatschten Mäuse rutschten heraus. Der Brei verteilte sich auf dem Boden und Luzie starrte angewidert auf die blutige Pampe.

Satan hatte sich inzwischen fortgeschlichen und beobachtete aus sicherer Entfernung seinen gelungenen Streich. Luzie sah, wie er sich hinter einen Busch duckte und schadenfroh grinste. Sie fühlte, wie die Wut in ihr hochstieg und ihre Kräfte wuchsen. Ihr Zorn schwoll an. Sie konnte nichts dagegen unternehmen und rannte zu dem Gebüsch. Mit festem Griff zerrte sie Satan heraus, packte seinen Hals und schüttelte ihn kräftig durch. Die Magie übernahm die Macht über sie. Ihre Kraft wurde größer und Satan war ihr hilflos ausgeliefert. Luzie drückte seinen Hals zu. Er bekam keine Luft mehr, sein Gesicht schwoll an und färbte sich rot.

Max bangte um das Leben des Jungen und schrie: „Luzie, lass los, du bringst ihn ja um!“

Luzie erwachte wie aus einem bösen Traum. Sie löste den Griff, schubste Satan weg und schimpfte: „Glaub nicht, dass du so davonkommst. Das verzeih ich dir nie!“

Satan torkelte benommen einen Schritt zurück und lief verängstigt weg.

Max legte seinen Arm um ihre Schultern. „Lass ihn laufen, Luzie, der Bursche ist es nicht wert, dass du seinetwegen Ärger bekommst.“

Luzie war den Tränen nahe. „Kannst du mir sagen, was der Kerl will? Und was die Schweinerei mit den Mäusen sollte?“

„Ich denke, er wollte uns damit ablenken und sich in Sicherheit bringen.“

„Ich versteh das nicht, Max. Warum lässt der uns nicht in Ruhe? Wir haben ihm doch nichts getan.“

„Ich begreife es auch nicht, vielleicht steckt die Hexe dahinter.“

„Mag sein, Max. Auf jeden Fall müssen wir die beiden beobachten. Die haben irgendetwas mit Tino vor. Der Bursche wollte ihn schon wieder fangen. Es wäre gut, wenn wir ihn verfolgen und mal gucken, was der so treibt.“

Für Luzie war es beschlossene Sache. Sie zog ihren Pulli aus, säuberte ihre Sachen im Bach und legte alles in die heiße Sonne zum Trocknen. Dann zupfte sie die Decke gerade und streckte sich in der Unterhose im heißen Sonnenlicht aus. Max legte seinen Pulli und seine Hose daneben, schlang ein Handtuch um seine Hüfte und ließ sich auch von der Sonne wärmen. Ihre leichten Sommersachen waren im Nu trocken. Es dauerte keine halbe Stunde, da kleideten sie sich an und packten ihre Sachen zusammen.

Luzie machte alles zur Verfolgung fertig, piff Tino heran und befahl: „Du bleibst in unserer Nähe und hältst dich von dem Burschen fern. Hast du verstanden?"

Tino bellte gehorsam.

Max sah sie fragend an. „Wo willst du hin?"

„Na, Satan verfolgen, das hatten wir doch besprochen."

Max zog die Augenbrauen hoch, sagte aber nichts. Luzie war fest entschlossen und ein Einwand wäre jetzt zwecklos. Deshalb stand er auf und machte sich ebenfalls startklar.

Als sie aufbrachen, hatten beide nicht die geringste Vorstellung, wohin sie sich wenden sollten, und suchten nach Spuren. Sie gingen den Bach entlang und kamen an der alten Weide vorbei. Luzie begrüßte den Baum wie einen guten Freund und bedankte sich nochmals für den Schutz, den sie ihnen gewährt hatte. Plötzlich war ihr, als würden die Zweige ihr zuwinken.

Sie blieb stehen, verbeugte sich leicht und fragte: „Hast du eine Idee, wo wir Satan finden?"

Max schüttelte den Kopf. „Lass den Quatsch, komm weiter. Wenn wir keine Spur von ihm finden, gehen wir zur Hütte. Vielleicht ist er nach Hause gelaufen."

Luzie hielt ihm den Korb und die Decke entgegen. „Und wo wollen wir mit den Sachen hin? Ich möchte das Zeug nicht die ganze Zeit schleppen."

„Ich auch nicht. Wir müssen es irgendwo verstecken."

„Genau! Wir legen alles unter die Weide, Tino kann Wache halten und bei Gefahr Hilfe holen. Es wäre sowieso nicht gut, wenn er uns begleitet. Er könnte uns mit seinem Gebell verraten und sich wieder in Gefahr bringen. Wir lassen einfach alles hier liegen und fragen die Weide, ob Tino sich in ihren Ästen verstecken darf."

Max grinste spöttisch. „Das ist eine gute Idee. Frag du die Weide!"

„Na klar frag ich die Weide. Sie versteht mich. Ich höre immer ihr Flüstern."

Max verzog die Lippen. Für solche Spinnereien hatte er nur ein müdes Lächeln übrig.

Während Luzie die Decke und den Picknickkorb unter den Baum legte, verdrückte Tino sich in die Büsche.

Max sah seinen weißen Schwanz verschwinden und rief: „Luzie! Hol ihn zurück. Wenn er so schlau ist, wie du sagst, wird er es verstehen."

Luzie stieß einen Pfiff aus, doch Tino kam nicht. Er stand ein paar Meter entfernt, äugte durch den Busch und jaulte erbärmlich. Sie ging zu ihm, streichelte beruhigend sein Fell und flüsterte ihm ins Ohr: „Du bleibst hier. Wir schauen, was der Bursche treibt, dann kommen wir dich wieder holen. Sollten wir nicht zurückkommen, läufst du zu Papa und zeigst ihm, wo wir hingegangen sind. Hast du mich verstanden?"

Tino sah Luzie aus seinen schwarzen Kulleraugen traurig an und bellte zweimal.

Luzie brach es fast das Herz, sie konnte kaum hinsehen und seufzte. „Na gut, wenn du so traurig bist, dann komm mit! Du kannst die Witterung aufnehmen und die Fährte suchen. Aber bleib dicht bei uns, du weißt, dass Satan dich fangen will."

***

Satan flüchtete mit finsterem Blick durch den Wald. Luzie hatte ihm einen gehörigen Schreck eingejagt. Niemals hätte er sich träumen lassen, dass ein Mädchen so viel Kraft aufbrachte und ihn in Angst und Schrecken versetzte. Er gab sich selbst die Schuld, hatte er doch auf ganzer Linie versagt. Nicht genug, dass er wie ein dreckiger Köter das Weite suchen musste, er hatte auch noch den Hund eingebüßt. Dabei wäre das Tier das perfekte Geschenk für seine Mutter gewesen. Er hätte diesem Kläffer gleich einen Schlag versetzen sollen. Nur ein kräftiger Hieb auf den Kopf und er hätte das ideale Mitbringsel gehabt. Nun hatte er nichts und er musste erneut auf die Suche gehen.

Satan grunzte missmutig, schüttelte wie ein Pferd den Kopf und warf seine langen, fettigen Haare nach hinten. Plötzlich knackte hinter ihm ein Zweig. Er drehte sich um und huschte ins Unterholz. Zum Sprung bereit kauerte er sich auf den Boden und spähte angespannt durch die Büsche.

Es dauerte keine Minute, da hoppelte ein Kaninchen durchs Gestrüpp. Satan packte zu und hielt einen Augenblick später das zappelnde Tier in seiner Hand. Bewegungslos wartete er noch einen Moment und hoffte, dass weitere kämen.

Als sich nichts rührte und nirgendwo Geräusche zu hören waren, gab er auf. Für heute war die Jagd vorbei. Satan ging zurück, folgte dem Weg zur hohen Gracht und trabte nach Hause.

Die Mutter empfing ihn mit einem mürrischen Wortschwall. „Wird auch Zeit, dass du kommst! Was hast du mitgebracht? Gib schon her!"

Satan reichte ihr das Kaninchen, legte den Rucksack auf den Tisch und zog stolz die Tauben, Frösche und Würmer heraus. Die Alte raffte alles zusammen, steckte die Tauben in die großen Seitentaschen ihres schwingenden Rocks und stopfte das Kaninchen in einen Beutel. Die Frösche und Würmer ließ sie liegen und verließ wortlos die Hütte.

„Ma...a...am! Nimm nicht alles. Lass mir eine Taube, ich bin hungrig."

„Na und? Friss Würmer, die sind gesund." Die Alte würdigte Satan keines Blickes, drehte sich um, verschwand im Wald und ließ ihn wie immer allein.

***

Max und Luzie folgten Satans Spuren, die er achtlos hinterlassen hatte. Tino schnupperte an jedem Grashalm, blieb aber stets an Luzies Seite. Mittlerweile war es später Nachmittag. Die Sonne warf schon lange Schatten, als sie sich dem Gebiet näherten, in dem sie eigentlich nicht sein durften. Luzie dachte an die mahnenden Worte der Mutter und wollte umkehren, als plötzlich Stinki Wackelzahn auftauchte. Die Alte trug einen Beutel, huschte von einem Baum zum anderen und schaute ständig hinter sich.

Luzie kam ihr Verhalten verdächtig vor, sie zog Max in die Büsche und flüsterte: „Guck mal, da ist Stinki. Wo will sie hin?"

„Au Backe, Luzie! Wenn die uns hier sieht, sitzen wir in der Tinte. Komm, wir hauen ab."

„Nein, Max, dann sieht sie uns. Wir müssen uns verstecken und beobachten, wo sie hingeht."

„Lass uns umkehren, Luzie. Mit der Alten stimmt was nicht. Guck nur, wie die durch den Wald huscht."

Luzie kroch durch das Gestrüpp. „Komm, wir schleichen hinterher. Ich wüsste zu gerne, was sie in dem Beutel hat."

„Bleib hier, Luzie! Das ist zu riskant. Denk dran, du darfst dir nichts wünschen, wenn was schiefgeht."

„Was soll schon schiefgehen? Wir müssen nur aufpassen, dass sie uns nicht sieht. Los, nun komm schon!"

Max war das alles nicht geheuer. Trotz der vielen Brennnesseln schlichen sie tiefer ins Gebüsch hinein. Dadurch verloren sie Stinki aus den Augen. Sie folgten ihrem Gestank, der sich wie eine ranzige Fahne durch den Wald schlängelte. Der Geruch war so stark, dass sie mühelos Anschluss halten konnten.

Die Spur führte zur hohen Gracht, und als sie dort ankamen, sahen sie die Alte. Sie stand an der Felswand, wo das Gestein besonders rissig war, und spähte nach allen Seiten. Ihre Blicke flogen nach links und rechts. Als sie sicher war, dass niemand sie beobachtete, öffnete sie den Beutel, nahm das Kaninchen heraus, zog die Tauben aus ihren Rocktaschen und steckte alle Tiere in eine Felsspalte. Anschließend setzte sie sich bei den Tannen an einen Baumstamm und schloss die Augen.

Max und Luzie lagen unter dichten Sträuchern und belauerten die dösende Alte. Es geschah lange Zeit nichts und Max gähnte gelangweilt. „Was macht die da, schläft die?"

Luzie legte den Zeigefinger auf ihre Lippen. „Sei still, wir werden es bestimmt gleich erfahren."

Die Worte waren kaum verklungen, da hörten sie aus dem Felsen ein Grunzen.

Max zuckte zusammen. „Hörst du das? Das dröhnt wie eine Rotte Schweine."

„Pst, da ist noch was. Hast du es nicht gehört?"

Ein kratzendes Geräusch erklang von der Felsspalte her und plötzlich waren die Tauben und das Kaninchen weg.

Max zog den Kopf ein, er traute sich kaum zu sprechen und zeigte erschrocken zum Felsen. „Wo sind die Tiere? Die Tiere sind weg!"

Mittlerweile war Luzies Arm eingeschlafen, sie hatte sich fast eine Stunde lang nicht vom Fleck gerührt und musste sich bewegen. Mit steifen Gliedern stand sie auf. „Bleib hier liegen. Ich schleiche näher heran, vielleicht kann ich was erkennen."

„Nein, Luzie, bleib hier! Die Alte ist mir unheimlich. Ich will nach Hause."

„Gleich, Max. Warte noch einen Moment, ich will erst sehen, was hier passiert, dann gehen wir."

Tino hatte die ganze Zeit reglos im Gras gelegen. Luzie schob ihn tiefer ins Gestrüpp und befahl: „Bleib bei Max, ich komme gleich zurück."

Max wusste, dass er sie nicht umstimmen konnte, er versteckte sich tiefer im Gebüsch und sah seufzend zu, wie Luzie eine Erhöhung hinaufkroch und sich dort auf die Lauer legte. Sie lag noch keine Minute im hohen Gras, als plötzlich aus der Felsspalte kleine Steine herauskullerten.

Die Wackelzahn sprang sofort auf, sammelte die Steine ein und trällerte: „Da seid ihr ja, meine lieben Kleinen. Kommt, ihr Schätzchen, kommt alle zu mir."

Es flogen immer mehr Steine, einer hatte so viel Schwung, dass er direkt vor Luzies Nase landete. Sie steckte ihn ein und beobachtete, wie Stinki alle Steine in ihre Rocktaschen stopfte und eilig davonhuschte.

Luzie schlich zurück zu Max, warf sich ins Gestrüpp und hielt ihm ihren Fund unter die Nase. „Schau mal, was ich gefangen hab. Das ist ein Edelstein, die fliegen aus der Felsspalte."

„Mensch, Luzie, das ist ein Diamant. Wer wirft denn Diamanten durch die Gegend?"

„Ich denke, Stinki macht mit jemandem einen Tauschhandel und bekommt für die Tiere Edelsteine."

Plötzlich fielen Luzie wieder die alten Geschichten ein, und je mehr sie darüber nachdachte, desto misstrauischer wurde sie. Täglich spielte sie mit Max im Wald und noch nie hatte sie Angst gehabt, doch jetzt hatte die Wackelzahn es geschafft: Sie fürchtete sich und rannte mit Max und Tino nach Hause.

***

Die nächsten Tage vergingen wie im Flug. Max und Luzie gingen jeden Morgen zum Bach und verbrachten den Tag an ihrem Lieblingsplatz.

An der Weide machte Luzie jedes Mal halt, verbeugte sich tief und sagte: „Guten Morgen, liebe Weide, es wird heute sehr heiß, ich hole dir Wasser und kühle deine Wurzeln." Für diesen Zweck hatte Luzie einen Eimer bereitgestellt. Den füllte sie mit Wasser, bahnte sich einen Weg durch die Zweige und goss das kühle Nass am Stamm aus.

Sobald das Wasser die Wurzeln erreichte, schüttelte die Weide ihre Äste und raunte: „Danke, das hat mir gutgetan."

„Bitte schön, auf Wiedersehen", erwiderte Luzie und lief weiter.

Max hörte die Weide nie sprechen, er schüttelte den Kopf und plapperte ihr nach. „Bitte schön, auf Wiedersehen!"

Luzie nahm ihn in den Arm und lachte. „Du armer Erdling, hörst du nicht, wie die Weide zu uns spricht?" Max hörte nichts. Sosehr er auch lauschte, er vernahm keinen Ton.

Sie winkten der Weide noch einmal zu, eilten zur Bergwiese, die hinunter zum Bach führte, und breiteten dort ihre Sachen aus. Anschließend brachten sie Tino Kunststücke bei, warfen Steine in den Bach und fingen Fische. Als die Mittagszeit kam, wateten sie durch den Bach zu einer Kiesbank, wo sich das Gewässer teilte und eine kleine Insel bildete. Seit Tagen schleppten sie Steine und Bretter zu dieser Stelle und bauten daraus Sitzplätze. Sie buddelten eine Vertiefung in den Kies, sammelten Holz und bereiteten alles für ein Lagerfeuer vor. Tino war so abgerichtet, dass er die kleinen, dünnen Hölzer aus den Büschen holte und als Anzündholz zu ihnen brachte.

Luzie trug den Proviant, den die Mutter eingepackt hatte, zur Insel, während Max das Feuer anzündete. Sie legte die Würste, Limo und Brot griffbereit ans Feuer und setzte sich neben Max. Dieser steckte einen dünnen Stock durch die Wurst und hielt sie in die Flammen.

Als der würzige Bratenduft in seine Nase zog, lehnte er sich zufrieden zurück. „Ach, ist das schön, so möchte ich mit dir mein ganzes Leben verbringen!" Luzie gab ihm keine Antwort, sie ließ den Kopf hängen und wurde immer schweigsamer. Max wunderte sich, wie freudlos sie plötzlich am Feuer saß. „Was ist los?", fragte er ängstlich. „Hab ich was falsch gemacht?"

Als sie traurig den Kopf schüttelte, zog er die Wurst aus dem Feuer. „Was ist? So kenn ich dich gar nicht. Ist was passiert?"

Luzie nickte betrübt. Sie hatte vergessen, ihren Eltern von Satan und Stinki zu erzählen, und machte sich nun Sorgen. Seit Neuestem träumte sie schon von den beiden. Und die Träume wiederholten sich: Es war dunkel und irgendwo lauerte Gefahr. Sie wollte weglaufen, doch etwas hielt sie fest und flüsterte: „Hol ihn raus, er ist in Gefahr!"

Das war so gruselig, dass sie jedes Mal schweißgebadet aufwachte.

Max sah, dass sie leicht zitterte, und fragte noch mal: „Luzie, was ist los, was hast du?"

„Ach, ich hab meinen Eltern noch nichts von Satan und Stinki erzählt und nachts hab ich so schlimme Träume. Glaubst du, das hat etwas zu bedeuten?"

„Was träumst du denn?"

„Dass ich gefangen bin, irgendwo festhänge, nicht laufen kann und jemanden retten muss."

„Und kannst du ihn retten?"

„Keine Ahnung, ich wache vorher auf. Meinst du, das hat etwas mit Stinki zu tun?"

„Ich weiß nicht, Luzie. Aber wenn du denkst, dass es etwas mit ihr zu tun hat, dürfen wir auf keinen Fall mehr in den schwarzen Wald gehen. Unsere Grenze ist die Weide, weiter gehen wir nicht. Abgemacht?"

„Glaubst du, das hilft?"

„Na klar, deine Mutter sagt doch, dass die Hexe sich nur bei der hohen Gracht herumtreibt. Wenn wir da wegbleiben, ist alles gut."

Luzie blies erleichtert die Luft aus. Sie vertraute Max, verdrängte rasch ihre trüben Gedanken und genoss den schönen Tag.

***

Die Ferien waren herrlich: Die Kinder spielten jeden Tag am Bach und hatten bald all ihre Sorgen vergessen. Zwei Wochen dauerte nun schon ihr Glück und niemand dachte mehr an die Hexe. Doch eines Tages, als sie wieder auf dem Weg zu ihrem Lieblingsplatz waren, entdeckten sie die Wackelzahn. Sie stand am Wiesenrand hinter einer Tanne und gaffte zu ihnen herüber. Nach dem zertrampelten Gras zu urteilen, musste sie schon länger hier gestanden haben.

Luzie pfiff Tino bei Fuß und knuffte Max in die Seite. „Guck mal! Da ist Stinki, was will die denn hier?"

Stinki hatte auf die drei gewartet und kam mit wogenden Hüften näher. „Ach, da bringst du ja das Hündchen", krächzte sie mit einem höhnischen Grinsen. „Das wurde auch Zeit. Komm, gib es her!"

Luzie durchbohrte sie mit einem wütenden Blick. „Was willst du? Das ist mein Hund, den bekommst du bestimmt nicht!"

„Ach, das wollen wir doch mal sehen! Wenn du mir den Hund nicht gibst, werde ich euch verhexen."

Luzie schüttelte verdattert den Kopf. War die Alte verrückt?

Während sie darüber nachdachte, wieso die Hexe Rechte an Tino einforderte, hob diese ihren krummen Zeigefinger und drohte: „Da staunt ihr, was? Ja, ich werde euch verhexen. Zu Stein sollt ihr werden und mir als Wegweiser dienen."

Die Alte meinte es ernst. In ihren Augen flackerte ein hinterhältiges Blitzen. Sie wollte tatsächlich die Kinder verhexen, den Hund einfangen und zur hohen Gracht bringen. Denn für den Hund bekam sie viele Edelsteine.

Luzie glaubte nun wirklich, dass die Alte verrückt war. Was bildete die sich ein? Glaubte sie wirklich, sie würde Tino so einfach bekommen?

Luzie hatte genug von der Verrückten, ging an ihr vorbei und murrte: „Ach, geh doch zum Teufel!"

Stinki versperrte ihr den Weg. „Was hast du gesagt?"

Die beiden standen sich gegenüber und Luzie fühlte, wie der Zorn von ihr Besitz ergriff. Ihre Lider zuckten. Sie biss die Zähne zusammen, ballte die Faust und stieß Stinki zur Seite.

Die Alte schüttelte den Schlag wie eine lästige Fliege ab und keifte: „Lass deine dreckigen Finger von mir!"

Luzie wollte sich nicht mit ihr streiten. Sie hatte angenommen, die Hexe wäre umgefallen, aber sie stand noch immer wie ein Betonklotz vor ihr und beäugte Tino. Jetzt wurde es brenzlig.

Luzie flüsterte Max schnell zu: „Los, lauf weg!"

Ihr Freund zögerte kurz, dann sauste er mit Tino davon. Luzie drängte sich an Stinki vorbei und lief hinterher. Sie rannten den Waldweg hinunter, der zum Bach führte. Sie waren kaum ein paar Meter gelaufen, da tauchte an einer Abzweigung die Hexe auf. Sie hetzte die Kinder in die verkehrte Richtung und drängte sie zum schwarzen Wald.

„Bleibt stehen, Kinder, es geschieht euch nichts. Ich will euch was schenken!" Ihre hinterhältige Stimme krächzte durch den Wald.

Luzie hasste diese Stimme. Jedes Kind hätte sofort erkannt, dass man ihr nicht trauen durfte. Es war offensichtlich, die Alte wollte sie in eine Falle locken: Sie liefen auf dem falschen Weg, es gab keine Abzweigung und die Wackelzahn trieb sie geradewegs zur Hütte.

Als sie nur noch wenige Meter davon entfernt waren, trat Satan aus der Tür und sie steckten fest. Wenn sie umkehrten, liefen sie Stinki in die Arme und vorne versperrte Satan den Weg. Luzie blieb atemlos stehen, legte Max den Arm um die Schultern, pfiff Tino bei Fuß und wollte sich wegwünschen.

Doch plötzlich hörte sie die Worte der Mutter: „Du darfst dir nichts wünschen." Ihr wurde angst und bange. Was sollte sie jetzt tun?

Die Wackelzahn grinste siegessicher. Sie hatte die Kinder überlistet und nun war der Zeitpunkt gekommen, sie zu verzaubern. Mit ihrem krummen Zeigefinger kreiste sie dreimal durch die Luft und krächzte:

„Ihr Kinder gebt schön acht,
ein Wegweiser zeigt zur hohen Gracht.
Wohlgeformt aus Sand und Stein,
das sollt ihr für immer sein."

Plötzlich rauschte ein heftiger Wind durch die Bäume. Luzie starrte mit angehaltenem Atem in die Luft, zog Max auf den Boden und tuschelte: „Schnell! Duck dich! Vielleicht haben wir Glück und der Zauberspruch fliegt über uns hinweg." Max ging in die Knie, nahm Tino in die Mitte und machte sich klein. Der Wind brauste über die drei hinweg und nichts geschah.

Die Hexe kreiste mit dem Zeigefinger durch die Luft und krächzte noch mal den Zauberspruch. Doch wieder passierte nichts.

Als sie es ein drittes Mal versuchte, lief Satan zu ihr. „Maam! Hör auf, du hast keine Zauberkraft. Die hast du doch schon lange verloren."

Die Alte schlug ihm ins Gesicht: „Halt's Maul, du Esel."

Der Fausthieb war heftig, er stolperte, fiel auf Tino und sackte mit ihm zusammen. Satan glaubte, Tino wäre tot, so packte er sein Halsband und schleifte ihn zu Stinki. Als er den Hund seiner Mutter vor die Füße legte, sprang Tino auf und biss ihn in die Hand. Satan trat ihm in den Unterleib und schrie: „Du blöder Köter! Hau ab!"

Tino prallte gegen einen Baum, landete in einem Dornenbusch und blieb reglos liegen. Luzie stockte der Atem. Sie rannte zu ihrem Hund und bemerkte, dass er kaum noch atmete und sein Puls immer schwächer wurde. Sie wurde kreidebleich. Das Herz klopfte ihr bis zum Hals und in ihrem Kopf schwirrte ein entsetzlicher Gedanke umher: „Tino stirbt!" Schluchzend sank sie in die Knie. „Tino, Tino! Steh auf. Bitte, steh auf!", flehte sie ihn an.

Doch Tino rührte sich nicht und Luzie befürchtete das Schlimmste. Sie untersuchte seinen Rücken, betastete seine Beine und seinen Bauch. Als sie die Hand zurückzog, stieß sie einen schrillen Schrei aus: Sie war voller Blut. Überall war Blut. Es sickerte aus Tinos weißem Pelz und färbte ihn rot. Luzie wühlte in seinem Fell und suchte die Stelle, wo das viele Blut herkam. Ihre Finger folgten der Blutspur und fanden eine große Platzwunde.

Sie presste die Hand darauf, drückte die Wunde zusammen und flehte: „Bitte, bitte, Tino, wach auf. Du darfst nicht sterben!"

Alle starrten auf den verletzten Hund. Es war totenstill, selbst Stinki hatte es die Sprache verschlagen und sie stierte stumm herüber.

Max stand wie eine Salzsäule neben Tino und stöhnte: „Au Backe! Au Backe!" Max sagte immer „Au Backe", wenn etwas Furchtbares passierte. Und jetzt sagte er es gleich zweimal hintereinander. Als er es zum dritten Mal hervorstieß und auch noch fragte: „Ist er tot?", antwortete niemand. Das Schweigen zehrte an seinen Nerven. Er sah die Angst in Luzies Augen, beschloss, ein Wagnis einzugehen, und schrie: „Hilf ihm, Luzie! Wünsch dir was. Egal, was passiert. Mach ihn gesund!"

Luzie fühlte, wie das Blut aus Tinos Leib sickerte, und drückte fester zu. Es dauerte nicht lange, bis sie bemerkte, dass die Blutung zum Stillstand kam. Das Blut quoll langsamer unter ihrer Hand hervor, dann hörte es ganz auf. Obwohl sie keinen Wunsch ausgesprochen hatte, versiegte der Blutstrom und sie fühlte, wie das Leben in Tinos Körper zurückkehrte. Noch konnte sie sich nicht freuen, zu tief steckte die Angst in ihren Knochen.

Erst als sie sicher war, dass Tinos Lebensgeister zurückkehrten, hob sie ihn vorsichtig hoch und rief: „Er lebt! Tino lebt!"

Satan drehte sich um, spuckte verächtlich aus und ging davon. Als Luzie sah, wie teilnahmslos er wegging, stieg in ihr die Wut hoch. Ihre Augen funkelten und blitzten. Sie verzog die Lippen und plötzlich stürzten die Worte unbedacht aus ihrem Mund: „Du Mistkerl, ich wünsche dich zum Teufel!"

Die Worte verteilten sich wie ein Fliegenschwarm, purzelten über Satan hinweg und einen Wimpernschlag später war er verschwunden.

Luzie drückte Tino an ihre Brust, presste ihre Hand auf die Wunde und rannte mit Max den Weg zurück, den sie gekommen waren. Als sie an der ersten Gabelung abbogen und aus dem verbotenen Wald flohen, hörten sie Schritte. Max blickte zurück. Stinki tauchte an der Abbiegung auf und verfolgte sie schon wieder. Max legte einen Zahn zu und sauste den Waldweg hinab. Der Weg war holprig und Tino winselte bei jedem Tritt wehleidig auf.

Luzie fühlte, dass die Wunde wieder feucht wurde. „Nicht so schnell, Max, die Wunde reißt auf. Tino blutet. Wir müssen einen Platz suchen, wo ich ihn verarzten kann."

Max drehte sich um und blickte Stinki direkt in die Augen. „Lauf weiter, Luzie. Die Wackelzahn ist uns auf den Fersen."

„Ich kann nicht. Tino blutet. Ich wünsche mir, wir könnten uns irgendwo verstecken."

Luzie hatte es kaum ausgesprochen, da wurden sie von einem Wirbelwind davongetragen und standen einen Augenblick später vor der Trauerweide. Diese erwartete die Kinder schon. Sie hatte im Geäst ein Nest gebaut und ihre langen Zweige wie eine Strickleiter verschlungen. In ihren Blättern rauschte der Wind und überall säuselte es: „Steigt hoch, steigt hoch!“

Hastig kletterten sie die Leiter rauf und plumpsten in das Nest. Luzie legte Tino auf den Boden und streichelte behutsam seine Wunde. Der Hund fühlte die heilende Wirkung, die ihre Hände ausstrahlten, und hielt ganz still. Je länger Luzie über die Wunde strich, desto kleiner wurde sie. Nach einiger Zeit war sie ganz verschwunden und es war, als wäre Tino nie verletzt gewesen.

Plötzlich wurde Luzie bewusst, dass sie etwas getan hatte, was sie nicht hätte tun dürfen, und sie flüsterte: „Max, ich glaube, ich hab Satan verwünscht. Und dann hab ich mir gewünscht, dass wir in Sicherheit sind. Meinst du, dass ich jetzt Tino abgeben muss?“

„Ich denke nicht, Luzie. Du kannst nichts dafür, die Hexe ist schuld. Wenn sie uns nicht verfolgt hätte, hättest du dir auch nichts gewünscht. Du musst deinen Eltern sagen, dass du schuldlos bist. Das verstehen sie bestimmt.“

Luzie war den Tränen nahe. Sie liebte Tino so sehr und es wäre die größte Strafe, wenn sie den Hund abgeben müsste. „Ich musste uns wegwünschen, Max, sonst wäre Tino verblutet. Meinst du wirklich, meine Eltern verstehen das?“

„Na klar, Luzie. Sie werden das verstehen. Du wirst sehen.“

Luzie streckte erleichtert die Beine aus. „Danke, Max. Es ist schön, dass du mein Freund bist.“

***

Die Wackelzahn hatte die Kinder aus den Augen verloren. Sie waren plötzlich wie vom Erdboden verschluckt und nirgends mehr zu sehen. Suchend lief sie den Waldweg hinab, folgte dem Pfad zur Weide und hoffte, die drei dort zu finden. Schon einmal hatten die Kinder sich da versteckt, also konnten sie sich auch diesmal dort verbergen.

Als Stinki die Weide erreichte, spähte sie nach oben. Sie sah die verschlungenen Zweige, schwang sich daran hoch und versuchte, die Sprossen zu erklimmen. Doch als sie ihre Füße auf die Leiter setzte, lösten sich die Stufen auf und sie rutschte ins Leere. Fluchend klammerte sie sich an einen Ast. Während sie lauthals keifte und fluchte, umklammerten die Zweige der Trauerweide ihre Handgelenke und Füße. Es ging blitzschnell, und ehe sie begriff, was mit ihr geschah, hing sie gefesselt im Baum.

Stinki jaulte und jammerte: „Hallo Kinder. Helft mir. Ich weiß, dass ihr da oben seid. Befreit mich, dann bring ich euch nach Hause."

Luzie lachte. Auf diesen Trick fiel sie nicht noch einmal rein. Sie legte den Finger auf die Lippen, duckte sich tiefer ins Nest und blieb mucksmäuschenstill sitzen. Die Hexe baumelte wie eine Fahne im Wind am Baum und stieß die wildesten Verwünschungen aus. Es dauerte lange, bis sie sich beruhigte und dösend im Geäst hin und her schaukelte. Als Max und Luzie sahen, dass von ihr keine Gefahr mehr drohte, verließen die drei ihr schützendes Nest und liefen nach Hause.

Als die Kinder schon lange in ihren Betten lagen und schliefen, hing die Hexe noch im Geäst, zerrte an den Zweigen und versuchte zu entkommen. Doch jedes Mal, wenn sie glaubte, die Fesseln würden sich lösen, schleuderte die Weide ihre Äste hoch, sodass sie wie eine zerlumpte Vogelscheuche mal gerade und mal quer im Baum hing. So verbrachte sie Stunde um Stunde. Der Tag machte Platz für die Dunkelheit und die Nacht senkte sich hernieder. Die Tiere der Finsternis erwachten. Sie schwirrten um Stinkis Kopf herum, benutzten sie als Landeplatz und ließen ihren Kot auf sie fallen. Die Hexe jammerte und winselte, doch es half nichts, die Weide hielt sie fest umklammert.

Erst im Morgengrauen, als die Vögel den neuen Tag begrüßten, löste die Weide ihre Fesseln und ließ Stinki mit einem dumpfen Aufschlag auf den Boden fallen.

***

Am Morgen erwachte Luzie aus einem tiefen Traum. Stimmengewirr hatte sie geweckt. Es drangen erregte Gesprächsfetzen an ihr Ohr und sie hörte dauernd ihren Namen.

Gähnend schob sie die Decke beiseite, setzte sich auf die Bettkante und horchte. In der Küche diskutierte jemand lautstark mit der Mutter. Eine unangenehme Stimme schallte durchs Haus. Das Kreischen kam ihr bekannt vor und versetzte sie in Angst und Schrecken. Der gestrige Tag steckte Luzie noch in den Knochen und sie befürchtete, dass unten nichts Gutes auf sie wartete.

Mit einem mulmigen Gefühl stand sie auf und schlich auf nackten Füßen ins Treppenhaus. Sie lehnte sich über das Treppengeländer, spitzte nochmals die Ohren und hörte wieder ihren Namen. Es war offensichtlich, das Gespräch drehte sich um sie.

Am liebsten hätte Luzie sich wieder unter der Bettdecke verkrochen, doch die Neugier trieb sie weiter. Mit einem mulmigen Gefühl im Bauch rutschte sie auf dem Geländer hinunter und schlich zur Küchentür.

Plötzlich witterte sie Gefahr. Unschlüssig blieb sie stehen. Es dauerte eine Weile, ehe sie ihren Mut zusammenraffte und leise die Türklinke herunterdrückte. Vorsichtig schob sie die Tür auf und lugte ins Zimmer.

In der Küche war die Wackelzahn! Breitbeinig saß sie auf einem Stuhl, stützte die Ellbogen auf dem Tisch ab und schlürfte heißen Kaffee. Die Alte benahm sich unmöglich: Sie rülpste, furzte und stritt lauthals mit ihrer Mutter. Luzie zog die Tür zu und wollte weg!

Doch es war zu spät. Die Hexe hatte sie bemerkt und keifte: „Da ist sie ja, jetzt werden wir gleich hören, wo mein Söhnchen ist!"

Luzie starrte Stinki in die Augen und erblasste. Diese Frau heckte etwas aus, das konnte sie sehen. In ihren Augen blitzten Falschheit und Habgier auf. Doch was wollte sie von ihr? Außer Tino besaß sie doch nichts, was sie ihr geben konnte.

Während sie noch überlegte, stürzte die Alte in den Flur und packte sie bei den Armen. „Hab ich dich, mein Täubchen, sag mir, wo mein Junge ist, wo hast du ihn hingeschafft? Sag's oder soll ich dich mitnehmen?"

Die Wackelzahn quetschte Luzies Arme und drückte immer fester zu. Es tat weh und Luzie stieg die Wut brennend heiß in den Kopf. Sie spannte ihre Muskeln an und eine unbändige Kraft strömte in ihren Körper. Die Hexe fühlte die Kraft. Die Magie floss durch ihre Hände und drang in ihre Adern. Plötzlich begriff die Alte, dass sie etwas Wertvolles in den Händen hielt. Geahnt hatte sie es schon lange. In dem Augenblick, als Luzie ihren Sohn verwünschte, hatte sie gewusst, dass das Kind besondere Kräfte besaß. Doch eine solch starke Energie hatte sie nicht erwartet. Die musste sie unbedingt haben. Sie zerrte Luzie zur Tür.

Maria hörte ihre Tochter schreien, stürzte in den Flur, stieß Stinki weg und befahl: „Verlassen Sie sofort mein Haus! Wir haben mit der Sache nichts zu tun, gehen Sie und wagen Sie nie wieder, mein Kind zu berühren!"

Es war kaum zu glauben. Stinki zog den Kopf ein und schlich murrend davon. Draußen polterte sie noch etwas herum, dann war sie verschwunden.

Maria brauchte eine Weile, ehe sie verstand, was eben geschehen war, und fragte verwundert: „Wieso sucht die Frau ihren Jungen bei uns? Weißt du etwas davon?"

Luzie nickte. „Ich hab ihn weggewünscht."

„Was?! Du hast den Jungen weggewünscht? Und wohin?"

„Zum Teufel."

„Zum Teufel? Oh Gott, Luzie! Wer weiß, wo er jetzt ist ... Warum hast du das gemacht?"

Luzie erzählte ihr von Tinos Verletzung und befürchtete, nun den Hund zu verlieren. Während sie der Mutter alles ausführlich berichtete, streichelte Maria nachdenklich ihre Hand.

Luzie wunderte sich, dass die Mutter nicht schimpfte, und fragte leise: „Bist du jetzt böse?"

Maria schüttelte den Kopf. „Nein, Luzie, die Wackelzahn ist selber schuld. Wie kann sie Kinder so ängstigen? So eine böse Frau muss man unschädlich machen. Ich bespreche das mit Papa. Mal sehen, was wir tun können."

Luzie atmete erleichtert auf und wollte schon hinauslaufen, als die Mutter sie festhielt und verlangte: „Etwas musst du mir noch versprechen. Du darfst dir nichts mehr wünschen! Du siehst, wie gefährlich es ist. Wenn Satan nicht zurückkommt, bist du schuld, und wo sollen wir einen Teufel suchen? Versprich mir, dass du dich daran hältst und dir nichts mehr wünschst!"

Luzie versprach es, ging in ihr Zimmer und rief Tino. Er war nicht da. Sie lief nach draußen, doch auch dort war er nicht. Sie suchte oben und unten, drinnen und draußen, nirgends war er zu finden. Wo sie auch suchte, er blieb verschwunden.

Luzie war den Tränen nahe. Nun bekam sie ihre Strafe: Tino war weg!

Von einer plötzlichen Unruhe erfasst, lief sie in die Küche, stieß mit der Mutter zusammen, warf sich in ihre Arme und jammerte: „Tino ist nicht da, weißt du, wo er ist?"

Maria schüttelte erstaunt den Kopf. „Nein. Heute früh war er noch da. Da hab ich ihn durch die Hundeklappe verschwinden sehen."

„Wirklich? Du hast ihn nicht fortgebracht?"

„Nein, Luzie."

„Ganz bestimmt nicht, Mama?"

„Nein. Ich hab ihn nicht gesehen und auch nicht fortgebracht. Ich weiß nicht, wo er ist. Vorhin hab ich ihn noch draußen bellen hören."

Luzie rannte nach draußen. „Ich geh ihn suchen, vielleicht ist er bei Max. Wenn nicht, suche ich mit ihm die Gegend ab."

Von einer bösen Vorahnung getrieben, flitzte sie zu Max und erzählte ihm, was geschehen war. Als Max von der Wackelzahn hörte, machte auch er sich große Sorgen und befürchtete: „Vielleicht hat die Hexe Tino mitgenommen."

„Das denke ich auch, Max, pack den Rucksack. Wir dürfen keine Zeit verlieren, wir müssen Tino suchen."

Max packte etwas Proviant, Wasser, eine Wurst für Tino in den Rucksack und schnallte ihn auf seinen Rücken. Er informierte seine Eltern über ihr Vorhaben und machte sich mit Luzie auf den Weg. Schnellen Schritts gingen sie in den Wald, krochen durchs Unterholz und schauten hinter jedes Gebüsch. Als sie an der Trauerweide vorbeikamen, hörte Luzie den Baum raunen:

„Ihr Kinder, gebt schön acht,
die Hexe geht zur hohen Gracht."

Luzie nickte der Weide zu. „Danke schön, auf Wiedersehen."

Max hörte nichts und brummte: „Lass den Quatsch, komm weiter. Für so was ist jetzt nicht der richtige Zeitpunkt."

Luzie wollte Max nicht beunruhigen und ging schnellen Schrittes weiter. Noch konnten sie den Bach hören, das vertraute Geräusch verströmte etwas Beruhigendes. Doch als der Weg sich krümmte und sie den Pfad zum schwarzen Wald betraten, spürten beide sofort die beklemmende Stille. Der Weg war unheimlich und voller dunkler Schatten.

Max zog fröstelnd die Schultern hoch. „Meinst du, es ist richtig, dass wir hier sind? Ich glaube, es ist besser, wir kehren um."

„Jetzt doch nicht, Max, wo wir schon so nah dran sind."

„Und wieso nicht? Denkst du, die Wackelzahn ist hier?"

„Ganz bestimmt, die Weide hat es mir gesagt. Schau dir nur die Büsche an, überall sind abgeknickte Äste. Die schleicht hier irgendwo herum."

Plötzlich knackte ein Ast im Gebüsch. Max linste durch die Sträucher und sah eine Gestalt vorbeihuschen. Er zog Luzie tiefer ins Gestrüpp und stotterte: „Da ... da läuft Stinki. Sie ist auf dem Weg zur hohen Gracht."

Die Hexe schlich durchs Unterholz, brach an jeder Wegbiegung Zweige ab und warf sie auf den Boden. In der Hand trug sie ein gebündeltes Tuch, das bei jedem Schritt, den sie machte, gegen ihre Beine schlug. In dem Bündel bewegte sich etwas und Luzie hörte ein leises Wimmern.

„Das ist Tino. Er ist da drin. Ich hör ihn winseln." Das wehleidige Jaulen drang qualvoll an ihre Ohren. Sie sprang aus den Büschen hervor und wollte zu Tino.

Max hielt sie fest. „Wo willst du hin? Versteck dich, wenn die Alte dich sieht, bringt sie es fertig und tötet Tino. Wir müssen auf eine bessere Gelegenheit warten."

„Lass mich los, Max! Ich hol Tino, er braucht meine Hilfe!"

„Nicht so schnell! Wir müssen erst wissen, was die Hexe vorhat."

„Lass mich los! Ich will nicht warten. Warum musst du immer so ängstlich sein?"

„Damit uns nichts passiert. Ich weiß doch, wie hitzig du bist."

Luzie wäre am liebsten losgelaufen, doch sie unterdrückte ihre Panik, schlich hinter der Hexe her und ließ sie keine Sekunde mehr aus den Augen. Luzie war so aufgebracht und voller Unruhe, dass sie ihre Gefühle nicht mehr unter Kontrolle hatte. Es kribbelte und brodelte in ihrem Körper. Ihr Blut rauschte heiß durch ihre Adern und sie fühlte, wie sich die Zauberkraft in ihrem Körper ausbreitete.

Plötzlich war der Wald voller Magie. Die Sonne verschwand, der Wind rauschte durch die Bäume und in den Blättern wisperten geheimnisvolle Stimmen. Die Bäume schienen zu sprechen und überall säuselte es: *„Beeil dich, mein Kind, Hexe und Hund an der hohen Gracht schon sind.“*

Ihr Geflüster lief an den Ästen hinab und kroch in alle Büsche. Selbst Max fühlte, wie die Luft sich veränderte, und sah, wie Luzie energiegeladen Stinkis Fährte folgte. Überall wo sie stand und ging, verströmte sie Magie und ließ die Luft vibrieren.

Stinki spürte die magischen Schwingungen ebenso. Sie presste das Bündel an ihren Bauch und beschleunigte ihre Schritte. Auf einmal hatte sie es sehr eilig. Sie rannte zum Felsen, öffnete ihr Bündel und zog Tino heraus.

Luzie und Max kauerten zwei Meter entfernt hinter den Büschen und konnten kaum hinsehen. Tino war geknebelt und gefesselt. In seinem Maul steckte ein Wollknäuel und seine Vorderbeine waren mit einer Schnur zusammengebunden.

Die Hexe steckte Tino in eine Felsritze und zog kichernd den Knebel aus seinem Maul. „Komm, mein Hündchen, du wirst mir viele Edelsteine und neue Zauberkraft bringen. Setz dich hin und heul. Heul, so laut du kannst, damit Luzie dich hört, hierherkommt und ich sie fangen kann. Dass sie hier ist, ist gewiss. Fühlst du die Magie, mein Hündchen? Fühlst du die Zauberkraft, die sie verströmt und die in den Blättern säuselt? Das ist Luzie! Sie folgt der Spur, die ich gelegt habe. Das ist gut. So kann sie dich finden und ich kann sie fangen. Wenn sie kommt, sauge ich ihr die Zauberkraft aus dem Leib, dann ist alles mein!“

Die Hexe nahm einen Stock, zeichnete einen Kreis auf den Boden, stellte sich in die Mitte und summte:

„Komm, mein Täubchen, schnell,
komm zu mir auf der Stell'.
In deinem Körper ist Magie,
komm zu mir, ich brauche sie.
Ich sah, was du vollbracht',
komm, bring mir die Macht.“

Stinki umkreiste dreimal die gezogene Linie, spuckte dreimal aus, drehte sich dreimal im Kreis und verschwand im Gebüsch.

Luzie und Max hatten alles beobachtet und keiner traute sich, ein Wort zu sagen. Am liebsten hätte Luzie Tino sofort geholt. Doch es war unmöglich, die Alte lauerte hinter den Sträuchern und beäugte den Weg.

Luzie atmete seufzend die Luft ein. „Hast du das gesehen? Das ist genauso wie in den alten Büchern, die meine Mutter mir immer vorgelesen hat. Da haben die Hexen das auch so gemacht. Die Wackelzahn hat einen magischen Ring ausgelegt und will uns darin fangen. Wir müssen Tino holen, sonst bringt die Alte uns alle um."

„Aber wie sollen wir das machen? Am Felsen haben wir keine Deckung. Wenn wir Tino holen, sieht sie uns. Wir müssen warten, bis es dunkel ist."

„Auf keinen Fall, Max! Meine Mutter würde sich zu Tode ängstigen, wenn sie wüsste, dass wir im Dunkeln an der hohen Gracht sind. Ich hol jetzt Tino, egal, was du sagst."

Plötzlich zog dichter Nebel durch den Wald. Er kroch wie eine weiße Wolke vom Boden hoch, schlängelte sich durch die Bäume und hüllte den Felsen in einen grauen Schleier.

Luzie sprang auf. „Max, komm! Wir müssen den Nebel nutzen." Sie rannten zum Felsen und steuerten die Stelle an, wo sie Tino zuletzt gesehen hatten. Doch als sie dort ankamen, war Tino weg. Luzie bekam weiche Knie. Sie lehnte sich an den Felsen und schrie: „Tino, Tino, wo bist du?"

Während sie noch brüllte, hörte sie im Gestein ein klägliches Jaulen. Sie hielt den Atem an und horchte. „Das ist Tino. Er ist im Felsen, ich muss ihn holen."

Luzie war plötzlich wie von Sinnen. Sie donnerte mit den Fäusten gegen den Felsen, kratzte mit den Fingern die bröckeligen Steine aus der Wand und brüllte lauthals: „Tino, Tino!"

Als sie keine Antwort bekam, quetschte sie sich in die schmale Ritze, in der Tino verschwunden war, und wollte mit Gewalt in den Fels eindringen. Die Öffnung war viel zu klein für ein hochgewachsenes Mädchen. Sie hing mit einem Bein drinnen und mit dem anderen draußen und kam nicht weiter. Max zog sie mit einem Ruck zurück und versuchte, sie zu beruhigen. Doch sie hörte gar nicht hin. Kaum dass sie wieder festen Boden unter den Füßen hatte, kraxelte sie wie eine Wilde den Felsen hoch. Sie griff in jede Öffnung, jedes Loch und suchte nach einem größeren Einlass. Obwohl der Felsen durchlöchert war, konnte sie nirgends einen Einstieg finden.

In ihrer Panik vergaß sie alle Vorsicht und schrie: „Max, steh nicht rum, tu was, wir müssen Tino holen!"

Max zuckte ratlos die Schultern. „Wie denn? Ich seh keinen Eingang."

„Taste den Felsen ab. Jeden einzelnen Spalt. Ich muss da rein!"

Max kletterte die Felswand entlang. „Schrei nicht so laut, wenn Stinki uns hört, findet sie uns auch im Nebel."

„Dann tu was! Hilf mir."

Max wurde böse. „Glaubst du, mir ist egal, was mit Tino passiert? Ich helfe dir, das weißt du genau, aber schrei nicht so laut."

Luzie trommelte hysterisch mit den Fäusten gegen das Gestein. „Ich schrei, so laut ich will."

Max schluckte eine Antwort hinunter, kraxelte schweigend über das lose Geröll und überprüfte jeden Spalt. Luzie stürmte den Felsen hinauf. Die Angst um Tino raubte ihr fast den Verstand. Sie kroch auf allen vieren weiter und griff nach allem, was Halt bot. Der Nebel machte das Gestein feucht und schmierig, sie konnte kaum was sehen und rutschte dauernd ab. Einige Meter weiter oben trieb der Wind die Nebelschleier auseinander und sie sah einen Felsvorsprung, der sich wie ein schmaler Pfad nach oben zog.

Luzie blies erleichtert die Luft aus, drehte sich um und sagte kleinlaut: „Max, komm zu mir, hier können wir hochklettern."

Max überzeugte sich, dass Stinki ihnen nicht folgte, und kraxelte zu ihr. Das Klettern war anstrengend, je höher sie stiegen, desto spröder und rissiger wurde der Fels. Doch dann, als sie schon glaubten, nie einen Eingang zu finden, entdeckten sie einen Schacht, der direkt in den Berg führte. Luzie steckte den Kopf in die Öffnung und blickte in einen schwarzen Schlund. Plötzlich hörte sie Hundegebell. Die Laute krochen an den Wänden empor und sie erkannte Tinos ängstliches Jaulen.

„Das ist Tino. Ich kann ihn hören. Wir müssen hier runter!"

Max glaubte, er hätte sich verhört. „Bist du verrückt? Du willst doch nicht in dieses Loch steigen?"

„Ich muss, Tino ist da drin. Wir steigen runter, holen ihn und klettern wieder hoch."

„So einfach ist das nicht, das muss gut geplant sein."

Luzie wollte von Max' ängstlichem Gerede nichts mehr hören und hielt sich die Ohren zu. Sie steckte ihre Füße in das Loch und murrte: „Wenn du nicht willst, dann geh ich allein, du hörst doch, dass Tino jault."

Max hörte nichts. Da er aber wusste, dass Luzie schon aus weiter Ferne Laute vernehmen konnte, die sonst niemand hörte, stimmte er zu.

Der Schacht war eng, die Wände waren rau und rissig. Luzie stieg in die Öffnung, die gerade mal so breit war, dass sie sich hindurchzwängen konnte, und ritzte sich an der rauen Wand das Bein auf. Es brannte höllisch, doch sie ignorierte den Schmerz. Die Angst um Tino lähmte jede andere Empfindung. Sie stemmte ihre Hände gegen den Felsen, tastete mit den Füßen die Wand ab und fand auf einem hervorstehenden Stein Halt.

Plötzlich brach der Stein ab. Sie stürzte, schrammte an der rauen Felswand entlang und schürfte sich das andere Bein auf. Dann steckte sie fest und kam nicht weiter. Luzie befiel eine Heidenangst. Diese Situation war genau diejenige aus ihrem Traum, den sie so oft träumte. Sie konnte weder vor noch zurück und musste jemanden retten. Ihr wurde heiß und kalt. Ein Zittern ging durch ihren Körper und sie erlebte dieselbe Panik wie in ihrem Traum. Der Angstschweiß perlte von ihrer Stirn und sie war unfähig, sich zu bewegen.

Max sah sie schwitzen. „Was ist, warum gehst du nicht weiter?"

„Ich kann nicht. Ich steck fest. Hilf mir!"

Max angelte nach ihren Armen und zerrte sie nach oben. Luzie blieb an einem Stein hängen und quetschte sich das Bein ein. „Stopp! So geht es nicht. Schieb mich wieder runter!"

Max drückte auf ihre Schultern. Ein Stein polterte in die Tiefe und Luzie rutschte ein Stück abwärts. In letzter Sekunde packte er ihre Handgelenke und hielt sie über dem schwarzen Abgrund fest.

„Mach schnell", stöhnte er, „such dir einen Halt. Ich kann nicht mehr!"

Luzie tastete mit den Füßen die Wände ab, fand einen hervorstehenden Stein und stellte ihren Fuß drauf.

Max fühlte, wie das Gewicht nachließ, und schnaufte: „Kannst du da stehen?“

„Ja. Hier sind überall Steine in der Felswand. Ich kletterte jetzt runter.“

Luzie stieg Tritt für Tritt abwärts. Auf einem großen Stein, wo beide Füße Platz fanden, blieb sie stehen und lotste Max hinunter. Doch je tiefer sie in den Berg eindrangen, desto finsterer wurde es. Das Ende des Schachts lag in völliger Dunkelheit und keiner wusste, wie tief sie noch steigen mussten.

Max zog den Rucksack von der Schulter. „Nimm meinen Rucksack und wirf ihn runter, dann wissen wir, wie tief es ist.“

Luzie ließ ihn fallen und hörte kurz darauf den Aufprall. Es konnte also nicht mehr so weit nach unten gehen. „Ich kann nichts sehen. Wir brauchen Licht.“

„Dann mach doch Licht!“

„Wenn du mir sagst, wie!“

„Au Backe, Blinki, hast du denn alles vergessen?“

Bei dem Namen Blinki musste Luzie lachen. An das Licht hatte sie gar nicht mehr gedacht. Sie raffte ihr Hemdchen hoch, klemmte es unter ihren Pullover, ließ das Licht leuchten und kicherte: „Besser so, Erdling?“

Max sah Luzie am Felsen kleben und drei Schritte unter ihr war der Boden. „Spring runter, Luzie. Es ist nicht tief, ich komm nach.“

Unten erwartete sie eine geheimnisvolle Welt. Die Höhle war ein Labyrinth aus Gängen und Stollen, die sich in vielen Windungen durch den Berg zogen. Rätselhafte Schattenbilder spiegelten sich an den Wänden, doch von Tino war nichts zu sehen. Luzie hatte gedacht, sie würde ihn hier finden, doch er war nirgends.

Enttäuscht hob sie den Rucksack auf, reichte ihn Max und ging mit ihm den Stollen entlang. Bei jedem Schritt, den sie machten, riefen sie lauthals: „Tino, Tino! Wo bist du?“

Die Rufe hallten schaurig durch die Gänge, doch die Sorge um Tino vertrieb ihre Angst. Immer wieder riefen sie seinen Namen, lauschten, riefen und lauschten.

Als sie schon glaubten, sie würden Tino nicht finden, erklang ein klägliches „Wau, wau, wau“.

„Hast du das gehört, Max? Da bellt Tino!“

Max schüttelte den Kopf, er hörte nichts. Luzies Sinne waren zum Zerreißen gespannt. Ihre Magie schärfte ihre Augen und Ohren und sie hörte das leiseste Geräusch. Sie rannte mit Max in den Gang, aus dem die Laute kamen. Nach ein paar Schritten gabelte sich der Weg, sie wusste nicht mehr, wohin, und rief: „Tino, Tino! Wo bist du?"

Stille, nichts als Stille. Kein Laut, kein Bellen, nichts. Plötzlich drangen aus der Tiefe dumpfe Geräusche und aus dem rechten Stollen erklang ein schwaches „Wau, wau, wau".

Luzie zeigte nach rechts. „Da geht's lang. Das ist Tino, er bellt Alarm." Sie flitzten in den rechten Stollen, purzelten blindlings einen Abhang hinunter und rutschten über ein Geröllfeld in eine tiefere Höhle hinein.

Etwas benommen rappelten sie sich auf, klopften den Staub von ihren Kleidern und blickten sich verdattert um. Luzie drehte sich im Kreis und leuchtete mit ihrem Licht die Wände ab. Sie befanden sich in einem riesigen Gewölbe und mächtige Wände versperrten den Weg.

Luzies Licht konnte nur einen kleinen Teil des großen Gewölbes beleuchten. Der Lichtstrahl erhellte sonderbare Spalten, Ecken und Nischen. Es war wunderschön. Wo das Licht hinfiel, funkelte es. Die Felsen steckten voller Diamanten und Edelsteine, die in den schönsten Farben glitzerten. Wasser sickerte aus den Felswänden und sammelte sich am Ende der Höhle in einer Mulde. Es gab keinen Zweifel: Sie waren in einer Diamantengrube, doch nirgendwo war ein Ausgang.

Max deutete auf die gegenüberliegende Felswand. „Luzie, beleuchte mal den Stein, ich glaube, da ist eine Öffnung."

Tatsächlich, nun sah Luzie es auch. Da war ein Gang, er führte hinaus. Sie wollte schon hinübereilen, als sie plötzlich ein Wimmern hörte. Das Geräusch kam von oben. Sie zog Max zur Mitte der Höhle, legte den Kopf in den Nacken und entdeckte an der Wand mehrere Vorsprünge, die wie Kammern am Fels klebten. Luzie beleuchtete die Wand und glaubte, Tino zu erkennen. Ein wehleidiges Jaulen bestätigte ihren Verdacht. Tino war in einer der Kammern.

Luzie erschauderte. Max sah sie zittern und fragte mit erstickter Stimme: „Was ist? Was hast du?"

„Da oben ist Tino. Wir müssen ihn holen."

„Au Backe, da kommen wir nie hoch."

„Und ob! Nie gibt es nicht. Mein Vater sagt: *Es geht nur so lange nicht, bis einer kommt und es macht.* Wenn wir Tino befreien wollen, müssen wir da hoch. Los, beweg dich, such einen Aufstieg! Wir müssen einen Weg finden!"

Max war total überfordert. Er wusste nicht, was er tun sollte, und tastete, um überhaupt etwas zu tun, die Wände ab. Luzie versuchte, oben etwas zu erkennen, doch aus der Entfernung war das unmöglich. Sie brauchte mehr Licht.

Sie spannte ihre Muskeln, bündelte ihre Zauberkraft, presste ihre Lippen aufeinander und dachte nur: „Licht, Licht, Licht."

Unvermittelt schoss ein Lichtstrahl aus ihren Augen, schlängelte sich die Wand hinauf und beleuchtete die Kammern. Nun konnte sie alles erkennen. Die Vorsprünge sahen aus wie Balkone und auf jedem saß ein Tier: ein Schaf, ein Fuchs, ein Kaninchen ... und Tino!

Der Hund hatte seine Fesseln zerbissen und sprang aufgebracht in seinem Käfig umher.

Luzie stieß einen Schrei aus. „Das sind Kerker. Die Tiere sind gefangen und warten auf ihren Tod." Ihre Stimme überschlug sich, prallte gegen die Wand und schallte als Echo zurück. Dann folgte ein ängstliches Schweigen.

Kurz darauf unterbrach Max die Stille. „Ich hab was gefunden. Luzie, komm! Hier geht's rauf."

In einer Felsnische ragten kleine Steinplatten hervor und führten wie eine Treppe nach oben. Max hatte den Zugang zu den Kammern entdeckt. Er stieg hoch und Luzie kletterte hinterher.

Als sie auf halber Höhe waren, bellte Tino Alarm. Max stand drei Stufen über Luzie und wunderte sich, warum Tino sie warnte. Er konnte nichts erkennen und fragte Luzie: „Was ist los? Kannst du was sehen?"

Luzie verneinte, doch dann hörte sie schlurfende Schritte. Kurz darauf wehte ein muffiger Geruch zu ihnen herüber und aus der Dunkelheit tauchten zwei zottelige Gestalten auf. Sie kniffen ihre Augen zu, schirmten mit ihren breiten Händen das Licht ab und grunzten.

Max wurde kreidebleich, solche Geschöpfe hatte er noch nie gesehen! Er presste sich gegen die feuchte Felswand und zischte: „Licht aus!"

Luzie zog ihr Hemd runter und sie standen im Dunkeln. Doch nun bewegten sich die Kreaturen und verströmten einen Gestank, als wären sie einer Jauchegrube entstiegen.

Max hielt sich die Nase zu, er traute sich kaum noch zu atmen. „Was sind das für Monster? Meinst du, das sind Menschenfresser?"

„Keine Ahnung, Max, ich seh nichts."

„Dann mach Licht, Luzie, damit wir sehen, was die tun. Die Dunkelheit ist ja noch schlimmer."

Als das Licht die Wesen beleuchtete, deckten sie wimmernd ihre Augen ab und blieben stocksteif stehen. Luzie hatte das Gefühl, dass das Licht in ihren Augen brannte, und musterte die Gestalten etwas genauer. Es waren plumpe Geschöpfe mit großen, platten Nasen. Zottelige, lange Haare bedeckten ihren Körper. Eingehüllt in Tierfelle, sahen sie aus wie Affen. Das braune Ziegenfell, das sie um ihren Leib geschlungen hatten, war mit Kot und Blut besudelt.

Max verzog angewidert das Gesicht. „Was sind das für abscheuliche Kreaturen?"

„Das sind Kackelaner."

„Kackelaner? Kennst du die?"

„Nee, aber schau sie dir doch an. Wenn wir Waldaner sind, weil wir im Wald leben, dann sind das Kackelaner."

„Wie kommst du darauf? Was meinst du?"

„Guck doch, wie die aussehen, Max. Das ist Kacke. Ihr ganzer Pelz ist voll davon."

„Igitt. Meinst du, das ist ihr eigener Mist?"

„Na klar! Wenn das nicht ihre Kacke ist, die in ihrem Fell klebt, dann fress ich einen Besen. Also ist Kackelaner doch ein passender Name für die Biester."

Die Kackelaner kamen langsam näher.

Max erschrak. „Luzie, die kommen, wir müssen weg."

Sie schüttelte den Kopf. „Nicht ohne Tino."

Max stand schon ziemlich nah am Käfig. Es waren nur noch ein paar Stufen, dann konnte er Tino erreichen. Er beugte sich zu Luzie und wisperte: „Lock du die Biester weg, ich hol Tino."

„In Ordnung, Max. Hol Tino und bleib, wo du bist, ich komm zurück. Danach verschwinden wir."

Luzie kniff die Augen zusammen, presste die Zähne aufeinander, drückte die Zauberkraft in ihre Adern und rannte auf die Kackelaner zu. Mit dem Ellbogen stieß sie die Wesen zur Seite, sauste in den Gang und flitzte tiefer in die Höhle hinein. Sie blickte zurück, überzeugte sich, dass die Kackelaner ihr folgten, und lief weiter. Es klappte. Die Biester waren dicht hinter ihr.

Luzie sauste geradeaus, bog nach rechts und links ab und lief wieder geradeaus. Als sie hörte, dass die Biester sie immer noch verfolgten, änderte sie die Richtung und rannte in ein Labyrinth aus engen Schächten. Es war ein Wirrwarr von Gängen, sie nahm den ersten, den sie erwischen konnte, bog rechts ab und stoppte vor einem engen Seitengang. Von den Verfolgern war nichts mehr zu sehen.

Luzie stieß erleichtert die Luft aus und wollte zurück. Doch wohin? Sie hatte die Orientierung verloren. Links ging's steil abwärts und vor ihr war der Gang so eng, dass sie befürchtete, nicht heil hindurchzukommen. Nach unten wollte sie auf keinen Fall, dort blubberte und rumorte es. Sie hatte das Gefühl, dass die Kackelaner unten in den Stollen hockten und auf sie warteten.

Die Vorstellung, dass es blutrünstige Bestien waren, die Menschen und Tiere in den Berg lockten und auffraßen, ließ sie erschaudern. Sie dachte an Max und Tino. Warteten sie noch in der Höhle? Oder hatten die Kackelaner sie schon gefressen?

Für einen Moment glaubte sie, ein Wimmern zu hören. War das Tino? Luzie schlotterten die Knie. Sie spürte, wie ihr Kopf hämmerte und eine drückende Angst ihre Brust einschnürte. Ohne Max kam sie sich plötzlich verloren vor. Sie war ganz allein in diesem dunklen Stollen, wusste nicht, wo sie war und was sie machen sollte. Mit einem Mal merkte sie, wie sehr ihr Max fehlte. Sie hatten sich immer gegenseitig geholfen. Wenn sie nicht mehr weiterwusste, wusste er Rat. Doch jetzt saß sie in der Klemme. Max war nicht da und die Zauberkraft durfte sie nicht nutzen. Ihre Mutter hatte sie eindringlich davor gewarnt und ihr klargemacht, wie gefährlich es war. Jetzt musste sie sich einzig und allein auf ihre Kraft verlassen.

In der Hoffnung, den richtigen Weg zu finden, ging sie den Gang zurück. Doch nichts kam ihr bekannt vor. Sie konnte sich an keinen einzigen Stollen mehr erinnern. Luzie schritt durch die Gänge, spähte in jede Öffnung und suchte nach einem bekannten Zeichen. Je länger sie durch die dunklen Gänge irrte, desto deutlicher wurde ihr bewusst, dass sie ohne Zauberkraft Max und Tino niemals mehr finden würde.

Sie dachte an die Worte ihrer Mutter. Hätte diese sie nur in das Geheimnis der Perle eingeweiht und ihr gesagt, was sie tun musste, um die Kräfte der Perle richtig einzusetzen. Doch ihre Mutter hatte nur Verbote ausgesprochen: „Sei vorsichtig, wünsch dir nichts, es ist zu gefährlich." Damit war ihr jetzt nicht geholfen. Sie hatte sich verlaufen und brauchte Hilfe.

Luzie wischte eine Träne von ihrem Gesicht und seufzte: „Ich mache alles falsch. Das ist alles meine Schuld. Max, wo bist du?"

Kaum waren die Laute verklungen, da hörte sie Schritte. Erschrocken suchte sie nach einem Versteck, doch sie fand nichts. Der Stollen, in dem sie sich befand, war glatt und eben und es gab nichts, wo sie sich hätte verbergen können. Ihr Leben hing am seidenen Faden und der Gestank, der nun verstärkt durch die Gänge zog, schnürte ihr die Kehle zu. In einer Schweinesuhle konnte es nicht schlimmer stinken.

Wieder hörte sie Schritte und keuchenden Atem. Die unheimlichen Geräusche waren trügerisch: Mal kamen sie von links, mal von rechts, dann waren sie hinter ihrem Rücken. Es waren schlurfende, hechelnde Laute, die unheimlich durch die Korridore schallten.

Sie dachte an Max. Wo war er? Hatten die Kackelaner ihn schon gefressen? Zuzutrauen wäre es ihnen. Nach ihrer Meinung waren es Ungeheuer, primitive Kreaturen, die alles fraßen, was sie kriegen konnten.

Luzie wurde schmerzlich bewusst, wie sehr sie Max vermisste und wünschte, sie wären nie zur hohen Gracht gegangen und Satan und Stinki nie begegnet. Dann wäre Tino nicht gefangen worden und sie wären nie in die Höhle eingestiegen. Doch nun war es zu spät, da half kein Jammern und Klagen.

Sie lehnte sich gegen die Wand und schloss verzweifelt die Augen. Ihre Gedanken kreisten nur noch um Max und Tino. Sie konnte an nichts anderes mehr denken und wünschte sich so sehr, die beiden wären bei ihr.

Plötzlich fegte ein Windstoß durch den Gang, und als sie die Augen öffnete, tauchten aus dem Dunkeln Max und Tino auf. „Max! Tino!", rief sie überrascht. „Wie kommt ihr hierher?"

Max warf ihr einen warnenden Blick zu und flüsterte kaum hörbar: „Ein Wirbelwind hat uns aufgesogen und plötzlich waren wir hier."

„Ist alles in Ordnung? Ist euch nichts ..." Weiter kam sie nicht, denn mit einem Mal hörte sie hinter sich ein Grunzen. Sie fuhr herum. Hinter ihr standen drei Kackelaner, starrten in ihr Licht und bedeckten grunzend ihre Augen.

Max nahm ihre Hand und zerrte sie fort. „Komm, Luzie, nichts wie weg!"

„Ich weiß nicht, wo wir sind. Wo sollen wir hin?"

„Nun komm schon, dir wird bestimmt was einfallen."

Luzie rieb sich den Schweiß von der Stirn, atmete tief durch und lief los. Das Grunzen, das nun mehr wie ein Heulen klang, hallte durch die Gänge. Es war die Stimme, die sie schon die ganze Zeit verfolgte und wispernd durch die Gänge zog. Wenn sie ehrlich war, musste sie zugeben, dass ihr vor diesen Gestalten graute. Sie erinnerten sie eher an Ungeheuer als an menschliche Wesen. Luzie hatte das Gefühl, die Kackelaner lauerten in allen Ecken.

Mit einem Mal wurde ihr bewusst, wie gefährlich die Sache war. Egal, wohin sie sich auch wandten, die Biester waren schon da. Der Gestank war überall. Er kroch aus allen Ritzen und drang aus jeder Ecke. Luzie zitterte und traute sich nicht weiter.

Max sah ihre Angst und zerrte sie fort. „Reiß dich zusammen. Du machst das schon! Wir suchen jeden einzelnen Gang ab, irgendwo müssen wir doch rauskommen." Max schmetterte ihr die Worte messerscharf ins Gesicht, denn wenn Luzie Angst hatte, bekam auch er Angst, und das konnten sie jetzt überhaupt nicht gebrauchen. Er schob Luzie in einen engen Seitengang, quetschte sich durch Spalten und Furchen und kletterte über Steine und Geröll. Wenn der Weg versperrt war, gingen sie zurück und nahmen einen anderen. Bald wusste keiner mehr, wie lange sie schon in diesem Höhlenlabyrinth herumirrten. Es waren bestimmt bereits Stunden vergangen. Am Morgen hatten sie ihre Sachen gepackt und nun hatten sie Durst und Hunger.

Max schlug eine Pause vor. Er legte Luzie den Arm um die Schultern und schob sie zu einem Stein. „Setz dich, wir essen und trinken was."

Luzie verzog die Lippen. „Ich kann nicht. Ich krieg jetzt keinen Bissen runter."

„Du musst essen! Wer weiß, wann wir noch mal die Gelegenheit dazu haben, und wenn wir schlappmachen, hilft uns das auch nicht weiter."

Luzie hatte jedes Zeitgefühl verloren und fragte: „Was meinst du, wie spät es ist?"

„Nach meinem Hunger zu urteilen, müsste es Abend sein, lass uns was essen, solange die Luft rein ist."

Nun merkte auch Luzie, dass sie durstig und hungrig war, und stimmte zu. Sie vergewisserte sich, dass sie allein waren, setzte sich hin und plünderte den Rucksack. Der bescheidene Proviant war schnell verzehrt und Tino war dankbar für die letzten Krümel. Sie packten alles zusammen und gingen weiter.

Niemand wusste, wie viel Zeit verstrichen war, als plötzlich Schritte durch die Höhle schlurften und immer näher kamen. Max sah den Schatten zuerst, der sich lang an der Stollenwand hinaufzog. Der Schreck raubte ihm die Sprache. Er klemmte Tino unter den Arm, packte Luzies Hand und rannte mit ihr in einen anderen Gang.

Nach vielen Wirrungen gelangten sie in einen Stollen, in dem es nicht mehr weiterging. Ein Fels versperrte den Weg, sie mussten zurück. Luzie suchte nach einem Schlupfloch, doch es gab keins. Es war zum Verrücktwerden, jede Abzweigung, die sie nahmen, war falsch. Schließlich tauchten aus dem Dunkeln zwei Kackelaner auf und versperrten ihnen den Weg. Die Biester standen nur da, bewegten sich keinen Zentimeter und glotzten herüber.

Max' Lippen zitterten, als er leise nuschelte: „Schau sie dir an, wie siegessicher die da stehen. Sie wissen, dass wir hier nicht wegkönnen. Wenn kein Wunder geschieht, überleben wir die nächste Stunde nicht. Mach was, Luzie! Wünsch uns hier raus."

„Ich kann nicht, Max. Ich hab es schon versucht. Es funktioniert nicht mehr!"

Luzie hatte lange mit sich gerungen und schon vor ein paar Minuten heimlich einen Versuch gestartet. Weil sie aber daran gezweifelt hatte, das Richtige zu tun, war der Versuch ohne Inbrunst und Gefühl gewesen. Sie fühlte sich taub und leer und alles Wünschen und Flehen hatte nicht geholfen. Nichts war geschehen und so glaubte sie, dass die Zauberperle in ihrer Brust nicht mehr wirkte.

Max trat nervös von einem Fuß auf den anderen und platschte in eine Wasserlache. „Hier ist Wasser. Ich glaub, wir sind an der Stelle, wo wir Tino gefunden haben, da war Wasser."

„Das müssten wir doch wiedererkennen. Bleib hier stehen, Max, ich schau mal nach." Luzie beleuchtete die Wände, entdeckte aber nichts Vertrautes. Nirgendwo glitzerten Edelsteine und Diamanten. Sie schüttelte den Kopf. „Das ist nicht der Weg, den wir gekommen sind. Hier waren wir noch nie."

Sie wollte schon zurück, da fiel ihr Lichtstrahl auf einen dunklen Spalt. Er war anders als die anderen und machte sie neugierig. Sie zwängte sich hindurch und stand plötzlich in einem Schacht, der wie ein Kamin nach oben führte. Luzie legte den Kopf in den Nacken und konnte kaum glauben, was sie sah. Oben schimmerte Licht.

Sie eilte zurück. „Max! Max! Komm schnell, guck mal, was ich entdeckt hab. Da oben flackert Licht."

Max drückte Tino fest an seine Brust, quetschte sich in den Schacht und starrte nach oben. „Da ist eine Öffnung. Luzie! Nichts wie raus hier!"

Luzie schaute sich um und begriff, dass sie in einer Falle saßen. Ohne Steigeisen kamen sie hier nicht hoch und hinter ihnen lauerten die Kackelaner. Wenn sie nicht in deren Klauen geraten wollte, musste sie den Mut aufbringen und die Kraft der Perle testen. Egal, was passierte, schlimmer konnte es nicht mehr kommen. Selbst wenn sie Tino abgeben musste, war es allemal besser, als hier von den Kackelanern gefressen zu werden.

Luzie wollte sich schon wegwünschen, da verspürte sie erneut Zweifel. Es zerriss ihr fast das Herz. Einerseits wollte sie ihr Versprechen halten, das sie Mama gegeben hatte, andererseits warteten Max und Tino auf ihre Hilfe. Während sie noch mit sich rang, stießen plötzlich die Kackelaner ein fürchterliches Geheul aus. Das

Gebrüll schwoll an, dröhnte durch den Stollen und grollte in ihren Ohren.

Max zuckte zusammen, er hielt Tino fest umschlungen und flehte: „Luzie, mach was, wünsch uns raus, sonst sind wir verloren."

Der erste Kackelaner quetschte sich schon durch die Spalte, bedeckte seine Augen und kam mit Gebrüll näher. Luzie vergaß alles, was sie versprochen hatte, und wünschte sich raus. Nur noch raus! Nichts wie raus!

Die Angst raubte ihr den Verstand. Sie konnte keinen klaren Gedanken mehr fassen. In ihrem Kopf rauschte und brauste es. Ihr Herz hämmerte, der Puls raste und ihr Blut kochte. Sie fühlte, wie die Magie in ihrem Körper anschwoll und eine unbändige Kraft durch ihre Adern raste. Sie wirbelte herum, trat gegen die Felswand, trommelte mit den Fäusten gegen den Stein und schrie: „Ich will raus! Ich will raus! Ich will raus!"

Plötzlich war es still. Das Schweigen war genauso furchtbar wie das Gebrüll. Luzie beleuchtete die Umgebung und bemerkte, dass in allen Ecken Kackelaner lauerten. Drei, vier, fünf standen in der Dunkelheit und starrten zu ihr herüber. Max drängte sich mit Tino an den Felsen und ließ seine Augen nicht von den Biestern. Luzie sah ihn zittern und fühlte sich schuldig. Wieder war ihr Wunsch nicht erfüllt worden, sie musste es noch mal probieren.

Sie atmete ein paarmal kräftig durch, zwang sich zur Ruhe und flehte aus tiefstem Herzen: „Ich wünsche mir, wir kämen hier raus." Sie leierte die Worte wie ein Gebet herunter: „Ich wünsche mir, wir kämen raus. Ich wünsche mir, wir kämen raus. Ich ..."

Als sie es ein drittes Mal sagte, ragten plötzlich Steine aus der Felswand, die wie eine Treppe nach oben führten. Luzie war es, als erwachte sie aus einem bösen Traum. Sie steckte Tino in den Rucksack, zurrte dessen Riemen auf Max' Rücken fest und schob ihn die Stufen hoch. Tino legte seinen Kopf auf Max' Schulter und blieb mucksmäuschenstill sitzen. Luzie kletterte hinterher und gab acht, dass der Rucksack nirgendwo hängen blieb.

Die Kackelaner bemerkten ihre Flucht und folgten ihnen. Die Biester hatten sie fast eingeholt, der erste war schon dicht hinter ihr und versuchte, ihren Fuß zu ergreifen. „Max, beeil dich", schrie Luzie. „Schneller, schneller. Wir werden verfolgt!"

Max kletterte, so schnell er konnte, die Sprossen hoch und Luzie hastete hinterher. Als sie einen Blick zurückwarf, stellte der Kackelaner schon seinen Fuß auf die erste Stufe.

Sie drängte Max: „Mach schneller, sie kommen!"

Sie waren gerade mal drei, vier Stufen höher gestiegen, da hörten sie etwas poltern. Die unteren Steine brachen ab und der Kackelaner stürzte zu Boden. Die anderen hatten noch nichts bemerkt und drängten nach. Nun standen alle fünf im Schacht und wollten gleichzeitig die Stufen erklimmen. Sie behinderten sich gegenseitig. Doch jedes Mal, wenn ein Kackelaner seinen Fuß auf eine Treppenstufe setzte, brach der Stein ab und er fiel runter. Mittlerweile lag ein Knäuel brauner Leiber auf dem Boden. Einer trampelte über alle hinweg, packte Luzies Fuß und hangelte sich daran hoch. Luzie trat aus, zappelte und strampelte, doch der Kerl ließ nicht los. Sie drehte sich um und beleuchtete sein Gesicht. Der Lichtstrahl blitzte dem Kackelaner direkt in die Augen. Er jaulte auf, versuchte, mit den Händen das Licht abzuschirmen, und stürzte in die Tiefe.

Max hörte den Aufprall. „Was war das?"

„Unsere Rettung! Die Bestien vertragen kein Licht, es brennt in ihren Augen und macht sie blind."

„Sind wir sie los?"

„Ich denke ja! Alle unteren Stufen sind weg. Die kommen hier nicht mehr hoch."

„Au Backe, Luzie, das war knapp. Komm weiter, ich bin gleich oben, ich sehe schon den Himmel."

Max kletterte aus dem Schacht und blinzelte in die Abendsonne. Er brauchte ein paar Sekunden, bis seine Augen sich an das Licht gewöhnt hatten und er sich klargemacht hatte, wo er war. Umso erstaunter war er, als er sah, dass der Einstieg, den sie hinuntergeklettert waren, sich auf der anderen Seite des Berges befand.

Als Luzie ans Tageslicht kam, schnappte sie gierig nach frischer Luft. Ihr kam es vor, als hätte sie seit Ewigkeiten kein Tageslicht mehr gesehen. Umso herrlicher war es, wieder draußen zu sein und die Abendsonne leuchten zu sehen. Obwohl es nur Stunden gewesen waren, hatte sie das Gefühl, einen Monat in der Finsternis verbracht zu haben. Sie reckte ihr Gesicht ins Sonnenlicht, ließ sich den Wind um die Nase wehen und atmete kräftig durch.

Eine Weile blieb sie so stehen, dann stieg sie, gefolgt von Max und Tino, den Felsen hinunter. Die Freude beflügelte ihre Schritte und gab ihnen die Kraft für einen raschen Abstieg. Luzie betrat den Boden zuerst, winkte Max lachend zu und lief voraus. Sie nahm den Weg, den sie gekommen waren, und rannte beschwingt weiter. Es war die Freude, die sie immer rascher laufen ließ und sie unbemerkt auf den Zauberkreis zutrieb. Ihr Lauf wurde jäh gebremst, als sie blindlings in den magischen Ring der Hexe tappte. Plötzlich kam sie nicht mehr weiter, konnte keinen Fuß mehr vor den anderen setzen.

Als sie merkte, wo sie sich befand, wollte sie raus aus dem Kreis, doch es ging nicht. Eine unsichtbare Kraft hielt sie gefangen. Ihre Füße klebten auf dem Boden und waren wie festgenagelt. Sosehr sie auch zerrte, sie bekam die Beine nicht mehr hoch. Luzie hätte sich ohrfeigen können. Wie hatte sie nur so leichtsinnig in Stinkis Falle tappen können?

Stinki hatte stundenlang auf der Lauer gelegen und auf diesen Moment gewartet. Sie stürmte nun in den Kreis, umklammerte Luzies Körper und presste die Luft aus ihren Lungen. Luzie beugte sich vor und zurück, drehte sich nach rechts und links und versuchte sich zu befreien. Doch die Hexe hielt sie eng umschlungen, wand sich mit ihr in alle Richtungen und saugte jedes Mal ihren Atem ein. Egal, wie Luzie sich drehte und wendete, Stinki hielt sie fest.

Luzie wünschte sich heimlich weg, doch der Zauber funktionierte nicht. Der Ring hielt ihre Wünsche fest und nichts drang nach außen. Derweil wurde die Hexe immer zudringlicher. Sie drückte ihre runzligen Lippen auf Luzies Mund und trank ihren Atem. Der Gestank nahm Luzie die Luft – ihr wurde übel. Sie fühlte, wie die Kraft in ihrem Körper schwand und sie immer schwächer wurde.

Inzwischen hatte Max sie eingeholt, er sah sie torkeln, streifte den Rucksack von der Schulter, warf ihn auf den Boden und rannte zu ihr.

Luzie sah ihn aus dem Augenwinkel kommen und keuchte: „Max, bleib stehen! Komm nicht in den Kreis!“

Max war schon fast bei ihr und nur noch einen Fußbreit vom Ring entfernt.

Luzie bündelte ihre letzte Kraft und schrie entsetzt: „Stopp! Bleib stehen, Max, sonst wirst du gefangen."

Tino sprang aus dem Rucksack und zerrte an Max' Hosenbein. Er drehte sich um die eigene Achse, wedelte mit dem Schwanz und verwischte den Kreis. Luzie sah, wie die Wackelzahn erblasste.

„Genau, Tino, das ist es. Mach weiter, putz den Kreis aus, wir müssen den magischen Ring durchbrechen." Endlich wusste Max, wie er helfen konnte. Er verwischte mit den Füßen den Kreis, und als der magische Ring verschwunden war, drang Luzies Wunsch nach außen und erfüllte sich. Sie konnte sich wieder frei bewegen.

Luzie stieß mit letzter Kraft die Hexe weg und taumelte in Max' Arme. Der schulterte Luzie, pfiff Tino heran und rannte mit den beiden davon. Während er aus dem schwarzen Wald lief, schaute er sich immer wieder nach der Hexe um. Sie war verschwunden. Atemlos blieb er stehen, ließ Luzie von seiner Schulter rutschen und schnaufte einmal kräftig durch. Luzie sah aus wie ein Gespenst. Auf ihren Haaren und ihrem Gesicht lag eine dicke weiße Staubschicht. Ihre Haut war blutig, die Bluse zerrissen und eine lange Schürfwunde zierte ihr Bein.

Max sah sie an und fragte besorgt: „Geht es noch?"

Luzie grinste müde. „Natürlich, Max. Was hast du denn gedacht?"

„Na ja. Ich hab Angst, dass du schlappmachst. Die Alte hat dir deine Energie geraubt und durch das viele Wünschen hast du deine ganze Kraft verbraucht."

„Das stimmt. Ich hätte nie gedacht, dass Wünschen so müde macht. Aber die Hexe war schlimmer. Ihren ekligen Mund spüre ich noch immer auf meinen Lippen. Wo ist sie, verfolgt sie uns?"

„Sie ist verschwunden, ich hab keine Ahnung, wo sie ist."

„Was meinst du, glaubst du, die Wackelzahn kann jetzt zaubern?"

„Ich weiß es nicht. Das werden wir sehen, wenn wir sie treffen."

„Hoffentlich nicht, ich kann nicht mehr. Max, geh zur Weide, ich muss mich ausruhen. Nach Hause schaff ich es nicht."

Max nickte erschöpft. Obwohl auch er müde war, legte er ihre Arme um seinen Hals, hob sie hoch und schleppte sie weiter.

Tino schüttelte den Staub aus seinem Fell und lief voraus. Als sie bei der Weide ankamen, beugte sie sich schon hinunter, öffnete ihre Zweige und lud sie ein, ins Nest zu springen.

Luzie plumpste hinein. „Danke, hier sind wir sicher."

Max' Knie zitterten. Er legte den Arm um Luzie, zog Tino auf seinen Schoss, schloss seine Augen und schlief sofort ein. Nach einer Stunde erwachten sie, rafften ihre Kraft zusammen und gingen mit neuem Mut nach Hause.

Die Eltern machten sich schon Sorgen, wo sie so lange blieben, und hielten Ausschau. Als Maria sah, wie verdreckt und müde sie angehumpelt kamen, wollte sie ganz genau wissen, wo sie gewesen waren.

An diesem Abend saß Luzie noch lange im Wohnzimmer und besprach mit ihren Eltern die Ereignisse des Tages. Sie berichtete, dass die Hexe Tiere einfinge, sie als lebendes Futter zu den Kackelanern brächte und dafür Edelsteine bekäme. Jetzt verstanden Falko und Maria, wieso im schwarzen Wald keine Tiere mehr lebten, und sie baten Luzie, alles von der Höhle zu erzählen. Wo sie eingestiegen wären und wie sie den Weg nach draußen gefunden hätten.

Falko war froh, dass Luzie ihr Versprechen gebrochen hatte, und verlangte: „Luzie, du darfst niemals wieder in die Höhle klettern und solche waghalsigen Sachen machen. Du hast Glück gehabt, trotzdem ist die Gefahr noch nicht vorbei. Niemand weiß, wo Satan geblieben ist. Und was die Hexe ausheckt, wenn ihr Sohn nicht aufzufinden ist, will ich gar nicht wissen."

Luzie hatte Satan ganz vergessen. Ihre Sorge galt einzig und allein Tino. Sie sah ihren Vater an. „Bist du mir böse? Muss ich jetzt Tino abgeben?"

„Nein, Luzie, das bringt jetzt auch nichts mehr. Die ganze Geschichte hat sich verändert. Wir müssen sehen, dass wir alles wieder in Ordnung bringen. Geh schlafen und morgen früh, wenn du wieder bei Kräften bist, wünschst du Satan nach Hause."

Ein geheimnisvoller Vogel

An dem Tag, als Luzie Satan zum Teufel wünschte, tauchte der einen Wimpernschlag später in einem fremden Stall auf. Ein Windstoß hatte ihn davongetragen. Nun saß er im Dachgebälk und neben ihm hing ein Käfig, in dem eine zerzauste Krähe hockte. In seinem Kopf rauschte es. Sein Magen rumorte und ihm war speiübel. Seine Magensäfte wollten hoch, er hatte das Gefühl, erbrechen zu müssen, und traute sich nicht, sich fortzubewegen. Erst als sein Kopf wieder klar denken konnte, rührte er sich von der Stelle und sah sich verdutzt um.

Er befand sich auf einem Heuboden und unten im Stall liefen Hühner umher. Eine Kuh stand an der Raufe und fraß Heu. Daneben sah er einen Wassertrog und eine Leiter, die zum Heuboden führte. Satan musste unbedingt einen Schluck Wasser trinken, um den bitteren Geschmack loszuwerden, der ihn schon die ganze Zeit quälte. Sein Gedanke war hinunterzusteigen, etwas zu trinken und anschließend den Heuboden zu erforschen. Als er die Leiter runterkletterte und Wasser aus dem Trog schlürfte, bemerkten ihn die Tiere und wurden unruhig. Satan verschwand auf den schützenden Heuboden, durchsuchte ihn und überlegte, wo er sein Nachtlager aufschlagen konnte.

Satan war kein Träumer, wusste er doch, dass es ratsam war, auf alle Ereignisse vorbereitet zu sein. Woher sollte er wissen, wie lange er hierbleiben musste und ob er sein geliebtes Waldaland je wiedersehen würde. Er hatte keine Ahnung, was geschehen und wie er hierhergekommen war. Seine letzte Erinnerung war, dass Luzie ihn zum Teufel gewünscht hatte. War das tatsächlich passiert? Aber ... wo war dann der Teufel?

Als Satan an seinen Wald dachte, machte sich eine nie gekannte Unruhe breit. Für ihn war es eine grausige Vorstellung, hier eingesperrt zu sein und vielleicht nie mehr nach Hause zu kommen. Selbst wenn seine Mutter schimpfte, war es zu Hause besser, als hier in der Fremde zu sitzen. Satan erkannte, dass er vollkommen hilflos war. Solange er nicht wusste, wo er war, würde er auch keinen Weg nach Hause finden. Ihm wurde ganz komisch zumute und eine tiefe Traurigkeit machte sich in seinem Inneren breit. Er fühlte sich plötzlich einsam und verlassen und wünschte sich nichts mehr, als einen Freund an seiner Seite zu haben.

Satan kannte diese traurigen Empfindungen nur zu gut und musste wieder einmal allein damit fertig werden. Er verabscheute diese Gefühle und wollte seine dunklen Gedanken verscheuchen, doch das konnte er nur, wenn er sich mit etwas beschäftigte. Er raffte das Heu zusammen und begann, sein Versteck zu bauen. Das kostete mehr Mühe, als er angenommen hatte. Er wischte sich den Schweiß von der Stirn und legte eine Pause ein. Die Krähe beäugte ihn interessiert und verfolgte jede seiner Bewegungen. Als er fertig war, klopfte das Tier mit dem Schnabel gegen die Gitterstäbe und stieß scharfe Zischlaute aus. Die Krähe schien ihn zu rufen. Satan ging zum Käfig und steckte seinen Finger durch das Gitter. Zu seiner Verwunderung legte der Vogel den Kopf schief und ließ sich kraulen. Satan hatte noch nie ein Tier gekrault und fand es schön.

Er öffnete die Käfigtür und flüsterte: „Na, mein Vögelchen, willst du raus?“ Die Krähe sprang sofort auf seine Hand und schmiegte sich an ihn. Satan sah sie eine Weile an und lachte. „Erzähl mal, wo sind wir hier? Ich glaub, wir teilen das gleiche Schicksal. Bist du auch verwünscht worden?“

Die Krähe zischte und plusterte sich auf. Satan betrachtete sie etwas genauer und bemerkte, dass der Vogel ziemlich zerzaust war. Seine Zunge steckte falsch herum in seinem Schnabel, die Federn waren verdreht, er konnte nicht fliegen, und statt zu krächzen, gab das Tier nur Zischlaute von sich.

Satan zupfte vorsichtig die Federn auseinander und zog sie glatt. Doch als er sie losließ, sprangen sie sofort in die alte Stellung zurück. Mit dem Tier stimmte etwas nicht, das sah ein Blinder. Satan vermutete, dass der Vogel genauso vom Schicksal bestraft worden war wie er, und trug ihn auf der Schulter herum. Als er nicht wegflatterte, ließ er ihn auf seinem Arm nach oben und unten hüpfen.

„Ich bin so froh, dass du bei mir bist“, seufzte Satan glücklich. „Setz dich auf meine Schulter, ich trage dich, wohin du willst.“

Das Tier tat wie gewünscht und Satan freute sich, einen Freund gefunden zu haben. Er durchquerte mit dem Vogel den Heuboden und untersuchte alle Ecken. Doch als er mit ihm die Leiter hinunterstieg, muhte die Kuh und gackerten die Hühner. Es schien ihnen nicht zu gefallen und ein aufgeregtes Geschnatter erfüllte den Stall. Die Krähe zischte, hackte mit dem Schnabel um sich und riss den Hühnern die Federn aus. Satan erkannte, dass die Tiere keine Freunde waren. Er brachte den Vogel nach oben und es kehrte wieder Ruhe ein.

In dem Moment ging die Stalltür auf und ein Mann betrat mit einem Eimer Wasser den Stall. Die Krähe hüfte blitzschnell in den Käfig, zog mit dem Schnabel die Tür zu und kauerte sich in die Ecke. Satan verschwand hinter einem Balken und beobachtete, wie der Mann das Wasser in den Trog schüttete und die Hühner fütterte.

Der Mann kam ihm bekannt vor, irgendwo hatte er ihn schon mal gesehen. Er überlegte, wer er sein könnte, und durchdachte alle Möglichkeiten. In Gedanken ließ er alle Leute, die er kannte, vorbeispazieren. Da Satan wusste, wer im Waldaland zu wem gehörte, dauerte es nicht lange, bis es ihm einfiel. Er schlug sich mit der Hand gegen die Stirn. „Das ist Luzies Opa. Den hab ich schon im Waldaland gesehen."

Luzies Opa wohnte in einem anderen Land und Satan begriff, wo er war: Er befand sich in seinem Stall!

Satan kroch aus seiner Deckung und wollte sich erkundigen, wie er nach Hause käme. Doch als er den Fuß hervorstreckte, zischte die Krähe ihn an und sprang wild im Käfig herum. Satan zuckte zurück, versteckte sich wieder im Heu und beschloss, erst einmal die Lage zu erkunden.

Luzies Opa hatte nichts bemerkt. Er streute neues Heu in die Raufe, füllte die Schüssel mit Körnern und stieg dann die Leiter hoch. Satan verkroch sich tiefer ins Heu und sah, wie der Mann sich zum Vogelkäfig beugte und die Futterklappe öffnete.

„Na, du Teufel, bist du heute friedlich oder willst du wieder meine Hand zerhacken?" Die Krähe zischte und hackte mit dem Schnabel gegen die Käfigstäbe. Der Mann nickte. „Dachte ich es mir doch, du bist teuflisch wie immer. Daran wird sich nie was ändern. Du bist ein Teufel und bleibst ein Teufel."

Kopfschüttelnd füllte er den Napf mit Futter, goss frisches Wasser in die Schüssel, stieg die Leiter hinunter und verließ den Stall.

Satan krabbelte aus seinem Versteck. Was er gesehen hatte, stimmte ihn nachdenklich. Der Opa und der Vogel waren keine Freunde, das war gewiss! Hier stimmte irgendetwas nicht. Er beschloss, sich im Heu zu verbergen und die Dunkelheit abzuwarten. Dann wollte er nach draußen gehen und die Umgebung erforschen.

Sobald die Nacht hereinbrach, stieg er die Leiter hinunter und ging nach draußen. Das helle Mondlicht beleuchtete den Weg, der an einem schönen Holzhaus vorbeiführte und in einem Garten endete. Er verharrte eine Weile, eilte dann die dahinterliegende Wiese hoch und betrachtete die Landschaft. In der Ferne lag ein Dorf. Ein breiter Waldweg schlängelte sich zwischen sanften Hügeln hindurch zum Ort. Es war schön anzusehen, doch nichts erinnerte ihn an das Waldaland. Enttäuscht ging er zurück, schlich um das Haus herum und linste durch die Fensterscheiben. Luzies Großeltern saßen in der Stube und blätterten in einem Buch. Er beobachtete sie ein Weilchen, dann drehte er sich um und kroch zurück ins Heu.

Der nächste Tag brachte keine Wende. Der Opa kam wie am Tag zuvor, säuberte und fütterte die Tiere, beschimpfte die Krähe als Teufel und ging wieder. Sobald er die Stalltür hinter sich schloss, suchte die Krähe Satans Nähe, kuschelte sich an ihn und ließ sich streicheln. Die zwei hockten zusammen im Gebälk, aßen gemeinsam das Korn und schlürften zusammen das Wasser. Hin und wieder schlich Satan hinunter, holte sich von der Kuh eine Schale Milch und erbeutete ein paar Eier. Doch sobald die Stalltür sich öffnete, verkroch er sich ins Heu. Die Krähe hüpfte jedes Mal in den Käfig und tat so, als wäre sie nie draußen gewesen.

So verbrachte er zwei Tage und zwei Nächte und Satan befürchtete, hier ewig ausharren zu müssen und nie mehr sein geliebtes Waldaland zu sehen. Er überlegte, wie er es anstellen könnte, zurück ins Waldaland zu gelangen, und klammerte sich an den Gedanken, dass Luzies Opa ihn irgendwie mit nach Hause nahm.

Als der Abend kam, überfiel ihn erneut die Angst und voller Heimweh erzählte er der Krähe davon. Er schilderte ihr das Waldaland in den schönsten Farben und erzählte von den Bergen, Wäldern und Tieren.

Plötzlich hatte er das Gefühl, dass die Krähe wusste, wovon er sprach. Darum erzählte er ihr noch die halbe Nacht von seinen Streifzügen durch den Wald und von Luzie.

Im Morgengrauen hüpfte die Krähe aus dem Käfig, sprang hinunter zum Boden und ritzte mit der Fußkralle Schriftzeichen in den Lehmboden. Satan kannte die Buchstaben, doch es fiel ihm schwer, sie zusammenzusetzen, und so dauerte es eine Weile, bis er die Worte entzifferte: *Will zum Waldaland.*

Satan glaubte, er hätte sich verlesen, und blickte der Krähe fest ins Auge. „Du willst zum Waldaland? Kennst du das Waldaland?"

Der Vogel zischte laut und hüpfte aufgeregt hin und her. Es gab keinen Zweifel, das Tier wollte dahin!

Während Satan überlegte, woher die Krähe das Waldaland kannte, erklangen draußen Schritte. Er versteckte den Vogel in seiner Jackentasche und legte einen Finger auf die Lippen. „Psst! Ich werde mal sehen, wie wir hier wegkommen. Vielleicht frag ich den Opa."

In dem Moment, als die Stalltür aufging und Luzies Opa eintrat, entstand ein kleiner Wirbelwind und Satan war verschwunden.

Einen Augenblick später tauchte er in der Hütte seiner Mutter auf. Die hockte am Tisch und warf einen kurzen Blick zu ihm herüber. „Ach, da bist du ja. Hat das Biest dich also zurückgezaubert. Es wird auch Zeit, dass du kommst. Hast du mir was mitgebracht?"

Satan schüttelte verwirrt sein struppiges Haar. Ihm war entsetzlich übel und sein Magen rumorte. In seinem Kopf drehte sich alles und er verstand nicht, was die Mutter meinte. Wusste sie, dass er zwei Tage und zwei Nächte in einem anderen Land gewesen war und befürchtet hatte, nie mehr nach Hause zu kommen?

Satan wollte ihr davon erzählen, doch als er sah, wie gierig sie mit den Händen vor ihm herumfuchtelte und nach Geschenken verlangte, zweifelte er keine Sekunde mehr daran, dass sie es wusste. Die Mutter sprach von Zauberei, also musste sie etwas wissen. Aber wer war das Biest? Meinte sie Luzie? Sie war es gewesen, die ihn zum Teufel gewünscht hatte. Doch wer war der Teufel? Der Opa? Der Vogel? Konnte das Tier schreiben, weil es in Wahrheit ein Teufel war? Und wie kam er so plötzlich nach Hause? Hatte Luzie ihn zurückgewünscht?

Satan wusste nicht, was er denken sollte, und kam sich verloren vor. Die Mutter schien etwas zu wissen, doch er brauchte sie nicht zu fragen, von ihr würde er ohnehin keine Antwort bekommen. Trotzdem hätte er zu gerne gewusst, was die Mutter verbarg. Steckte sie vielleicht mit dem Teufel unter einer Decke?

Satan brummte der Kopf. Das waren Rätsel, die ihn verwirrten. Er wollte schon in den Wald laufen und alles in Ruhe überdenken, als ihn plötzlich etwas in die Seite zwickte.

Die Krähe rumorte in seiner Jackentasche. Die hatte er ganz vergessen. Noch immer steckte sie in seiner Tasche, war mit ihm ins Waldaland gekommen und wollte raus.

Stinki sah etwas in der Tasche zappeln und griff hinein. Erschrocken zog sie die Hand zurück, stierte auf ihre blutenden Finger und keifte: „Was zum Teufel ist da drin?" Die Krähe kraxelte aus der Tasche und setzte sich auf Satans Schulter. Stinki schlug nach ihr. „Wieso bringst du so ein Ungeheuer mit? Sieh dir meine Hand an, das Vieh hat sie zerhackt. Gib sie her, ich dreh ihr den Hals um!"

Satan wich ein paar Schritte zurück. Der Vogel war sein Freund, er musste ihn beschützen.

Stinki kam langsam näher, hob die Hand und wollte das Tier fangen. Doch bevor sie zupacken konnte, drehte Satan sich um. Er rannte in den Wald und rief: „Den bekommst du nicht. Das ist mein Freund!"

Es war das erste Mal, dass Satan seiner Mutter den Gehorsam verweigerte. Jetzt musste er ihr eine Zeit lang aus dem Weg gehen, damit ihr Zorn abflaute. Danach wollte er ihr nochmals seinen Freund zeigen.

Satan durchstreifte sein Jagdrevier und zeigte der Krähe alle Verstecke, in denen er etwas Leckeres zu essen fand. Der Vogel schien sich für alles zu interessieren. Er probierte hier ein Kraut, aß dort einen Wurm und begutachtete die merkwürdigsten Kräuter. Satan freute sich, einen Freund zu haben, und warf ihm immer neue Naschereien zu. So verging der Tag, und als die Nacht hereinbrach, versteckten sie sich in einer Höhle.

Am nächsten Morgen machte Satan sich auf den Weg nach Hause. Er war zum ersten Mal glücklich und wollte die Mutter bitten, sich mit der Krähe zu versöhnen.

Als er zu Hause ankam, blieb er einen Moment vor der Hütte stehen. In der Hoffnung, die Mutter friedlich gestimmt anzutreffen, öffnete er vorsichtig die Tür. Er blinzelte in die Stube und wollte etwas sagen, doch die Worte kamen ihm nicht schnell genug über die Lippen.

Bevor er einen Ton herausbringen konnte, fischte Stinki die Krähe von seiner Schulter, hielt ihr den Schnabel zu und krächzte: „Na, du Scheusal, hab ich dich. Ich dreh dir den Hals um, dann kannst du mich nicht mehr beißen." Die Krähe ließ den Kopf hängen und stellte sich tot. Stinki lockerte ihren Griff und lachte. „Ach, es hat sich erledigt, du bist schon hinüber."

Sie drehte das Tier in alle Richtungen und pustete auf seine zerzausten Federn. Die Krähe spürte die Zauberkraft, die aus ihrem Atem strömte und hielt ganz still. Stinki glaubte, sie sei tot, und ließ sie achtlos fallen. Auf diesen Moment hatte der Vogel gewartet. Er sprang blitzschnell auf ihre Schulter, steckte seinen Schnabel in Stinkis Mund und saugte ihren Atem ein.

Die Wackelzahn schlug entsetzt um sich. „Was zum Teufel fällt ..." Weiter kam sie nicht. Das Tier saugte ihr die magische Kraft aus dem Leib und sie spürte, wie die Zauberkraft, die sie Luzie gestohlen hatte, aus ihrem Körper entschwand und der Vogel kräftiger wurde. Sie presste ihren Mund zusammen, rannte hinaus, riss das Tier von ihrer Schulter und schmetterte es weg. Die Krähe landete hart auf dem Boden und torkelte benommen hin und her. Ihr Körper zitterte und ihre Federn ruckten und zuckten.

Plötzlich brauste ein eisiger Wind durch die Bäume und wirbelte den Vogel durch die Luft. Er blähte sich wie ein Luftballon auf und schwebte, eingehüllt in eine Nebelwolke, wieder zu Boden. Es rauchte und blitzte, knackte und knallte. In der Dunstwolke geschahen sonderbare Dinge: Der Vogel veränderte sich. Seine Flügel wurden lang und länger und verwandelten sich zu Armen. Das Federkleid zog sich auseinander und wurde zu einem schwarzen Umhang. Plötzlich erschien in dem Dunst ein alter, bärtiger Mann mit langem grauen Haar.

Stinki erstarrte. Vor ihr stand ein Berggeist aus längst vergangener Zeit. Seine Haut war dünn wie Pergament. Das schwarze Gewand war zerrissen und flatterte um seinen spindeldürren Körper. Er schwankte und war kaum in der Lage, auf seinen Beinen zu stehen. So mager und runzelig glich er eher einem hundertjährigen Greis als einem gefährlichen Berggeist.

Der Spuk dauerte etwa sechs Sekunden, dann kippte er vornüber und brach in sich zusammen. Eine Rauchsäule zischte in die Höhe und die Krähe war wieder da. Das Tier hüpfte zu Satan, es schmiegte sich an ihn und ließ sich von ihm in die Hütte tragen. Satan küsste glücklich seine Federn und freute sich, seinen Freund wiederzuhaben.

Da stürmte die Mutter herein. Sie riss ihm die Krähe aus der Hand und blaffte: „Schluss mit dem Unfug! Gib das Tier her!"

„Aber das ist mein Freund, er gehört mir."

„Papperlapapp, du hast doch gesehen, was passiert ist. Das ist ein Zauberer, der kann uns von großem Nutzen sein! Wir müssen uns mit ihm verbünden. Er hat meine Energie gestohlen, damit er sich zurückverwandeln kann. Es war zu wenig, jetzt brauchen wir beide neue, also geh, hol Luzie, wir brauchen ihre Zauberkraft, sie hat genug davon."

Das war das Letzte, was Satan jetzt wollte. Er schluckte schwer und versuchte, seine Mutter umzustimmen. „Aber Maam, das klappt doch nicht, wie oft haben wir das schon versucht?"

„Halt's Maul! Ich hab gesagt, du sollst gehen! Scher dich weg oder ich prügele dich raus."

Satan musste die Tränen unterdrücken, die ihm in die Augen stiegen. Er wusste, dass es falsch war, was die Mutter verlangte, trotzdem rannte er hinaus und beeilte sich, ihren Wunsch zu erfüllen.

Als der Vogel hörte, dass die Alte nach Luzies magischen Kräften lechzte, hüpfte er auf ihre Schulter und ließ sich von ihr herumtragen. Er spürte, dass die Alte das Sagen hatte. Sie war es, die ihm helfen konnte.

Stinki war der Krähe plötzlich wohlgesinnt und hoffte, durch sie an neue Zauberkünste zu kommen.

***

Satan lief durch den Wald und überlegte, wie er es schaffen konnte, Luzie einzufangen. Er stellte es sich wunderbar vor, wenn seine

Mutter zusammen mit dem Berggeist zaubern und die Macht ergreifen konnte. So ein Vogel war das, was sie brauchte. Deshalb war er auch nicht mehr traurig, dass er ihn abgeben musste. Satan malte sich eine herrliche Zukunft aus. Seine Mutter würde ihn belohnen, der Berggeist wäre ihr Gehilfe und die Mutter würde wie eine Königin über das ganze Waldaland herrschen. Dann wäre er als Sohn der Königin überall gern gesehen. Man würde ihm die Türen öffnen, ihn zum Essen einladen und ihm die leckersten Speisen servieren.

Satan sah alles genau vor sich und in Vorfreude auf diese Aussicht lief ihm schon die Spucke im Mund zusammen. Jetzt musste er nur noch Luzie aufstöbern, damit die Mutter ihr die Zauberkraft aussaugen konnte. Dann würde sich sein Traum erfüllen. Aber er musste aufpassen, Max durfte ihm nicht in die Quere kommen, ihn musste er von Luzie fernhalten.

Das war nicht so einfach. Die beiden waren unzertrennlich und klebten wie Fliegen aneinander. Jetzt war auch noch der Hund dabei, was die Sache nicht leichter machte. Wenn er Luzie allein erwischte, wäre alles gut. Er wollte sie in einen Käfig sperren, dann konnte seine Mutter ihr nach Lust und Laune die Zauberkraft aussaugen und die Macht über das Waldaland übernehmen.

Satan grinste zufrieden. Die Vögel sangen, die Sonne schien und er hatte alle quälenden Gedanken vergessen. Leichten Schrittes ging er durch den Wald. Als er den Bach plätschern hörte, begann er zu pfeifen und marschierte siegessicher darauf zu. Sein Weg führte ihn am Bach entlang zu dem Dorf Waldanien, in dem Max und Luzie wohnten. Dort wollte er mit der Suche beginnen.

Als er an der Bergwiese vorbeikam, die zum Ortseingang führte, blieb er abrupt stehen. Er konnte sein Glück kaum fassen. Da war Luzie! Sie war allein, hüpfte über die Wiese und pflückte Blumen. Satan war so überrascht, dass er im ersten Moment nicht wusste, was er tun sollte. Er versteckte sich hinter einem Baumstamm, wartete, bis Luzie nur noch wenige Schritte entfernt war, sprang hervor und rannte auf sie zu. Luzie ließ erschrocken die Blumen fallen und begann zu laufen. Es gab keinen Grund, wieso sie so eilig vor Satan flüchtete, aber etwas an seinem Verhalten sagte ihr: „Lauf!“

Sie sauste die Wiese hinab, drehte sich um und sah, dass Satan sie verfolgte. Er streckte schon die Arme nach ihr aus und wollte sie ergreifen. Sie hatte sich nicht getäuscht, er war tatsächlich hinter ihr her. Der kürzeste Weg war der zu Max.

Luzie flitzte, so schnell sie konnte, zur Dorfstraße, trommelte bei Max an die Tür und brüllte: „Aufmachen! Aufmachen!"

Max hatte die Tür gerade mal einen Spalt aufgezogen, da quetschte sie sich schon hinein, knallte die Tür hinter sich zu und schnaufte: „Satan ist hinter mir her!"

„W...a...s? Ist er wieder da? Was will er?"

„Keine Ahnung. Ich hab ihn gestern nach Hause gewünscht und jetzt ist er da. Schau, da steht er."

Sie spähten durch das Flurfenster. Satan stand auf der anderen Straßenseite und musterte das Haus.

Max sog nervös die Luft ein. „Au Backe, was machen wir jetzt?"

„Warten, irgendwann wird er schon wieder gehen."

Sie warteten zwei Minuten, fünf Minuten, zehn Minuten. Als sie nach fünfzehn Minuten hinausschauten, bespitzelte Satan noch immer das Haus.

Nach zwei Stunden gab er endlich auf und verschwand. Luzie öffnete die Tür und vergewisserte sich, dass er tatsächlich weg war. „Ich muss zu meiner Mutter und ihr sagen, dass Satan wieder da ist."

Max nickte. „In Ordnung, aber ich komm mit."

Als die beiden die Stube betraten, saßen Oma und Opa am Tisch. Luzie wollte hinlaufen und sie freudig begrüßen, da bemerkte sie ihre sorgenvollen Gesichter. Sie blickte misstrauisch von einem zum anderen. „Was ist? Warum guckt ihr so traurig, ist was passiert?"

Im Raum herrschte eine angespannte Stimmung. Opa saß mit ernster Miene am Tisch und erzählte, dass die Krähe entkommen wäre. Er schwor, dass er den Käfig stets geschlossen gehalten hatte, trotzdem war sie, als er sie füttern wollte, weg gewesen.

Maria ging nervös im Zimmer auf und ab. Sie wusste, wie gefährlich die Sache für Luzie werden konnte, und jammerte: „Die Krähe ist ein verzauberter Berggeist, wenn er frei ist, wird er Luzie suchen und alles daran setzen, ihre Zauberkraft zu bekommen. Es ist der Berggeist Schakan, ein Zauberer, der einst im Waldaland sein Unwesen trieb. Falko und ich haben ihn überwältigt und als Krähe zu Opa gebracht, wo er keine Zauberkraft hatte. Wenn er jetzt frei ist, wird er alles versuchen, um ins Waldaland zu kommen. Das ist gefährlich. Durch Luzies Energie kann er seine Sprache wiederfinden und einen Zauberspruch aussprechen, dann steht einer Verwandlung nichts mehr im Wege. Die Krähe ist böse und schreckt vor nichts zurück. Also seid vorsichtig, haltet die Augen offen, und wenn ihr eine zerzauste Krähe seht, fangt sie."

Auf einmal war es ganz still. Maria stand händeringend am Schrank und die anderen versanken in quälenden Gedanken.

Luzie zerriss die Stille und platzte mit der Neuigkeit heraus: „Satan ist wieder da, er hat mich verfolgt."

„Ach, wirklich?", seufzte Maria. „Und was wollte er?"

„Ich weiß nicht, er hat uns aufgelauert, dann war er weg."

„Sonst nichts? Wo war er denn, hat er was gesagt?"

„Nein. Ich hab nicht mit ihm gesprochen. Ich bin weggelaufen, ich glaub, er wollte mich fangen."

Maria wurde ganz blass. „Hier braut sich etwas zusammen. Das sind böse Vorzeichen. Lauter merkwürdige Dinge passieren. Egal, bei welchem Teufel Satan gesteckt hat, solange niemand weiß, wo die Krähe ist, musst du besonders vorsichtig sein, Luzie. Halte dich von fremden Tieren fern, besonders von Krähen. Deine heilende Kraft könnte ihn gesund machen und dann kann er wieder zaubern und alles fängt von vorne an."

Maria tigerte nervös in der Stube herum und murmelte irgendwelche unverständlichen Worte. Die Unruhe und Angst, die sie verströmte, übertrug sich nun auf alle anderen und jeder versprach, besonders vorsichtig zu sein. Falko begleitete Max nach Hause und nahm ihm das Versprechen ab, die nächsten Tage mit Luzie im Haus zu bleiben.

***

Die Krähe hatte Stinki den ganzen Tag hin und her dirigiert und bestimmt, was sie machen sollte. Wenn ihr etwas nicht gefiel, fauchte sie Stinki an und hackte ihr in die Hand. Inzwischen fürchtete sich die Hexe schon vor dem Vogel, doch weil sie sich von ihm Zauberkräfte erhoffte, tat sie, was das Tier wollte.

Der Vogel hüpfte nach draußen und deutete mit seinem Schnabel auf allerlei Kräuter. Stinki riss sie aus und steckte alles in ihre

Rocktaschen. Doch wenn sie nicht schnell genug war, versetzte die Krähe ihr einen Hieb, sodass ihre Hände schon ganz blutig waren. Drinnen ging es genauso weiter. Der Vogel tippte auf die Salben und Tinkturen, hüpfte auf den Boden und ritzte Schriftzeichen in den Lehm. Dann hopste er zum Ofen und klopfte mit dem Schnabel auf einen Kessel. Mittlerweile war Stinki mit dem Vogel schon so vertraut, dass sie verstand, was er wollte. Sie stellte den Kessel auf den Ofen, kippte Wasser hinein und zündete das Feuer an. Die Krähe warf die gesammelten Kräuter in den Topf, pickte einen Wurm auf und warf ihn ebenfalls in die Brühe. Dann folgten die Salben und Tinkturen. Stinki rührte das Ganze zusammen und kippte das Gebräu in den Topf. Die Krähe hüpfte immer wieder nach draußen, pickte Würmer und Raupen auf und warf sie in die Flüssigkeit. Dadurch bildete sich eine sämige Suppe.

***

Satan hatte sich den ganzen Tag im Dorf herumgetrieben und war erst abends heimgekehrt. Ohne Luzie traute er sich nicht nach Hause und so hatte er gewartet, bis es dunkel war. Als er schließlich heimkam, erwartete ihn das Grauen. In der Hütte zischte und brodelte es und im Raum züngelten geheimnisvolle Flammen. Inzwischen war der Mond aufgegangen, sodass Satan in dem fahlen Licht das Feuerspiel genau beobachten konnte.

Stinki rührte in einem großen Kessel und braute einen übel riechenden Trank. Kleine grüne Flammen tanzten auf der Brühe. Sie fischte die Flämmchen mit einen Löffel heraus und steckte diesen in den Mund. Plötzlich schimmerte das Feuer durch ihre Haut hindurch und zauberte ein grünes Licht auf ihr Gesicht. Die Flammen wechselten die Farbe und zischten blau und grün aus dem Topf heraus.

So etwas hatte Satan noch nie gesehen. Er fürchtete sich und begriff, dass hier etwas Teuflisches passierte. Der Tisch war vollgestellt mit Töpfen und Flaschen, in denen die seltsamsten Kräuter und Pasten steckten. Stinki nahm aus jedem Gefäß etwas heraus und warf es in den Kessel. Dazwischen hüpfte zischend die Krähe herum.

Satan hatte sich fünf Minuten nicht von der Stelle gerührt. Obwohl die Angst schwer auf ihm lastete, traute er sich nun näher heran. Neugierig schaute er in den Topf und starrte in die grünen Flammen.

Stinki schlug ihm den Kochlöffel auf den Kopf. „Hau ab, du verwischst den Zauberspruch."

Satan stolperte einen Schritt rückwärts und entdeckte auf dem Lehmboden Schriftzeichen. Er riss verwundert die Augen auf und zeigte auf die Buchstaben. „Ma...a...am, was steht da?"

„Was weiß ich! Mach Platz – das ist nichts für dich."

Satan war nicht dumm. Was er einmal gesehen hatte, vergaß er nicht. Er wusste sofort, das war die Schrift der Krähe. Sie hatte die Zeichen in den Lehm geritzt. Er hielt ihr den Finger hin und forderte sie auf hinaufzuspringen, doch die Krähe beachtete ihn nicht. Sie hüpfte von einem Topf zum anderen und nippte mal hier und mal da von dem Inhalt. Satan wunderte sich, wusste er doch, dass die Mutter das niemals erlaubte. Er wollte die Krähe warnen, packte ihre Krallen und zog sie weg. Diese zischte und hackte ihren scharfen Schnabel in seine Hand. Sie pickte in sein Fleisch, bis es blutete, und steckte wieder den Kopf in den Topf. Satan trieb es die Tränen in die Augen. Er verstand nicht, dass die Mutter dem Vogel erlaubte, den Topf zu berühren.

„Maam, sieh nur, was der macht! Der geht an deine Sachen!"

Stinki nahm das Tier auf ihren Finger, schöpfte eine Kelle Brühe aus dem Topf und flößte sie der Krähe ein. „Komm, mein Vögelchen, probier mal mein Süppchen."

Satans Mundwinkel zitterten. Die Mutter hatte sich mit dem Vogel verbündet und er hatte seinen Freund verloren.

Die Krähe schluckte das Gebräu und zischte laut. Sie sprang auf den Tisch, zupfte ein paar Kräuter zusammen und warf sie der Alten vor die Füße. Stinki bröckelte alles in den Suppentopf, probierte nochmals und schnalzte mit der Zunge. „Hm, das scheint die richtige Mischung zu sein, jetzt schmeckt die Suppe gut."

Die Suppe dampfte und brodelte. Weiße Rauchwolken stiegen hoch und verbreiteten einen würzigen Kräutergeruch. Satan hatte so etwas Würziges noch nie gerochen, er nahm den Löffel und wollte probieren.

Die Hexe schlug ihm den Löffel aus der Hand. „Finger weg! Das ist nichts für Kinder."

„Aber, Maam, ich bin zwölf."

„Na und?! Hau ab, das ist nichts für dich."

Satan kroch traurig in eine Ecke und beobachtete, was die beiden machten. Die Krähe stöberte in jedem Topf, schlürfte alle Tinkturen – und er durfte nicht einmal von der Suppe probieren.

Die Mutter hielt der Krähe den Löffel hin und ließ sie die Suppe abschmecken. Dem Vogel schien etwas nicht zu gefallen, er fauchte, hüpfte auf den Boden und stieß immerzu mit dem Schnabel auf die Schriftzeichen. Stinki beugte sich über die Buchstaben und las die Zeilen laut vor. Die Krähe zischte leise, doch sobald Stinki aufhörte, hackte sie ihren Schnabel in ihre Hand. Das wiederholte das Tier so lange, bis Stinki den Spruch auswendig konnte.

Als ihr die Worte fließend über die Lippen kamen, hüpfte die Krähe zum Kochtopf und drehte mit dem Schnabel den Löffel im Topf herum. Stinki verstand, was die Krähe wollte, sie nahm die Suppenkelle, rührte um und murmelte den Zauberspruch:

„Rühren, rühren rundherum,
dreimal grade, dreimal krumm.
Dreimal drei und drei Sekunden
soll die Suppe uns nun munden.
Dreimal rum, noch vor der Nacht
ist der Zauber dann vollbracht."

Der Spruch war kaum verklungen, da hopste die Krähe auf Stinkis Schulter und beide schlürften das Hexengebräu.

Kaum dass der Trank durch ihre Kehlen rann, rollten ihre Augen wirr in ihren Höhlen herum. Die Glieder zuckten und kleine blaue Flammen stoben aus dem Mund. Die Krähe fiel auf die Erde, spreizte die Federn, drehte sich dreimal im Kreis und lag plötzlich wie tot auf dem Fußboden.

Stinki rülpste, furzte dreimal, spuckte dreimal kräftig aus und vorbei war der Spuk. Sie raffte ihren Rock, hob die Krähe auf und ließ sich auf den Stuhl fallen. Satan starrte sie mit offenem Mund an.

„Was glotzt du so blöd?“, bellte Stinki. „Du siehst doch, dass der Zaubertrank nicht wirkt. Wir brauchen Luzies Zauberkraft. Wo ist sie? Du wolltest sie doch holen.“

Satan hatte Luzie ganz vergessen und wollte seiner Mutter davon erzählen. Die Hexe hörte jedoch gar nicht hin und stieß ihn weg. „Hau ab, geh mir aus dem Weg. Ich mach es selbst. Bei der nächsten Gelegenheit geh ich ins Dorf und lock Luzie hierher. Du bist ja zu blöd dazu!“

***

Max und Luzie hockten nun schon mehrere Tage zu Hause herum und langweilten sich. Sie hatten alle Spiele gespielt, die man in der Stube spielen konnte, und wollten endlich wieder raus. Als in den folgenden Tagen auch nichts passierte und von der Krähe nichts zu sehen war, durften sie sich wieder frei bewegen. Von dem Berggeist Schakan wurde kaum noch gesprochen und so war es nicht verwunderlich, dass Luzie wieder in aller Herrgottsfrühe mit Tino auf dem Weg zu Max war.

Niemand hatte eine zerzauste Krähe gesehen und Luzie fragte sich, wo sie wohl geblieben war. Es ließ ihr keine Ruhe, dass sie noch nicht gefunden worden war. Sie fühlte sich schuldig und wollte alles wieder in Ordnung bringen. Sie glaubte, wenn sie die Krähe finden und wieder zu Opa bringen könnte, wäre alles gut. Doch dafür musste sie ihr Versteck entdecken. Aber wo konnte das sein? Wo sollte sie suchen?

Sie dachte darüber nach, was passiert sein könnte, und vermutete, dass Satan etwas mit der Sache zu tun hatte. Luzie ging grübelnd über die Wiese und folgte dem Trampelpfad, der in den Wald führte. Sie war so in Gedanken versunken, dass sie an der Gabelung vorbeischlenderte und die Abkürzung zu Max verpasste. Als sie ihren Irrtum bemerkte und umkehren wollte, entdeckte sie Stinki.

Die Wackelzahn stand zwanzig Meter entfernt an einen Baum gelehnt und winkte ihr zu. Luzie blinzelte gegen die Sonne und bemerkte etwas Schwarzes auf ihrer Schulter. Sie konnte aber nicht erkennen, was es war. Das Sonnenlicht gaukelte ihr einen schwarzen Schatten vor, der eilig unter Stinkis Umhang huschte.

Die Wackelzahn lockte sie mit ihrem langen Finger näher und schnurrte honigsüß: „Komm, mein Täubchen, ich hab etwas Schönes für dich. Das willst du schon lange haben."

Die Freundlichkeit, die sie vortäuschte, war nicht echt. Luzie sah ihren hämischen Blick. Er bohrte sich schmerzlich in ihre Stirn und jagte ihr den Namen „Stinki" durch den Kopf.

Das war es! Warum hatte sie nicht gleich daran gedacht? Stinki, Satan und die Krähe passten prima zusammen. Der schwarze Schatten auf ihrer Schulter war bestimmt der Berggeist gewesen. Die Krähe hatte sich bei den beiden versteckt! Luzie spürte, dass sie auf der richtigen Fährte war, und beschloss, Max von ihrem Verdacht zu erzählen. Sie warf der Wackelzahn einen verächtlichen Blick zu, ließ sie stehen und rannte, so schnell sie konnte, die Wiese hinunter. Zwei Minuten später klopfte sie atemlos bei Max an die Tür und faselte etwas von Hexen und Berggeistern.

Max verstand kein Wort und unterbrach ihr wirres Gestammel. „Was redest du da, wo ist die Hexe?"

„Auf dem Weg ins Dorf. Komm mit, wir müssen sehen, wo sie hingeht."

„Ach nein, Luzie, nicht schon wieder! Ich will nicht dauernd Stinki hinterherrennen."

„Doch, Max, mach schon, beeil dich."

„Können wir das nicht verschieben? Wir können doch nicht jedes Mal, sobald wir Stinki sehen, sie verfolgen."

„Diesmal müssen wir sogar, also komm, beeil dich!"

Luzie wollte keine Zeit verlieren. Sie war sich sicher, dass die Krähe sich bei Stinki versteckte. Sie nahm Max' Jacke vom Haken, warf sie ihm über die Schulter, drängte ihn hinaus und lief mit ihm zu der Stelle, wo sie Stinki zuletzt gesehen hatte. Doch als sie dort ankamen, war Stinki weg. Weit und breit war nichts zu sehen, sie war wie vom Erdboden verschluckt.

Luzie betrachtete die Sträucher und untersuchte den Wiesenrand. Sie zeigte auf die platt getretenen Grashalme. „Schau, Max, hier sind ihre Fußabdrücke!" Die Spur war sehr schwach, einzelne Fußabdrücke waren noch auf der Grasfläche zu erkennen und führten zurück in den Wald. Luzie bekam eine Gänsehaut. „Die Wackelzahn ist nach Hause gelaufen. Das hat was zu bedeuten."

„Na und?! Du willst doch wohl nicht hinterher?"

Luzie nickte heftig mit dem Kopf. „Doooch!"

Es drängte sie geradezu, hinterherzulaufen. Sie konnte gar nicht anders. Es war wie ein Befehl, dem sie nicht entfliehen konnte. Je länger sie darüber nachdachte, umso sicherer war sie, dass der Schatten die Krähe gewesen war. Es gab keinen Zweifel, sie mussten hinterher.

Sie versuchte, Max von der Notwendigkeit zu überzeugen, und erklärte: „Ich fürchte, Schakan ist bei Satan und Stinki, und wenn das stimmt, bin ich schuld. Ich hab Satan verwünscht. Ach, Max, das ist so schrecklich. Wenn die Krähe der Teufel ist, dann kann es sein, dass Satan bei ihr gewesen ist und den Berggeist mitgebracht hat. Komm mit, Max, ich muss wissen, ob er bei den beiden ist."

„Das ist zu riskant, Luzie. Du bringst uns alle in Gefahr."

„Nicht, wenn wir aufpassen. Wir verstecken uns und beobachten von Weitem die Hütte. Wenn wir nichts sehen, verschwinden wir."

Max seufzte. „Du willst wirklich wieder in den schwarzen Wald?"

„Natürlich. Uns wird nichts geschehen, wir kennen den Weg und die Weide wird uns helfen."

„Hoffentlich hast du recht."

„Ach, komm schon, Max. Bitte, bitte. Wir haben es doch schon mal geschafft. Wir werden es auch diesmal schaffen."

„Dann pass bloß auf Tino auf. Nicht, dass der uns verrät."

„Keine Angst! Ich hab mit ihm geübt. Er folgt meinem Kommando, ich zeig's dir." Luzie hob den Finger und befahl: „Tino, sitz, Tino, bei Fuß, Tino, still, Tino, lauf ..." Tino gehorchte aufs Wort und Luzie strahlte.

Max gab auf. Wenn Luzie etwas wollte, war er sowieso machtlos. Nach seiner Meinung war ihr Vorhaben falsch, aber er wusste, wenn er nicht mitkäme, würde sie allein gehen und das wollte er auf keinen Fall.

Zehn Minuten später marschierten sie geradewegs in den schwarzen Wald. Max hatte es aufgegeben, sie umzustimmen, doch sein ungutes Gefühl blieb. Am liebsten wäre er zurückgegangen, doch Luzie lief so zielstrebig weiter, dass er folgen musste. Als sein Bauchgefühl ihn erneut warnte, unternahm er noch einmal einen Versuch, sie aufzuhalten.

„Luzie, bleib stehen. Lass uns umkehren oder jemandem Bescheid geben, wo wir hingehen."

Luzie schüttelte den Kopf und ging weiter. Sie liefen am Bach entlang, ließen ihre Lieblingswiese links liegen und marschierten an der Weide vorbei. Luzie verbeugte sich und grüßte: „Guten Morgen, liebe Weide, wir wünschen dir einen schönen Tag."

Max wurde es ganz mulmig. „Lass den Quatsch, mir ist nicht nach Spaßen zumute."

Luzie versäumte es nicht, der Weide etwas Wasser über die Wurzeln zu gießen. Doch es war sonderbar. Als sie „Bitte schön, auf Wiedersehen" sagte, raunte es in den Zweigen: *„Gib acht, mein Kind, das Unglück kommt mit dem Wind."*

Ein kalter Schauer lief Luzie über den Rücken und sie war froh, dass Max nichts hörte. Am liebsten wäre sie jetzt mit ihm zurückgegangen, doch sie konnte nicht. Es war wie ein Zwang, der sie weitertrieb. Sie fühlte sich verantwortlich für das, was passierte, und wollte es wiedergutmachen. Deshalb verscheuchte sie ihr Unbehagen und murrte überzeugter, als sie in Wirklichkeit war: „Komm weiter, eine Krähe zu fangen, kann ja nicht so schwer sein. Mit so einem kleinen Vogel werde ich ja wohl fertig."

Max sah sie zweifelnd an, er wollte sie nicht ängstigen, sagte nichts und trottete mit Tino schweigend hinterher. Als sie den schwarzen Wald betraten, wurden Max' Schritte immer schwerer. Der Wald war still, er verschluckte alle Geräusche, und je näher sie Stinkis Hütte kamen, desto stiller wurde es.

Luzie marschierte geradewegs weiter. Fünfzig Schritte vor der Hütte blieb sie stehen, musterte die Gegend und lächelte zuversichtlich. „Hier sieht alles aus wie immer, ich kann nichts Auffallendes entdecken."

Max sog hörbar die Luft ein. „Ich seh auch nichts. Komm, wir kehren um."

Tino hatte die ganze Zeit keinen Ton verlauten lassen, doch jetzt blieb er stehen und bellte leise Alarm. Er schnupperte an der Tanne, vor der sie standen, trat aufgeregt von einem Bein auf das andere und knurrte leise. Luzie schaute sich um, konnte aber nichts feststellen. Tino hob winselnd den Kopf, tänzelte um die Tanne herum und blickte immerzu nach oben.

Max beobachtete Tinos merkwürdiges Verhalten. Er betrachtete den Baum genauer und entdeckte in der Tanne eine zerzauste Krähe. Diese saß hinter einem Zweig, äugte nach unten und verfolgte jede ihrer Bewegungen. Max hatte so einen komischen Vogel noch nie gesehen. Seine Rückenfedern standen wirr ab und aus seinem geöffneten Schnabel hing eine verdrehte Zunge heraus.

Er stupste Luzie sachte in die Seite und flüsterte: „Tino warnt uns, hier stimmt was nicht. Schau, da oben sitzt so eine komische Krähe, das könnte Schakan sein, sollten wir nicht lieber verschwinden?"

Luzie musterte die Tanne. „Wo denn? Ich seh nichts!"

Max zeigte nach oben, doch er konnte den Vogel nicht mehr ausfindig machen. „Jetzt ist sie weg."

„Bist du sicher, dass da eine Krähe war?"

„Na klar, Luzie. Ich hab sie gesehen und Tino auch. Wir kehren um. Ich bin sicher, dass es Schakan war, er ist bei der Hexe. Jetzt weißt du es, also komm!"

Luzie beobachtete den Baum, sie konnte nichts entdecken und scherzte: „Nur nicht so ängstlich, Erdling. Da ist nichts."

Max verzog die Lippen, ihm wurde die Sache immer unheimlicher und er wunderte sich, wie sorglos Luzie war. Er war davon überzeugt, dass sie beobachtet wurden und hier eine Gefahr lauerte. Er schaute Luzie fest in die Augen, und als ihre Nasenspitzen sich berührten, flüsterte er beunruhigt: „Kannst du mir sagen, was für ein Mensch Schakan ist und wie er aussieht?"

Als Luzie den Namen hörte, zitterte sie leicht. So unbekümmert, wie sie tat, war sie keineswegs. Die ganze Sache flößte ihr mehr Angst ein, als sie zugab. Sie fühlte sich ertappt und kam sich wie ein Betrüger vor.

Das wollte sie aber nicht zugeben und sagte mutiger, als sie war: „Meine Mutter hatte einen passenden Spruch für ihn, willst du ihn hören?" Max nickte und Luzie wisperte ihm ins Ohr:

„Schakan ist ein Meister im Verstecken,
ständig bereit, neue Bosheiten auszuhecken.
Er verbirgt hinterm Nebel sein Gesicht
und verwandelt in Raben und Krähen sich."

Max wurde kreidebleich. Er hatte sich also nicht getäuscht, die Krähe im Baum war Schakan, deshalb hatte Tino so geknurrt. Sein Bauchgefühl warnte ihn erneut und ließ seinen Magen rebellieren. Er versuchte noch einmal, Luzie zur Umkehr zu bewegen, und drängte: „Lass uns nach Hause gehen, Luzie. Ich hab ihn gesehen. Er saß da oben."

„Bist du sicher?"

„Todsicher!"

Luzie legte den Kopf in den Nacken und betrachtete den Baum. Doch auch jetzt konnte sie nichts sehen. Wenn da ein Vogel war, dann hatte die Tanne ihn verschluckt. Doch sie zweifelte nicht an Max' Worten und sagte kleinlaut: „Wenn du dir sicher bist, dann kehren wir um. Wir wissen ja, wo wir sie finden. Komm, wir gehen nach Hause."

Max stieß erleichtert die Luft aus. Doch in dem Moment, als Luzie umkehrte, stürzte eine Krähe auf ihre Schulter. Sie fiel wie ein Stein vom Himmel, krallte sich an ihrem Pullover fest und stieß ihren spitzen Schnabel in ihren Mund. Luzie schrie und Max zerrte den Vogel weg. Die Krähe hackte ihren scharfen Schnabel in seine Hand und hüpfte auf die andere Schulter. Max war gar nicht bewusst, dass seine Hand blutete. Er bangte um Luzie und versuchte, den Vogel zu fangen. Doch das war nicht so einfach. Die Krähe hüpfte von einer Schulter auf die andere, suchte Luzies Mund und saugte ihren Atem ein. Mit jedem Atemzug, den das Tier erhaschte, wurde es kräftiger und stärker. Luzie riss an seinen Federn, zerrte an seinen Füßen und schlug nach ihm. Der Vogel krallte sich in ihre Haare, hackte seinen Schnabel in ihren Nacken und flog wieder auf die andere Schulter. Es war ein furchtbares Gezeter. Luzie kreischte, Max schrie und Tino kläffte.

Max stand hinter Luzie und sah, wie der Vogel immer wieder ihren Mund suchte. Er packte zu, erwischte aber nur den Schwanz. Der Vogel riss sich los und Max starrte verdutzt auf die Feder in seiner Hand. Die Krähe flatterte hoch, stürzte sich wieder auf Luzie und suchte ihren Mund.

Max schrie entsetzt auf: „Pass auf, Luzie. Der trinkt deinen Atem."

Luzie presste den Mund zusammen und schlug verzweifelt um sich. Sie konnte das Tier kaum abwehren. Die Krähe war stark. Sie flatterte herum, kratzte mit den Krallen und hackte immer wieder mit ihrem spitzen Schnabel in Luzies Hals. Es war wie verhext, immer wenn sie zufassen wollte, wirbelte die Krähe herum und schwirrte auf die andere Seite. Dabei saugte sie jedes Mal Luzies Atem ein.

Max versuchte, das Vieh von hinten zu fangen. Doch das war schwieriger, als er dachte. Die Krähe war wie aufgezogen. Sie flatterte hoch, sprang nach rechts und links und hackte auf alles ein, was sie erwischen konnte.

Luzie sah schon ziemlich ramponiert aus, ihre Haare standen zu Berge und ihr Nacken war voller Blut. Sie verteidigte sich heftig, doch die Krähe war schnell und schien zu gewinnen. Max kam auch nicht an sie heran und Tino war ebenfalls keine Hilfe. Er sprang ständig vor Max' Füße und behinderte ihn noch zusätzlich. Schließlich bekam Luzie einen Flügel zu fassen. Sie packte zu, schleuderte das Tier dreimal herum und schmetterte es auf den Boden. Der Vogel hatte schon reichlich Zauberkraft getankt und so viel Energie gespeichert, dass seine Federn sich streckten und sein Körper von einer unsichtbaren Kraft geschüttelt wurde. Seine Glieder ruckten und zuckten, er riss den Schnabel auf und seine verknotete Zunge drehte sich herum. Plötzlich stieß das Tier unverständliche Laute aus. Es schien zu sprechen. Kurz darauf blies ein eisiger Wind durch den Wald. Er fegte durch die Bäume und wirbelte Staub und Blätter auf. Die Tannen ächzten und stöhnten und es wurde merkwürdig kalt. Der Wind trieb eine dichte Nebelwolke vor sich her und verhüllte die Krähe. Max zog fröstelnd seine Jacke enger an den Körper. Luzie drückte Max' blutige Hand und blickte erstaunt in den Nebel. So etwas hatte sie noch nie gesehen. Selbst Tino erstarrte.

Ein paar Sekunden später lichtete sich der Nebelschleier und aus dem grauen Dunst tauchte Schakan, der Berggeist, auf. Vor Luzie stand ein altersschwacher Greis mit zittrigen Beinen und blickte sie herausfordernd an. Der alte Mann hatte ein verwittertes, ausgemergeltes Gesicht. Die Augenbrauen waren mürrisch zusammengezogen und die Mundwinkel bogen sich tief nach unten. Die faltigen Wangen waren blass und das graue Haar hing ihm wirr ins Gesicht.

Luzie starrte ihn entgeistert an. Eine Zeit lang musterten sie sich gegenseitig.

Als Luzie Schakans Blick standhielt, bewegte er langsam seinen mageren Arm, hob seinen spindeldürren Zeigefinger und drohte mit krächzender Stimme:

„Willst du, dass die Sonne lacht,
dann gib gut auf mich acht.
Denn wird mir was geschehen,
wirst du die Sonne nie mehr sehen!"

Er hatte kaum ausgesprochen, da versagte seine Stimme. Der Berggeist fiel in sich zusammen, löste sich in Rauch und Nebel auf und verwandelte sich wieder in die Krähe, die er vorher gewesen war. Luzie starrte mit offenem Mund auf den Vogel und begriff nicht, was da gerade passiert war.

Max stand wie versteinert neben ihr. Seine Zunge klebte trocken an seinem Gaumen, er brachte kaum ein Worte heraus und stotterte: „Was ... was ... was war das? Was hat das ..."

Luzie legte ihm rasch eine Hand auf den Mund. „Pst, da kommt Stinki!"

Stinki hatte alles beobachtet und stürmte mit Satan aus der Hütte. Sie sah die Krähe torkeln und fluchte: „Ihr Saubande! Was habt ihr mit dem Vogel gemacht?"

Die Krähe taumelte mehr tot als lebendig auf dem Boden umher und japste nach Luft. Durch die Verwandlung hatte sie alle Magie verbraucht und ohne Zauberkraft war sie verurteilt, für immer ein Vogel zu sein. Nun brauchte sie schnellstens neue Magie. Wenn sie sich verwandeln wollte, musste sie wieder zu Luzie. Die Krähe bündelte ihre letzten Kräfte und schwirrte schwankend zu ihr. Sie breitete ihre Flügel aus, flatterte ein Stück hoch und drohte abzustürzen. Es dauerte keine Minute, da fiel sie kraftlos nieder.

Luzie fing sie auf und rannte mit ihr davon. „Max, komm, ich hab sie, nichts wie weg hier!"

Max' Stimme klang überrascht. „Du hast sie? Du hast sie wirklich? Au Backe, Luzie! Du bist unglaublich."

Stinki konnte nicht glauben, was sie da sah. Sie hatte Luzie nicht hierhergelockt, um bestohlen zu werden. Sie stieß Satan aus dem Weg und rannte keifend hinterher.

„Halt! Bleib stehen, du Dieb, die Krähe gehört mir!"

Luzie drehte sich um und ihre Blicke trafen sich. Irritiert blieb das Mädchen stehen, als wollte es darüber nachdenken. In dem Moment trafen zwei Fäuste Luzies Rücken und Satan knurrte hinter ihr: „Gib den Vogel her, der gehört mir!" Luzie wirbelte herum, versteckte den Vogel hinter ihrem Rücken und schüttelte den Kopf. Satan verzog ärgerlich das Gesicht. „Hast du nicht verstanden? Der Vogel gehört mir, gib ihn her!"

Luzie starrte ihm in die Augen und ihr scharfer Blick sagte ihm, dass er nicht darauf zu hoffen brauchte. Den Vogel konnte sie keinesfalls hergeben. Das war der gefürchtete Berggeist und den konnte sie Satan niemals überlassen. Sie musste was tun, so untätig konnte sie nicht länger stehen bleiben. Der Vogel musste zurück in Opas Käfig.

Satan erkannte, dass er den Vogel ohne Kampf nicht wiederbekam. Er atmete tief durch und versetzte Luzie einen Fausthieb auf die Leber. Luzie sackte in sich zusammen und fiel zu Boden. Sie musste den Schlag erst verdauen und blieb einen Augenblick atemlos liegen. Satan nutzte die Gelegenheit, beugte sich über sie und zerrte ihr den Vogel aus der Hand. Nun stand er da mit dem Tier in der Hand und wusste nicht, wohin. Da eilte Max herbei.

Stinki klatschte in die Hände. „Mach schon! Her mit dem Tier. Los, wirf es rüber und halt Luzie fest!"

Satan zögerte. Doch als die Alte ihre Aufforderung wiederholte, trat er einen Schritt vor und warf ihr den Vogel zu. Er verfehlte das Ziel und Max fing die Krähe auf. Inzwischen war Luzie wieder auf den Beinen. Satan rannte zu Max, doch bevor er ihm den Vogel entreißen konnte, warf Max Luzie das Tier zu. Sie erwischte gerade noch den Flügel, packte ihn und rannte mit der Krähe davon. Tino fand das Spiel herrlich und sauste hinterher.

Satan hatte sie nicht aus den Augen gelassen und verfolgte sie. Er packte ihren Arm, während er gleichzeitig ein Bein vorstreckte. Luzie riss sich los, stolperte über sein Bein und ließ vor Schreck die Krähe fallen. Satan stürzte sich auf das Tier, stieß mit Luzie zusammen und fiel mit ihr auf den Boden. Die Krähe lag entkräftet vor ihnen und beide angelten nach ihr. Sie schubsten sich gegenseitig, rollten auf dem mit Moos bewachsenen Waldboden herum und versuchten, die Krähe zu schnappen. Luzie ergatterte einen Fuß und Satan einen Flügel. Als Satan mit Luzie ins hohe Gras rollte und auf ihrem Rücken landete, glaubte Tino, Luzie sei in Gefahr. Er schnappte nach Satans Hand, erwischte die Krähe und biss ihr ins Genick. Es knacke einmal kurz und der Vogel hing leblos in seinem Maul. Die Krähe war tot. Alle starrten entsetzt auf Tino. Das hatte niemand gewollt. Niemand wollte das Tier töten. Fangen, ja, einsperren, ja, aber töten ...

Satan wischte sich die Tränen aus den Augen und weinte lautlos. Sein Freund war tot und er war wieder allein.

Plötzlich rauschte ein heftiger Wind durch die Bäume. Ein mächtiger Sturm erhob sich und trieb dicke schwarze Wolken heran. Der Himmel wurde dunkel und die Sonne verschwand. Es wurde eiskalt. Blitze zuckten und grollende Donnerschläge krachten ins Tal. Lange gezackte Blitze tanzten am Firmament und ließen den Himmel in einem roten Flammenmeer erglühen. Die Hölle tat sich auf und es war, als wollte die Erde darin versinken. Alle standen fassungslos im Wald und starrten gebannt in den Himmel. Die Tannen schwankten und krachten dröhnend zusammen. Blätter, Sträucher, Büsche verloren ihren Halt und wirbelten herum.

Max und Luzie pressten sich aneinander und zogen zitternd ihre Köpfe ein. So ein Unwetter hatten sie noch nie gesehen. Sie hielten sich an den Händen und starrten entsetzt zum Himmel. Es dauerte etwa zehn Minuten, dann war es vorüber. Nun senkte sich dichter Nebel über das Land und hüllte alles in einen grauen Schleier. Nach dem tosenden Gewitter machte sich eine lähmende Stille breit und niemand traute sich, ein Wort zu sagen.

Satan stand neben Tino, er hatte sich nicht von der Stelle gerührt und ließ traurig den Kopf hängen. Selbst Stinki stand erstarrt vor der Hütte und glotzte verwirrt auf die grauen Nebelschwaden. Es dauerte eine Weile, bis die Starre sich löste und sie Luzie anschrie: „Dein Köter hat den Zauberer umgebracht! Das bedeutet Rache! Verflucht sollt ihr sein! Verderben, Trennung und Verzweiflung sollen über euch kommen! Ich will jetzt deine Zauberkraft. Ohne dass ich die habe, lass ich dich hier nicht weg!"

Satan konnte das Gezeter seiner Mutter nicht mehr ertragen und befürchtete, sie könnte ihm wieder befehlen, Luzie zu fangen. Er beugte sich mit tränenden Augen zu Tino hinab, nahm ihm den toten Vogel aus der Schnauze und verschwand mit ihm im Wald.

Stinki spürte, dass sie die Macht über den Jungen verlor, und wollte nun erst recht Luzies Zauberkraft. Sie war besessen von dem Gedanken und beabsichtigte, ihr Teufelswerk zu vollenden. Sie wollte Luzie unschädlich machen, ihr den letzten Atemzug nehmen und die Zauberkraft aussaugen. Sie duckte sich und kam klammheimlich näher. Luzie durchschaute jedoch ihre Absicht. Sie nahm Tino auf den Arm, hakte Max unter und wünschte sich nach Hause. Es entstand ein kleiner Wirbelwind und weg waren sie.

Schatten über Waldaland

Am anderen Morgen erwachte Luzie aus einem tiefen Schlaf und wusste nicht, ob es morgens oder abends war. Draußen war alles dunkel und grau. Sie setzte sich hin, schlang die Arme um die Knie und fragte sich, wie lange sie wohl geschlafen hatte. Eigentlich müsste es früher Morgen sein und die Sonne scheinen. Doch es war so dunkel, als nahte bald der Abend. Hatte sie den Tag verschlafen?

„Unsinn!", sagte sie sich. „Es ist Nacht, der Morgen ist noch nicht gekommen." Sie schaute auf die Uhr. Der kleine Zeiger zeigte auf die Sechs, es war Morgen.

Luzie huschte auf nackten Füßen zum Fenster und schaute hinaus. Tatsächlich, es war ein düsterer, nebliger Tag und für die Jahreszeit viel zu kalt. Fröstelnd kroch sie zurück ins Bett, steckte ihre Hände unter die Decke und wunderte sich, wieso es so kalt war. Gestern war so ein schöner Sommertag gewesen und es hatte keine Anzeichen für schlechtes Wetter gegeben. Und nun das?

Normalerweise liebte Luzie es, nach dem Erwachen noch etwas im Bett zu liegen und dem Gesang der Vögel zu lauschen. Doch diesmal war alles anders, kein Vogel sang und die Sonne war auch nicht da.

Plötzlich fielen ihr Schakan und sein Fluch ein. War der Fluch Wirklichkeit geworden? Möglich wäre es, mit so einer Verwünschung war nicht zu spaßen.

Luzie zog die Decke über den Kopf und versuchte sich an den Wortlaut der Verwünschung zu erinnern. Doch ihr fielen die Worte nicht ein, nur so viel: Die Sonne sollte nie mehr scheinen ... Das durfte auf keinen Fall passieren, sie musste das prüfen und – wenn nötig – die Sonne zurückholen.

Luzie schlug die Decke zurück, setzte sich auf die Bettkante und flehte: „Bitte, bitte, liebe Sonne, komm zu mir! Ich wünsche mir, dass du wieder scheinst."

Draußen blieb alles grau in grau. Der Wind blies heftiger als zuvor und keine Sonne ließ sich blicken.

Luzie fühlte sich auf einmal so schlecht, als drückte ein schwerer

Stein auf ihren Magen. Sie kroch ins Bett, zog die Decke über ihren Kopf und sah vor ihrem geistigen Auge schweres Unheil über sich hereinbrechen. Ihre Angst war berechtigt, schließlich erzählte man sich von Flüchen und Verwünschungen die unheimlichsten Geschichten. Ein Zittern lief durch ihren Körper. Die Angst griff nach ihr und sie wusste plötzlich, der Fluch war Wirklichkeit geworden.

„Das darf nicht sein", flüsterte sie ängstlich. „Das darf nicht sein."

Tino spürte ihren Kummer und legte winselnd den Kopf auf ihre Decke. Luzie streichelte sein Fell und jammerte: „Ach, Tino, was mach ich bloß? Wie soll ich meinen Eltern erklären, dass die Sonne nicht mehr scheint? Ich wünsche mir so sehr, sie würde wieder scheinen."

Nichts geschah. Sie versuchte es noch einmal. „Bitte, bitte, liebe Sonne, komm zurück! Ich wünsche mir, dass du zurückkommst."

Wieder nichts.

Sie versuchte es noch einmal und noch einmal, doch kein Sonnenstrahl ließ sich blicken. Die Sonne blieb verschwunden und alles Wünschen war nutzlos.

Luzie drückte verzweifelt ihr Gesicht in Tinos Fell. „Tino, Tino, was hab ich gemacht? Nun habe ich noch mehr Schuld auf mich geladen, schwerer und schlimmer als je zuvor."

Die Verantwortung lastete schwer auf ihren Schultern und von Minute zu Minute fühlte sie sich schlechter. Sie weinte bitterliche Tränen und bereute zutiefst, Max' Warnung überhört zu haben. Was sollte sie jetzt tun? Sie musste zur Mutter gehen und alles beichten.

Es dauerte lange, bis sie sich beruhigte, ihre Tränen getrocknet hatte und zur Mutter ging. Sie brauchte mehrere Anläufe, ehe sie ihr unter noch mehr Tränen gestand, dass die Sonne fort sei und nicht mehr wiederkäme.

Maria traf die Nachricht völlig überraschend. Sie sackte in sich zusammen und schlug die Hände vors Gesicht. „Das darf nicht sein, Luzie! Wünsch sie zurück!"

„Ich hab es schon versucht, es geht nicht."

„Wieso nicht, du hast doch noch deine Zauberkraft ... oder?"

„Ich denke schon."

„Dann wünsch dir was, Luzie! Irgendwas. Damit wir wissen, ob es stimmt."

Luzie schaute auf ihre Füße und murmelte: „Ich wünsche mir, dass ich es schaffe, die Sonne wiederzuholen."

Nichts geschah.

Maria brach in Panik aus und schrie: „Wünsch dir was anderes, Luzie, was Leibhaftiges, etwas, das wir sehen können."

Luzie bekam Angst, so verzweifelt hatte sie ihre Mutter noch nie gesehen. Sie fing an zu schluchzen und jammerte: „Ich wünsche, Max wäre hier."

Einen Augenblick später stand Max mit nassen Haaren und Bademantel in der Stube. „Was ist passiert? Wieso bin ich hier?"

Luzie warf sich in seine Arme. „Die Sonne ist weg!"

„Au Backe", war alles, was Max hervorbrachte. Er war viel zu überrascht, um etwas anderes zu sagen, und schaute einen Augenblick lang verwirrt drein. Dann wurde ihm klar, was am Tag zuvor passiert war, und er durchlebte die Situation noch einmal. Vor seinem geistigen Auge sah er, wie die Krähe sich verwandelte und er begriff, in welchen Schwierigkeiten sie steckten. Er wollte etwas sagen, brachte aber keinen Ton heraus und klappte zitternd den Mund auf und zu.

Marie sah, wie seine Lippen bebten. Sie glaubte, er fröre, und holte rasch ein Handtuch. Während sie ihm das Haar trocknete, murmelte sie zuversichtlich: „Hab keine Angst, Max. Luzie hat dich hergewünscht und ausprobiert, ob sie noch ihre Zauberkraft hat. Es ist alles in Ordnung. Ich denke, wenn sie es sich ganz fest wünscht, wird die Sonne bald wieder scheinen."

Als Luzie hörte, wie zuversichtlich die Mutter war, bekam sie neue Hoffnung und versicherte, alles zu tun, um die Sonne zurückzuholen. Sie testete noch einmal ihre Zauberkraft und wünschte Max nach Hause. Und auch dieser Wunsch ging in Erfüllung.

Luzie ging in ihr Zimmer und verbrachte den ganzen Tag und die halbe Nacht damit, die Sonne zurückzuwünschen. Als sie endlich übermüdet einschlief, wälzte sie sich noch im Schlaf hin und her und murmelte: „Ich wünsche mir, dass die Sonne scheint. Ich wünsche mir, dass die Sonne ..."

Es war kurz nach sieben, als Luzie am nächsten Morgen erwachte und hoffnungsvoll zum Fenster lief. Noch immer war es dunkel und neblig. Feuchtigkeit erfüllte die Luft und die Sonne wollte auch an diesem Tag nicht scheinen. Am nächsten Tag war es genauso und an allen folgenden Tagen ebenfalls. Sosehr Luzie sich auch bemühte, die Sonne zurückzuholen, sie blieb verschwunden.

Drei Wochen vergingen und das Waldaland lag noch immer unter einem grauen Schleier. Zuerst waren es nur trostlose, trübe Nebeltage, doch je länger die Dunkelheit andauerte, desto kälter wurde es. Noch spielten draußen die Kinder, doch in dieser grauen Suppe machte es keinen Spaß und niemand traute sich mehr weit weg.

Max und Luzie gingen trotz des Nebels jeden Morgen mit Tino in den Wald und Luzie vergaß für kurze Zeit ihr schlechtes Gewissen. Doch so fröhlich, wie die drei früher herumgetollt waren, waren sie nicht mehr. Der Wald war bedrückend still und das Spielen am Bach machte keine Freude. Die Tage waren grau und trostlos. Durch den Nebel drang kaum Licht und die Luft wurde immer frostiger. Mittlerweile bildete sich Raureif auf den Blättern und die Tiere des Waldes flüchteten sich schon in den Winterschlaf.

Eines Tages, als Max am Bachufer nach Steinen suchte, knirschte es plötzlich unter seinen Schuhen. Eis splitterte und kaltes Wasser durchdrang seine Schuhsohlen. Max wünschte, er hätte auf Luzie gehört und seine warmen Stiefel angezogen. Er trug zwar seinen dicken, warmen Pullover, aber nun drang die Kälte von unten ein und trieb ihm einen Schauer nach dem anderen durch die Knochen. Das hatte er nicht erwartet. Bis jetzt war nie Eis auf dem Wasser gewesen, demnach war es wieder kälter geworden.

Max stand zitternd am Bach und hatte das Gefühl, zur Eissäule zu erstarren. Obwohl der Wind auch Luzie kalt über den Rücken strich, schien ihr die Kälte nicht viel auszumachen. Er bibberte wie Espenlaub und wünschte sich, Luzie würde endlich die Sonne zurückholen. Sie hatte es versprochen, doch bis jetzt hatte nichts geklappt und er glaubte nicht mehr daran, dass sie es schaffte. Der Berggeist hatte tödliche Rache genommen, als er den Fluch ausgesprochen hatte.

„Willst du, dass die Sonne lacht,
dann gib gut auf mich acht.

Denn wird mir was geschehen,
wirst du die Sonne nie mehr sehen."

Max hatte sich den Fluch gemerkt und immer wieder über seine Bedeutung nachgedacht. Er bedeutete nichts anderes als: „Wenn ich sterbe, werden alle sterben." Denn wenn nichts mehr zu essen da war, mussten alle sterben. Max fielen die Kackelaner in der hohen Gracht ein und er überlegte, was die jetzt wohl aßen.

Der Gedanke an diese Kreaturen ließ seine Glieder noch mehr zittern. Seine Zähne klapperten und er war unfähig, sich zu bewegen. Luzie sah ihn bibbern und lief zu ihm. Sie öffnete die Jacke, zog ihr Hemdchen hoch und drückte ihn an ihre warme Brust. Eng umschlungen hielt sie ihn und wärmte ihn. Die wohlige Wärme strömte in Max' Körper. Seine Lebensgeister kehrten zurück und er sah plötzlich einen Weg, etwas zu verändern.

„Das ist es! Zieh dein Hemd aus, du musst alles erwärmen!"

„Meinst du, das geht?"

„Bestimmt! Schau, mir geht es schon viel besser. Ich kann meine Finger wieder bewegen."

Luzie zog ihr Hemd aus, steckte es in die Jackentasche und beugte sich zu einem Dornenbusch, an dem eine letzte Wildrose der Kälte trotzte. Das Röschen reckte sofort sein Köpfchen ins Licht. Luzie rannte zur Weide und wärmte ihre Zweige. Wo sie hinging, erwärmte sich die Luft, und wo sie stehen blieb, begann alles zu atmen. Doch sie konnte nicht überall sein.

Max hatte nasse Füße und zitterte schon wieder. Sie lief zurück, drückte ihn fest an sich und streichelte seine Haut. Während sein Körper sich erwärmte, bekamen sie wieder Hoffnung und Luzie versprach, das Licht zu nutzen und das Hemdchen nicht mehr zu tragen.

***

Die Wochen vergingen und es wurde kälter und kälter. Das Gemüse in den Gärten erfror und auf den Feldern verkümmerte das Korn. Die Äpfel und Birnen hingen grün an den Bäumen und die Pflaumen waren verdorben. Die Waldaner retteten, was zu retten war, und legten Vorräte an. Doch je länger die Kälte blieb, desto gereizter wurde die Stimmung. Die Leute stritten bei jeder Kleinigkeit und keiner traute mehr dem anderen.

Als nach einem weiteren Monat die Sonne immer noch nicht schien, suchten die Waldaner einen Schuldigen und rätselten, wer dafür verantwortlich war. Sie hassten die Dunkelheit und gaben heimlich Luzie die Schuld. Es wurde immer schlimmer. Mittlerweile war das Gras gefroren, die Blumen verwelkt und in den Zweigen der Bäume hingen kleine Eiskristalle.

Die Waldaner hatten keine Freude mehr und aus dem lebenslustigen Völkchen wurde ein feindseliger Haufen. Es waren immer friedliche Menschen gewesen, aber in dieser ständigen Dämmerung und Kälte waren alle übel gelaunt. Und so passierte es, dass Falko, als er in seinem Garten die restlichen Kartoffeln aus der halb gefrorenen Erde herausbuddelte, ein lautes Wortgefecht vernahm. Er warf die Kartoffeln in den Korb und schaute nach, was los war. Zwei Nachbarn stritten auf der Straße.

Falko stellte sie zur Rede. „Hallo, Männer, was soll das Wortgefecht, warum streitet ihr?"

„Der Dieb hat mein Schaf gestohlen!"

„Selber Dieb!", entgegnete der andere. „Du hast mein Schaf gestohlen! Es ist weg, einfach von der Weide verschwunden!"

„Das stimmt nicht. Mein Schaf ist weg. Du hast es!"

Falko schüttelte den Kopf. „Beruhigt euch, Männer! Ich denke, keiner von euch hat das getan. Ich werde der Sache auf den Grund gehen, es muss jemand anderer dahinterstecken."

Inzwischen waren sehr viele Schafe und Ziegen verschwunden und alle beteuerten, keins geschlachtet zu haben, doch sie waren einfach weg und niemand wusste, wohin. Luzie dachte an die Hexe und fragte sich, ob sie die Tiere gestohlen hatte. Niemand hatte sie mehr gesehen, es war, als hätte der Nebel sie verschluckt.

Falko rief den Gemeinderat zusammen und beratschlagte mit ihm, was zu tun war. Sie stellten Wachmannschaften auf und beschlossen, alle Tiere zu bewachen. Seitdem die Wache Streife ging, fehlte kein Tier mehr und die Leute beruhigten sich allmählich.

Mittlerweile fanden die Tiere auf den Weiden nichts mehr zu fressen. Die Waldaner sperrten sie in die Ställe und verfütterten das

Heu. Die Vorräte schrumpften schnell und jeder kürzte die Rationen. So konnte es nicht weitergehen. Niemand wusste, was die Zukunft noch Schlimmes bereithielt, und wenn sie nicht verhungern wollten, musste die Sonne wieder scheinen.

Die Leute bangten um ihr Leben. Sie versammelten sich abends im Gemeindesaal, drängten sich um Luzie herum und versuchten, einen wärmenden Lichtstrahl zu erhaschen. Luzie versprach jedem Licht und Wärme und beteuerte nochmals, nichts unversucht zu lassen, die Sonne zurückzuholen.

Von nun an wurde Luzie sehnsüchtig erwartet. Die Kinder klebten an den Fensterscheiben, und sobald sie um die Ecke kam, riefen sie erfreut: „Da kommt Blinki, ich sehe Blinki. Blinki ist da."

Sie kamen aus dem Haus gelaufen und umarmten sie, denn alle wollten ihre Wärme spüren. Luzie ärgerte sich nicht mehr über den Namen Blinki. Nun freuten sich alle, wenn sie kam, und niemand verdächtigte sie mehr, verantwortlich für das Elend zu sein.

***

So verschwanden die Tage und Wochen, der Herbst war vorüber und der Winter zog ein. Es war bitterkalt und eine mehrere Zentimeter dicke Schneedecke überzog das ganze Waldaland. Die Waldaner brauchten Brennholz und fällten die Bäume.

Eines Morgens, als Luzie mit Tino auf dem Weg zu Max war, begegneten ihr die Holzfäller und sie hörte sie sagen: „Wir gehen zum Bach und fällen die alte Weide."

Luzie erstarrte und glaubte, sich verhört zu haben. Doch es gab keinen Zweifel, die Männer unterhielten sich laut und deutlich. Sie wollten *ihre* Weide fällen und marschierten mit Äxten und Seilen den Waldweg entlang. Das war unmöglich, sie musste die Männer aufhalten!

Luzie ging in die Knie, tat so, als würde sie Tino streicheln, und flüsterte: „Lauf, Tino, hol Papa und komm mit ihm zur Weide."

Sobald Tino weg war, rannte sie zu Max und pochte zwei Minuten später an seine Tür. „Maaax! Komm raus! Schnell!"

Max wunderte sich nicht mehr, wenn Luzie gegen die Tür trommelte. Er hatte schon die Jacke an und fragte: „Wo geht es hin?"

„Zur Weide! Komm schnell, die Waldaner wollen sie fällen.“

„Die Weide? Wieso die Weide? Es ist doch noch genug anderes Holz im Wald.“

„Ich weiß auch nicht, aber die Männer haben das gesagt. Komm mit, wenn wir sie nicht stoppen, ist es zu spät.“

Max sauste mit ihr den Waldweg hinunter. Als sie am Bach ankamen, schlugen die Männer gerade der Weide die unteren Zweige ab und verschafften sich freien Zugang zum Stamm. Ein Holzfäller setzte schon die Axt an und wollte einen Keil in den Baum schlagen.

„Halt, halt!“, schrie Luzie. „Nicht die Weide!“

Der Mann stockte und lachte. „Und wieso nicht?“

„Das ist meine Freundin. Die darfst du nicht umhauen!“

„Ach, deine Freundin! Du hast einen Baum zur Freundin? So ein Quatsch, Bäume sind da, um geschlagen zu werden. Geh aus dem Weg, ich hau das alte Gehölz um.“

Luzie riss ihm die Axt aus der Hand, umklammerte den Baum und drückte ihren Kopf an den Stamm. „Geht weg, wenn ihr die Weide tötet, müsst ihr mich auch töten.“

Der Mann knurrte. „Hau ab, Luzie! Wir brauchen das Holz zum Feuermachen.“

„Nicht die Weide, es ist genug anderes Holz da.“

„Aber das ist so weit zum Schleppen, die Weide können wir leichter abtransportieren.“

Luzie fühlte, wie die Wut in ihr hochstieg. Am liebsten hätte sie die Männer umgehauen oder zum Teufel gewünscht, aber das wagte sie nicht, sie musste die Weide anders retten.

Max kam ihr zu Hilfe. Er stellte sich breitbeinig und mit ausgestreckten Armen vor die Weide und rief: „Hier kommt niemand ran, nur über meine Leiche!“

Der zweite Holzfäller kam näher und hob die Axt. „Mach Platz, Bursche, oder ich hau dich mit um.“

In diesem Moment hörten sie ein aufgeregtes Bellen. Tino stürmte heran. Er hatte es geschafft und so lange Alarm gebellt, bis Falko ihm gefolgt war. Luzie fiel ein Stein vom Herzen. Sie kamen zum richtigen Zeitpunkt.

„Papa! Hilf mir, die Männer wollen meine Weide fällen!“

Falko hatte den Männern ein Stück Wald zugewiesen, in dem

sie Holz holen konnten, und ärgerte sich, dass die Leute seine Anweisungen nicht befolgten. Sie konnten nicht Bäume fällen, wo sie wollten. Von diesem Stück Wald war nie gesprochen worden!

Deshalb erhob er seine Stimme lauter, als er wollte. „Was ist hier los, Männer? Das ist mein Wald, und wenn Luzie sagt, dass die Weide nicht abgeholzt werden darf, dann habt ihr das zu respektieren. Packt eure Sachen und geht! Geht in den schwarzen Wald, da ist genug totes Holz, das könnt ihr holen und verbrennen."

Die Männer erschraken. „Wir sind schon Jahre nicht mehr dort gewesen, was ist mit den Waldgeistern?"

„Es gibt keine Waldgeister", rief Luzie. „Der Berggeist ist tot. Deshalb scheint auch keine Sonne mehr. Lasst die Weide in Ruhe und ich verspreche euch, ich hole die Sonne zurück."

Falko nickte. „Ihr habt es gehört, Leute, also geht." Die Waldaner zogen murrend ab. Mit Falko wollten sie es sich nicht verderben, ohne seine Hilfe würden sie das Elend überhaupt nicht überstehen.

Luzie seufzte erleichtert. „Danke, Papa, das war knapp."

„Schon gut, mein Sonnenstrahl, kommt mit nach Hause. Es ist nicht gut, wenn ihr in diesen Zeiten hier allein seid."

Als Falko der Kosename Sonnenstrahl rausrutschte, erschauderte er. Der Name bekam plötzlich eine andere Bedeutung. Luzie leuchtete zwar wie ein Sonnenstrahl, war aber nicht mehr das unbekümmerte Kind. Sie sah traurig aus und nichts war mehr von ihrer unbedachten Fröhlichkeit geblieben. In ihren Augen lag ein tiefer Schmerz und das Wort Sonnenstrahl hatte sie wieder an ihre Schuld erinnert. Falko fühlte, dass Luzie allein sein wollte.

Er legte seinen Arm um Max' Schulter und sagte: „Komm, Max, wir gehen schon mal voraus, Luzie kommt gleich nach."

Luzie lehnte traurig ihren Kopf an die Weide und schluchzte herzzerreißend. „Was soll ich nur tun? Ich bin an allem schuld. Wo soll ich denn die Sonne suchen?" Dicke Tränen kullerten aus ihren Augen und benässten den Stamm. Sie jammerte und weinte und konnte sich kaum beruhigen.

Plötzlich wisperte es in den erstarrten Blättern: *„Frag den Mond, er ist so alt wie die Welt, er wird dir helfen."*

Luzie trocknete ihre Tränen und schaute erstaunt zur Weide hoch. Was konnte sie mit dieser Antwort anfangen? Wie sollte sie zum Mond kommen? Und was konnte der Mond mit seinem kalten Licht ausrichten?

Am Abend konnte Luzie keinen Schlaf finden. Sie wälzte sich im Bett herum und hörte unten ihre Eltern streiten. Auch sie wurden von Tag zu Tag nervöser und es kam immer öfter zu Wortgefechten. Nun ging es um die Bäume. Falko schimpfte über die Waldaner, die wahllos Bäume fällten.

Maria versuchte, ihn zu beruhigen: „Luzie macht das schon, sie wird einen Weg finden. Vertrau ihr."

Falko war so in Sorge, dass ihm plötzlich herausrutschte: „Ach, hör doch auf, das sagst du jedes Mal, wie lange sollen wir denn noch warten? Hättest du Schakan nicht mit in die Zukunft gebracht, dann wäre das alles nicht passiert!" Die Worte waren kaum aus seinem Mund, da bereute er sie schon. Das hatte er nie und nimmer sagen wollen. Beschämt blickte er zu Maria und seine Augen flehten um Vergebung. Doch Maria ignorierte seinen Blick.

„Das ist passiert, weil du mich in die Vergangenheit geschickt hast, nur deshalb ist der Berggeist hier."

Falko hatte das Gefühl, im Erdboden zu versinken. Er nahm Maria in die Arme. „Verzeih mir, das hab ich nicht so gemeint. Es ist nicht gut, wenn wir uns streiten, dann hat Schakan gewonnen. Es ist sein Werk, er sät Zwietracht in unseren Herzen. Es ist der Hass, der alles kaputt macht."

Maria seufzte mutlos. „Ich weiß, Falko, es ist, wie die alten Sprüche es verkünden.

Der Hass ist ein böser Gesell,
bei jeder Bosheit sofort zur Stell'.
Zuerst gibt er sich nicht zu erkennen
und wird dich sogar Freundin nennen.
Denn es gehört zu seinen Pflichten,
Unheil zu säen und alles zu vernichten.
Der Hass ist uralt, schon lang auf der Welt,
das Böse ist's, was ihn am Leben hält."

„Du hast recht, Maria. Genau so macht er es mit uns. Das dürfen wir nicht zulassen. Wir müssen die Dunkelheit verjagen, bevor sie uns krank macht. Du kennst doch alle geheimen Sprüche, weißt du eine Zauberformel?"

„Wenn ich die wüsste, hätte ich sie schon lange angewandt. Ich weiß nicht weiter, Falko. Wenn Luzies Zauberkraft nicht wirkt, sehe ich keinen Ausweg mehr."

Luzie hatte den Streit von der Treppe aus belauscht. Der Name Schakan hatte sie ganz nervös gemacht. Ihr war, als hockte er in allen Ecken und spähte schadenfroh zu ihr herüber. Irgendetwas musste sie tun, sie hatte es versprochen. Im Geheimen schalt sie sich eine Maulheldin. Warum hatte sie nur so angegeben? Nun glaubten alle, sie könnte helfen.

Sie ging zurück in ihr Zimmer, setzte sich auf das Bett und grübelte, was sie machen konnte. Während sie alle Möglichkeiten durchdachte, drängte sich immer wieder der Fluch in ihre Gedanken und sie glaubte, mit dem richtigen Bannspruch, alles rückgängig machen zu können. Ihre Mutter kannte die alten Zaubersprüche, aber auch sie wusste keine Lösung.

Luzie versuchte, selbst einen brauchbaren Spruch zu reimen, und murmelte leise vor sich hin:

„Der Mond soll nachts am Himmel stehen,
bei Tag will ich die Sonne sehen.
Der Nebel weicht, der Tag anbricht,
bringt zurück das Sonnenlicht.
Sause, brause, Wirbel drehen,
heut will ich die Sonne sehen.
Runde, Runde, rundherum,
Fluch dreht sich nun andersrum."

Luzie konnte nicht sagen, ob die Zaubersprüche, die sie erfand, Unsinn waren. Nirgendwo gab es ein Zeichen. So kam sie nicht weiter. Der Hinweis der Weide war ebenfalls ein Rätsel. Wie sollte sie ein Rätsel lösen, das keinen Reim hatte?

Plötzlich kam ihr die Idee, dass die Hexe den Fluch umkehren könnte. Das war es, sie musste die Wackelzahn suchen und alle Zaubersprüche der Welt aus ihr herauspressen. Wenn einer etwas wusste, dann war es die Hexe! Schakan war bei ihr gewesen, er hatte ihr bestimmt die Lösung gesagt.

Luzie zog eilig ihre warme Hose und Jacke über den Schlafanzug, stieg in die Stiefel, befahl Tino, die Stellung zu halten, und wünschte sich zur Hexe. Eine Sekunde später tauchte sie drei Meter vor Stinkis Hütte auf. Geheimnisvolle Nebelschleier zogen zwischen den Bäumen hindurch und der Mond zauberte schaurige Schattenbilder in den Wald. Luzie war zu so später Stunde noch nie allein im Wald gewesen und erkannte, wie unvernünftig es war, hier holterdiepolter aufzutauchen. Sie wünschte, Max wäre bei ihr. Ohne Max verließ sie der Mut. Sie ärgerte sich, so planlos gehandelt zu haben, und wollte wieder nach Hause. Doch als sie sich wegwünschen wollte, hörte sie plötzlich Schritte.

Die Wackelzahn stampfte aus dem Nebel heraus, schob eine Karre vor die Hütte und belud sie mit Säcken. Sie war allein, von Satan war weit und breit nichts zu sehen. Luzie huschte hinter eine Tanne und beobachtete die Alte eine Weile. Sie hatte sie schon längst aus dem Augenwinkel gesehen und drehte ihr den Rücken zu. Luzie wunderte sich, dass die Hexe sie ignorierte. Sie hatte geglaubt, die Wackelzahn würde sie überfallen und ihr den Atem aussaugen, aber das Gegenteil war der Fall. Sie belud eilig die Karre und wollte fortgehen.

Luzie kam es vor, als säße sie in einer Falle. Wenn die Hexe fort war, hatte sie niemanden mehr, den sie fragen konnte. Wie sollte sie dann die richtige Zauberformel herausfinden?

Als Stinki die Karre auf den Waldweg zog, stellte Luzie sich ihr in den Weg und rief mit fester Stimme: „Halt! Wo willst du hin?"

Die Wackelzahn hob erstaunt den Kopf. „Ach, schau an, da ist das Täubchen, was willst du hier? Hast du nicht Unheil genug angerichtet? Hau ab!"

„Ich will wissen, wie die Zauberformel heißt. Ich brauche sie, um alles rückgängig zu machen. Kennst du sie?" Die Hexe grinste. Luzie glaubte, sie würde etwas verbergen. „Warum grinst du so blöd? Sag den Zauberspruch!"

„Du Dummkopf", lachte die Hexe. „Wenn ich den Spruch wüsste, dann hätte ich ihn schon längst angewandt. Meinst du, mir gefällt die graue Suppe? Wie du siehst, habe ich keine Zauberkraft.

Selbst du bist machtlos gegen die Dunkelheit. Wir sitzen im selben Dreck. Ich verschwinde, nehme meine Schätze und komme nie wieder." Stinki klopfte auf die Säcke. „Da sind feine Edelsteine drin, die mich in der neuen Welt reich machen. Ich hab sie von den Höhlenbewohnern, damit beginne ich ein neues Leben."

Luzie lief ein Schauer über den Rücken. „Wo sind die Höhlenbewohner? Was hast du mit ihnen gemacht?"

„Iiich? Nichts! Gar nichts hab ich gemacht, die sind von ganz allein verhungert. Meinst du, ich könnte in solchen Zeiten noch unnütze Fresser füttern? Ich brauche die Tiere für mich. Weiß ich, wie lange es dauert, bis ich ins neue Land komme? So lange muss mein Vorrat reichen. Ich brauch die Bande nicht länger. Ich hab Edelsteine genug. Die Säcke sind voll und in diesem ist feinstes Lamm- und Ziegenfleisch. Ein Glück, dass ihr so schöne Tierchen habt, es war ganz leicht, sie zu fangen." Stinki lachte, nahm den Wagen und verschwand.

Ihr boshaftes Lachen hallte durch den Wald und Luzie wusste, der Versuch war heillos danebengegangen. Sie war enttäuscht und wütend zugleich. Nun würde es keine Gelegenheit mehr geben, mit ihr zu reden. Luzie begriff, dass es keinen Sinn hatte, länger zu bleiben, und wünschte sich nach Hause. Einen Wimpernschlag später war sie wieder in ihrem Zimmer. Sie zog ihre warmen Sachen aus, legte sich ins Bett und starrte mutlos an die Zimmerdecke. Quälende Gedanken kreisten in ihrem Kopf und sie wünschte sich flehentlich, ihr möge etwas einfallen. Da schaute der runde Mond durch die Fensterscheibe und sie dachte an den Rat der Weide: *„Frag den Mond, er ist so alt wie die Welt, er wird dir helfen."*

Sie eilte zum Fenster und lehnte sich weit hinaus. „Lieber, guter Mond, bitte sag mir, was ich tun soll! Wo kann ich die Sonne finden?"

Der Mond blieb stumm. Luzie wollte schon zurück ins Bett, als plötzlich eine Stimme in ihrem Kopf wisperte: *„Die Quelle des Lebens ist das Licht, geh zur Sonne und du findest dich."*

Ihr schossen die Tränen in die Augen. „Wie soll ich das machen? Die Sonne ist weg, wo soll ich denn suchen? Ich dachte, du hilfst mir."

„Denk nach", flüsterte die Stimme. *„Welches Land kennst du, wo*

alles anders ist als im Waldaland? Dort wirst du die Sonne finden." Der Mond zwinkerte ihr zu und wanderte weiter.

Als er vom Fenster verschwand, hämmerte die Stimme in ihrem Kopf: *„Denk nach, denk nach, du wirst darauf kommen.*"

Luzie warf sich mutlos auf ihr Bett und streichelte Tinos Fell. Es war totenstill, nur das Ticken der Uhr, die sie von Oma und Opa geschenkt bekommen hatte, war zu hören. *Tick – tack. Tick – tack. Tick – tack ...* So summte es in ihren Ohren und es war, als flüsterte die Uhr: *„Oma – Opa. Oma – Opa. Oma – Opa ...*"

Das gleichmäßige Ticken lullte sie in den Schlaf. Im Halbschlaf bewegte sie den Kopf hin und her und murmelte im Gleichklang mit der Uhr: „Oma – Opa. Oma – Opa. Oma – Opa ..."

Plötzlich sprang Luzie so abrupt auf, dass Tino vom Bett purzelte und sich beleidigt auf den Bettvorleger legte. Sie riss die Tür auf, hastete die Treppe hinab, stürmte zu ihren Eltern und rief mit glühenden Wangen: „Ich weiß, wo die Sonne ist! Der Mond hat es mir gesagt."

Die Eltern wollten gerade zu Bett gehen, doch nun sank Maria wieder in ihren Sessel. „Der Mond? Was hat er gesagt? Wo ist die Sonne?"

„Ich muss zu Oma und Opa, da kann ich die Sonne finden."

Falkos Augen strahlten. „Vor einer halben Stunde habe ich noch gedacht, du findest nie eine Lösung, aber jetzt habe ich wieder Hoffnung. Das ist eine Möglichkeit, die wir noch nicht bedacht haben. Geh zu ihnen. Der Fluch ist hier ausgesprochen worden, also sind Oma und Opa nicht davon betroffen."

Maria strich sich müde eine Haarsträhne aus der Stirn. „Einen Versuch ist es wert, wir dürfen keine Möglichkeit auslassen."

„Gut, dann wünsche ich mich jetzt dorthin."

Falko hielt sie fest. „Nicht so schnell. Du willst doch nicht bei Nacht und Nebel da auftauchen. Warte bis morgen. Nachts kannst du die Sonne ohnehin nicht finden." Luzie wäre am liebsten gleich aufgebrochen, aber Falko schüttelte den Kopf. „Geh schlafen, Luzie, wir brauchen alle unseren Schlaf. Morgen ist auch noch ein Tag."

Luzie war so aufgedreht, dass sie erst weit nach Mitternacht einschlief.

Als sie am anderen Tag erwachte, war es fast Mittag. Sie hüpfte aus dem Bett, schlüpfte eilig in ihre Kleider, sagte den Eltern „Tschüss“ und wünschte sich zu Oma und Opa.

Als sie dort auftauchte, konnte sie ihr Glück kaum fassen. Die Sonne schien! Sie stand hoch am Himmel und war so hell, dass sie gar nicht hinsehen konnte. Ihre Augen waren nach der langen grauen Zeit an das gleißende Licht nicht mehr gewöhnt.

Luzie linste durch ihre Finger und bewunderte die Blumen. Hier war schon der Frühling eingezogen. In Opas buntem Blumengarten leuchteten die Tulpen und Narzissen. Die Wiese war ein grüner Teppich und überall blühten die Bäume.

Aus Sorge, die Sonne könnte verschwinden, rief sie schnell: „Guten Tag, liebe Sonne, ich bin Luzie und komm dich holen, bitte geh mit mir zum Waldaland.“

Sie wartete gespannt und blinzelte ins Sonnenlicht. Die Sonne sandte weiterhin ihre leuchtenden Strahlen, doch nichts passierte.

Luzie versuchte es noch einmal. „Bitte, liebe Sonne, ich wünsche es mir so sehr, bitte geh mit mir ins Waldaland!“

Nichts passierte.

Luzie versuchte es ein drittes Mal, doch die Sonne beachtete sie nicht, sie zog weiter und versteckte sich hinter einer Wolke.

Luzie ließ enttäuscht den Kopf hängen, ging ins Haus und klagte Oma ihr Leid. Sie erzählte ihr von den vielen Versuchen, die sie unternommen hatte, und seufzte traurig. „Ach, Oma. Egal, was ich mache, nichts hilft, weißt du einen Rat?“

Die Oma wiegte den Kopf hin und her und überlegte, wie sie helfen konnte. Aber ihr fiel auch nichts ein. Als Trost stellte sie Luzie ein Eis auf den Tisch. Luzie stocherte lustlos in dem Becher herum.

Die Oma schaute sie mitfühlend an. „Schmeckt es dir nicht? Das magst du doch sonst so gerne.“

Luzie hatte noch nie ein Eis abgelehnt und schon gar nicht, wenn sie noch Platz im Magen hatte, aber jetzt bekam sie keinen Bissen runter. Die Oma schob das Eis zur Seite, setzte sich auf die Bank, winkte Luzie zu sich und ließ sich noch mal jede Einzelheit erklären.

Als Luzie von der Verwünschung erzählte, fielen Oma die alten Märchenbücher ein, die sie gesammelt hatte. Einer plötzlichen Eingebung folgend, ging sie in die Diele zu der großen Truhe. Dort öffnete sie den schweren Deckel und durchstöberte die darin liegenden Bücher. Die ältesten Exemplare legte sie auf den Tisch.

„Lies, Luzie. Lies, was drin steht, vielleicht können wir einen Anhaltspunkt finden und erfahren, wie du die Sonne überreden kannst, mit zum Waldaland zu kommen."

In der Truhe waren viele Bücher, kleine, große, dicke, dünne. Die Oma interessierten aber nur die alten Sagen und Erzählungen. Als sie die uralten Geschichten durchblätterte, kam der Oma plötzlich ein Märchen aus ihrer Kindheit in den Sinn. Sie erinnerte sich ganz deutlich daran und suchte nach dem Titel.

Erregt durchwühlte die Oma die Truhe und murmelte: „Es muss hier drin sein, wie heißt es nur? Ich weiß, dass ich das Buch habe. Es muss hier drin sein!"

Nach langem Suchen hielt sie ein kleines, abgewetztes Buch in der Hand. Die Seiten waren ganz vergilbt und die alte Schrift war kaum noch zu lesen. Sie lachte glücklich. „Guck mal, Luzie, ich hab's gefunden. Es heißt *Schau in die Sonne.*"

Ihre Augen bekamen einen merkwürdigen Glanz, als sie vorsichtig die knittrigen Seiten umblätterte und laut zu lesen begann. Das Buch handelte von einem Jungen, der eine verzauberte Prinzessin retten wollte und die Sonne um Hilfe bat.

Plötzlich wedelte die Oma aufgeregt mit dem Buch herum. „Das ist es, Luzie. Hier steht es geschrieben: Du musst der Sonne in die Augen schauen!"

Luzie war dem Weinen nah. „Das hab ich versucht. Das geht nicht, das Sonnenlicht ist viel zu heiß. Es verbrennt meine Augen."

„Du musst ihr in die Augen sehen", prophezeite die Oma. „Hier steht es: *Die Sonne muss dir gegenüberstehen, dann kannst du in ihre Augen sehen.* Geh zur Morgenstunde, wenn die Sonne aus ihrem Bett steigt und ihre Haare kämmt. In ihrem kalten Licht kannst du ihr in die Augen schauen und mit ihr sprechen."

Luzie hatte mittlerweile alle Hoffnung aufgegeben. Sie schüttelte zweifelnd den Kopf und klagte: „Was kann so ein altes Märchenbuch schon ausrichten? Ich hab doch alles versucht!"

„Du darfst nicht aufgeben, Kind. Einen Versuch musst du noch wagen. Wer soll dir sonst helfen, wenn nicht die alten Sagen?"

Luzie zuckte mutlos die Schultern. „Wenn du meinst, Oma, dann versuch ich es. Ich übernachte bei dir, gehe bei Sonnenaufgang auf den Wiesenhügel und schaue der Sonne in die Augen."

Am nächsten Morgen ging Luzie in der Morgendämmerung hinaus, ließ sich ins grüne Gras fallen und streckte genüsslich die Beine aus. Wie hatte sie das alles vermisst: im Gras zu sitzen und dem Zwitschern der Vögel zu lauschen. Wohlig blinzelte sie in das heller werdende Licht und sah, wie die Sonne hinter den Hügeln hochstieg und alles in ein rotes Licht tauchte. Sie stand auf, stellte sich ihr gegenüber hin und schaute ihr in die Augen.

„Guten Morgen, liebe Sonne. Ich bin Luzie. Ich bin gekommen, um dich zu holen. Bitte, geh mit mir zum Waldaland. Ich wünsche mir so sehr, du würdest mit mir gehen." Luzie blickte in das Sonnenlicht. Plötzlich spiegelten sich die Strahlen in ihren Augen und es war, als würden sie miteinander verschmelzen. Die Sonnenstrahlen umhüllten ihren Körper und sie wurde eins mit dem Licht.

***

In diesem Moment ging im Waldaland die Sonne auf. Max lag noch schlafend im Bett, als ihn plötzlich ein Sonnenstrahl weckte. Er blinzelte zum Fenster und konnte nicht glauben, was er sah: Die Sonne leuchtete in sein Zimmer. Sie schimmerte durch die Bäume, sandte goldene Strahlen durch den silbrigen Nebel und ließ das Eis wie funkelnde Kristalle auf den erstarrten Blättern glitzern.

Max sprang aus dem Bett. Er weckte seine Eltern, lief im Schlafanzug hinaus und jubelte: „Die Sonne ist da! Luzie hat die Sonne geholt. Die Sonne ist da!" Er legte seinen Kopf in den Nacken, ließ sein Gesicht bescheinen und lachte glücklich. „Die Sonne ist da, Luzie hat die Sonne geholt."

Währenddessen versammelten sich die Leute auf der Straße und Max rief ihnen zu: „Die Sonne ist da! Luzie hat die Sonne geholt!"

Die Waldaner fielen sich in die Arme und alle riefen die gleichen Worte: „Die Sonne ist da! Schaut, wie herrlich die Sonne ist!"

Vom Lärm angelockt, kamen immer mehr Nachbarn aus ihren Häusern. Einige im Bademantel, andere in Hausschuhen und Nachthemd. Keiner hatte sich die Zeit genommen, Kleider anzuziehen. Jeder wollte die Sonne sehen und niemand wollte einen Sonnenstrahl verpassen.

Max rannte von einem zum anderen und verkündete jedem: „Das hat Luzie gemacht. Luzie hat die Sonne geholt."

Mittlerweile hatte sich eine Menschentraube angesammelt. Sie klatschten und jubelten: „Luzie hat uns gerettet! Sie lebe hoch, hoch, hoch!"

Max' Eltern mischten sich unter die Leute. Johann eilte von einem zum anderen und suchte Luzie. Als er sie nirgends entdeckte, ging er zu seinem Sohn: „Wo ist Luzie? Hast du Luzie gesehen?"

Jetzt erst bemerkte Max, dass Luzie nicht da war. Vor lauter Freude hatte er sie noch gar nicht vermisst. Er blickte sich um. „Ich weiß nicht, wo sie bleibt. Vielleicht ist sie noch zu Hause. Ich geh und hol sie."

„Ja, geh. Beeil dich und bring Maria und Falko mit. Sie sollen mit uns feiern!"

Max schlüpfte in seine Kleider und machte sich auf den Weg. Er wollte die Abkürzung nehmen, doch die Nachbarn drängten ihn auf die Straße und er musste allen die Hände schütteln. Überall am Straßenrand standen Menschen, sie hielten ihn fest und jeder erzählte ihm, wie er am Morgen die Sonne hatte aufgehen sehen. So dauerte es, bis er endlich an Luzies Haus ankam.

Er wunderte sich, wie still es hier war. Niemand stand vor der Tür und freute sich über den sonnigen Tag. Max hatte geglaubt, Luzie würde ihm freudig entgegenlaufen, aber sie war nirgends zu sehen.

Er pochte an die Tür. „Luzie, wo bleibst du? Komm raus!"

Nichts rührte sich.

Max stürmte in die Küche. „Luzie, Luzie, wo bist du?"

Keine Antwort.

Von einer plötzlichen Angst erfasst, öffnete er die Wohnzimmertür und blieb erschrocken stehen. Falko und Maria saßen mit rot geweinten Augen am Tisch und starrten vor sich hin. Max wurde es ganz mulmig. Er war schon Dutzende Male hier gewesen, aber so erstarrt hatte er Luzies Eltern noch nie gesehen.

„Wieso sitzt ihr hier drinnen?", fragte er mit bebender Stimme. „Wo ist Luzie? Kommt raus – die Sonne scheint!"

Nun kullerten Maria dicke Tränen über die Wangen. „Luzie ist nicht da, sie ist nicht nach Hause gekommen. Sie war bei Oma, um die Sonne zu holen, aber dort ist sie nicht mehr. Wir haben schon überall gefragt, niemand weiß, wo sie steckt. Du warst unsere letzte Hoffnung. Wenn sie nicht bei dir ist, weiß ich nicht weiter."

Max stockte der Atem. Sein Herz hämmerte und lauter schlimme Dinge schossen durch seinen Kopf. Die Angst, die ihn schon die ganze Zeit im Griff hatte, schnürte ihm die Kehle zu. Es dauerte Minuten, ehe er mit zittrigen Fingern Tino das Halsband anlegte und heiser krächzte: „Ich geh sie suchen."

Max lief mit Tino zum Bach, zur alten Weide und zum schwarzen Wald. Doch von Luzie fehlte jede Spur. Die Eltern suchten das ganze Dorf ab, fragten alle Leute, aber niemand hatte Luzie gesehen.

Der Tag neigte sich schon dem Ende zu und Luzie war immer noch nicht aufgetaucht. Die Eltern suchten die ganze Nacht. Ausgerüstet mit hellen Taschenlampen, beleuchteten sie jeden Strauch und riefen lauthals ihren Namen. Die Rufe waren weithin zu hören, doch niemand antwortete. Luzie war und blieb verschwunden.

Am nächsten Morgen war Luzie immer noch nicht da. Falko saß mit Maria am Frühstückstisch. Sie hatten die ganze Nacht gesucht und noch kein Auge zugemacht. Nun zwangen sie sich, einen Happen zu essen. Falko grübelte, wo sie noch suchen konnten, und kam auf die Idee, in der hohen Gracht nachzusehen.

Maria erschrak. „Wie kommst du darauf?"

„Vielleicht ist Luzie in die hohe Gracht eingestiegen."

„Warum sollte sie das tun? In der hohen Gracht kann sie doch keine Sonne finden."

„Ich glaub es ja auch nicht, aber es könnte doch sein. Wir müssen überall suchen. Ich will nichts, aber auch gar nichts unversucht lassen."

Maria schüttelte ängstlich den Kopf. „Aber wieso denn die hohe Gracht, Falko? Ohne Max tut sie das bestimmt nicht. Außerdem hat sie mir fest versprochen, nicht mehr dahin zu gehen."

„Das hält sie auch, Maria, es sei denn, jemand zwingt sie."

„Du machst mir Angst, Falko! Was gedenkst du zu tun?"

„Bleib hier, such noch mal jeden Winkel ab, ich geh zu Johann. Max' Vater hilft mir bestimmt."

Maria zitterte am ganzen Körper. „Lass mich nicht allein, ich sterbe vor Angst. Wie willst du denn ohne Zauberkraft da wieder rauskommen?"

„Das bespreche ich mit Johann, uns wird schon was einfallen. Bleib hier, Maria, ich muss gehen."

Zehn Minuten später pochte Falko an Johanns Tür. Als sein Freund öffnete, kam er gleich zur Sache. „Ich muss in die hohe Gracht und Luzie suchen, kommst du mit?"

„Johann starrte Falko entsetzt an. „Das ist gefährlich! Wie kommst du darauf, dass sie da drin ist?"

„Es ist eine Idee. Ich darf nichts unversucht lassen und muss alle Plätze abklappern, wo sie je gewesen ist."

„Das macht Max schon, er ist wieder unterwegs und sucht sie."

Falko warf einen verwunderten Blick auf seinen Freund. „Siehst du, er gibt auch nicht auf. Also muss ich in den Berg, das können wir Max nicht überlassen oder soll ich mich drücken, nur weil es gefährlich ist?"

„Nein, nein, aber wie stellst du dir das vor?"

„Wir stellen einen Suchtrupp zusammen und nehmen so viel Taue zum Abseilen mit, wie wir auftreiben können."

Johann fand die Idee verrückt. „Überleg es dir noch mal, Falko. Warum sollte Luzie da drin sein? Ohne Max macht sie das bestimmt nicht."

„Du sprichst schon wie Maria. Gehst du nun mit oder nicht?"

Johann nickte. Was sollte er auch sonst tun? Falko war genauso wie Luzie, wenn er sich was vorgenommen hatte, konnte ihn niemand davon abbringen.

Während Johann alles für den Aufbruch vorbereitete, rannte Falko zu den Holzfällern. Er traf sie bei der Arbeit und fragte ohne Umschweife: „Könnt ihr mir helfen? Ich muss in die hohe Gracht einsteigen."

Die Männer legten ihre Werkzeuge nieder und staunten über sein Vorhaben. „Das ist heikel! Der Berg ist gefährlich."

Falko wischte mit einer wegwerfenden Handbewegung ihre Bedenken beiseite. „Das weiß ich. Helft ihr mir oder nicht?"

Die Männer drucksten herum und steckten ihre Köpfe zusammen.

„Was gibt es da zu beschwatzen?", ereiferte sich Falko. „Ich steige da alleine runter. Also, kommt ihr mit?"

Die Gesichter der Holzfäller entspannten sich. „Was sollen wir tun?"

„Ihr braucht nur die Seile zu halten. Nehmt alle Stricke, die ihr auftreiben könnt. Wir treffen uns an der hohen Gracht."

Als die Männer zwanzig Minuten später an der hohen Gracht ankamen, hatte Falko schon einen Weg ausgekundschaftet, den sie nehmen konnten. Jetzt war es gut, dass er sich von Luzie die Stelle hatte zeigen lassen, wo sie mit Max aus dem Berg herausgekommen war.

Er winkte die Holzfäller zu sich. „Kommt hierher! Wir müssen hier hoch. Oben ist ein Einstieg, wo ich durchpasse, da könnt ihr mich abseilen."

Falko kletterte eilig den Felsen hoch. Er rutschte immer wieder ab und trat dabei dauernd Steine los. Diese polterten den Felsen hinunter und sausten haarscharf an den Köpfen der nachfolgenden Männer vorbei. Die Männer mussten in Deckung gehen und fürchteten schon um ihr Leben.

Johann stellte sich Falko in den Weg. „Jetzt mal langsam. Du bringst uns noch alle um. Luzie ist da bestimmt nicht drin, also beruhige dich!"

Falko hastete weiter. „Du hast gut reden, wenn Max dabei wäre, würdest du das anders sehen."

„Falko!", schnaubte Johann böse. „Ich weiß, dass du in großer Sorge bist, aber es hilft niemandem, wenn du kopflos durch die Gegend rennst und uns alle in Gefahr bringst. Übrigens – alleine steigst du da nicht runter, ich komme mit."

Falko errötete. Erst jetzt merkte er, in welche Gefahr er sich und die anderen brachte. Er verlangsamte seinen Schritt und sagte kleinlaut: „Okay, Johann, zu zweit ist es besser. Hast du die Lampen?"

„Ja, Lampen und genügend Schnur."

Falko kletterte mit gemäßigtem Schritt höher, und als sie am Einstieg waren, ließen die Holzfäller ihn und Johann in den Schacht hinunter. Die beiden Freunde hingen in den Seilen und stiegen langsam in die Dunkelheit. Unten zündete Falko die Lampen an. Loses Gestein hatte sich am Boden gesammelt und überall waren Risse und Löcher in den Wänden. Der Schacht machte gleich am Anfang einen Knick, sodass man sich zuerst durch eine enge Spalte zwängen musste.

Johann band eine Schnur um einen dicken Stein, rollte ein Stück ab und gab Falko das Ende. „Halt fest, damit wir zurückfinden."

„Hast du noch mehr davon? Das reicht nicht."

„Klar, ich hab den ganzen Rucksack voll. Hier, nimm die Lampe und bleib in meiner Nähe, wir dürfen uns nicht trennen."

Die beiden marschierten in den erstbesten Gang und überall, wo sie langgingen, erklangen ihre Rufe: „Luzie, bist du hier? Wo bist du?" An jeder Biegung und in jedem Stollen riefen sie ihren Namen, aber nichts war zu sehen und zu hören.

Falko wurde ganz seltsam zumute. „Hier ist niemand. Luzie ist nicht hier."

„Hab ich dir doch gesagt, dass Luzie hier nicht eingestiegen ist."

„Schon möglich, doch lass uns weitergehen, ich muss ganz sicher sein, dass sie nicht hier ist."

Johann betrat den nächsten Gang. Seine Rufe hallten durch die Korridore, verloren sich im Gestein und eine gespenstische Stille machte sich breit. Hier war auch nichts. Kein Laut, kein Geräusch, nur gähnende Finsternis. Überall das Gleiche. Nichts als trostlose Schwärze.

Plötzlich blieb Falko wie angewurzelt stehen und starrte mit weit aufgerissenen Augen in eine Ecke. Für einen kurzen Moment glaubte er, gefunden zu haben, was er suchte, doch dann bemerkte er seinen Irrtum. In der Ecke kauerten fünf widerliche Gestalten. Sie saßen tief in ihre Felle vergraben dort und ließen die Köpfe hängen.

Er hob die Lampe, betrachtete sie eine Weile und flüsterte: „Johann, schau! Das müssen die Kackelaner sein, von denen Luzie erzählt hat." Die Biester schienen überhaupt keine Notiz von ihnen zu nehmen. Sie saßen nur da und rührten sich nicht. Als sie sich nach ein paar Minuten immer noch nicht bewegten, trat Falko näher und tippte einem vorsichtig auf die Schulter. Der Kackelaner rutschte zur Seite und fiel um.

Falko sprang entsetzt zurück und eilte zu Johann. „Die sind alle tot. Hier lebt niemand mehr. Das ist ja grauenhaft. Komm mit, wir gehen zurück und machen, dass wir hier rauskommen."

Johann stieß erleichtert die Luft aus. „Endlich! Das war sowieso eine verrückte Idee."

„Aber nutzlos war es nicht", verteidigte sich Falko. „Es ist doch gut zu wissen, dass wir von dem Berg nichts mehr zu befürchten haben. So können wir wenigstens in diesem Punkt beruhigt nach Hause gehen."

***

Als Luzie am dritten Tag immer noch nicht zu Hause war, packte Maria ihren Rucksack.

Falko beobachtete sie eine Weile. „Wo willst du hin?"

„Ich geh Luzie suchen."

„Und wo? Wir haben doch schon alles abgesucht."

„Ich muss raus, Falko, ich kann hier nicht sitzen und warten. Bitte, lass mich, vielleicht haben wir was übersehen."

Falko warf ihr einen traurigen Blick zu. „Du willst ohne mich gehen? Einfach so?"

„Ich muss alleine sein. Ich muss meine innere Stimme hören, damit ich ihr folgen kann."

„Maria, lass mich mit dir gehen! Ich vermisse Luzie auch, weshalb schließt du mich aus?"

„Ach, Falko, mach es mir doch nicht so schwer. Mein Kind ruft mich, ich fühle es. Das Band zwischen Mutter und Tochter ist noch nicht abgerissen. Sie ist hier irgendwo, ich fühle es und muss sie suchen. Bitte, bleib hier, durchsuche noch mal alle Verstecke und sei zu Hause, falls Luzie doch auftaucht."

Maria machte sich schweren Herzens auf den Weg. Falko wünschte ihr Glück und schaute mit wehleidigem Blick hinter ihr her. Alles hätte so schön sein können: Das Eis schmolz, das Gras richtete sich auf, die Tiere sprangen umher und die Vögel zwitscherten. Der Bann war gebrochen, die Sonne schien, das Leben kehrte zurück. Doch Luzie blieb verschollen.

Maria irrte schon seit Stunden durch den Wald. Sie ging nach Norden und Süden, den Berg hinauf, den Berg hinunter, suchte am Bach, in den Wiesen, im Wald und wusste bald nicht mehr, wo sie noch hingehen sollte. Sie hatte geglaubt, Luzie würde sie rufen und ihr den Weg weisen. Aber dem war nicht so.

Als letzte Möglichkeit ging sie nochmals zur hohen Gracht und durchstöberte die Hütte der Hexe. Sie befürchtete, diese hielte Luzie gefangen. Misstrauisch schaute sie in jede Ecke. Doch von der Alten und ihrem Sohn war nichts zu sehen. Die Hütte war leer, beide waren – genau wie Luzie – verschwunden.

Maria überfiel eine entsetzliche Angst. Vielleicht hatte die Hexe Luzie verschleppt? Doch wo sollte sie suchen? Es war hoffnungslos, sie hatte bereits alles abgeklappert und nirgendwo gab es einen Fingerzeig.

Maria rannte, von einer jähen Unruhe getrieben, durch den Wald. Die Bäume ächzten und knackten und der Weg wurde immer unheimlicher. Die Sonne versank, der Wind blies heftiger als zuvor und die Dämmerstunde brach an. Maria hastete den schmalen Pfad zum Bach hinunter und blieb, von Seitenstechen geplagt, an der großen Trauerweide stehen. Sie konnte nicht weiter, sank atemlos in die Knie und japste nach Luft. Mittlerweile war sie so durstig und müde, dass sie eine Pause einlegen musste. Erschöpft zog sie ihren Rucksack von den Schultern und setzte sich in den Windschatten der Weide. Maria kämpfte mit den Tränen. Jede Hoffnung war verschwunden und nichts deutete darauf hin, Luzie irgendwo zu finden. Verzweifelt lehnte sie ihren Kopf an den Stamm und flüsterte leise vor sich hin: „Ich weiß nicht weiter. Wo soll ich denn noch suchen?“ Plötzlich knisterte es in den Zweigen und in den Blättern wisperte eine Stimme: *„Die Quelle des Lebens ist das Licht, geh zur Sonne und du findest mich.“*

Wie vom Blitz getroffen sprang sie auf. „Wer ist da?“

Wieder raunte es in den Zweigen. *„Die Quelle des Lebens ist das Licht, geh zur Sonne und du findest mich.“*

„Zur Sonne!“, rief Maria aufgebracht. „Die Sonne ist schuld. Sie ist da und mein Kind nicht. Wo ist mein Kind?“

„Schau in die Sonne. Du musst ihr in die Augen schauen. Die Quelle des Lebens ist das Licht, geh zur Sonne und du findest mich.“

Maria blickte in den Wald, versuchte, mit den Augen die Dunkelheit zu durchdringen, und fahndete nach dem Spaßmacher, der mit ihr dieses böse Spiel spielte.

Als sie nichts entdeckte, schrie sie ärgerlich: „Wer spricht da? Es ist Abend, wo soll ich abends die Sonne finden?"

Ihre Laute verloren sich im Wald. Niemand antwortete, da war kein Mensch, sie war ganz allein. Maria wurde immer nervöser. Diese verrückten Ratschläge beunruhigten sie noch mehr. Inzwischen war es dunkel, ihr war elend und die Sorge, Luzie nie mehr wiederzusehen, raubte ihr fast den Verstand. Jetzt hörte sie auch noch Stimmen! Sie ließ sich von ihren Sinnen täuschen. Da war nichts. Nur der Wind säuselte durch die Weide.

Marias Herz pochte und sie beschloss, nicht mehr auf die Stimme zu hören. Sie nahm eine Decke aus dem Rucksack, breitete sie unter der Trauerweide aus, setzte sich hin und verzehrte die mitgebrachten Brote. Erst jetzt merkte sie, wie müde sie war und wie schlimm ihre Füße brannten. Sie zog die Schuhe aus, kühlte ihre Füße im Bach, streckte sich auf der Decke aus und schloss die Augen. Es dauerte keine Sekunde, bis sie tief und fest schlief.

Im Morgengrauen weckte sie eine zwitschernde Vogelschar. Die Sonne lugte über den Hügel und die ersten Sonnenstrahlen tanzten wie Geister zwischen den Bäumen. Maria öffnete die Augen und glaubte zu träumen. In diesem schemenhaften Licht meinte sie, Luzie zu erkennen. Sie sank wie eine Lichtgestalt mit den Sonnenstrahlen zur Erde und tanzte wie ein Geist zwischen den Bäumen. Luzie funkelte im Sonnenlicht und sah aus wie ein Engel. Sie lächelte Maria zu und ihr warmer Atemhauch streichelte ihr Gesicht.

Maria schloss die Augen. „Luzie, wo bist du? Bist du hier?"

Die Lichtgestalt umhüllte ihren Körper und Maria fühlte Luzies Anwesenheit. Das Licht verbreitete ein wunderbares Glücksgefühl. Sie spürte Luzies Wärme und es war ihr, als läge sie in ihren Armen. Maria war so glücklich wie seit Langem nicht mehr.

Alle Angst war plötzlich verschwunden und überall in den Zweigen hörte sie Luzies Stimme leise summen: *„Ich bin die Königin des Lichts, solange die Sonne lebt, leb auch ich."*

Maria vergaß Zeit und Raum. Sie hatte nur noch Augen und Ohren für Luzie und hätte nicht sagen können, wie lange sie in den Sonnenstrahlen verweilte. Erst als die Sonne höher stieg und die Erscheinung hinauf zum Himmel zog, kam Maria zu sich. Sie blickte in die Sonne, doch das Licht brannte in ihren Augen, sie konnte nicht mehr hinschauen und Luzie, die sie noch vor einer Sekunde deutlich gesehen hatte, war verschwunden.

Maria begriff: „Will ich meine Luzie sehen, muss ich der Sonne in die Augen sehen."

Plötzlich erkannte sie die Bedeutung der Worte. Luzie lebte in der Sonne und tanzte mit den Sonnenstrahlen. Doch nur im kalten Morgenlicht, wenn man in die Sonne schauen konnte, war es möglich, sie zu sehen.

Maria sammelte ihre Sachen ein und eilte nach Hause. Falko hatte sich schon Sorgen gemacht und kam ihr auf halbem Weg entgegen. Sie winkte ihm zu und rief von Weitem: „Ich hab sie gefunden. Ich hab Luzie gesehen!"

Falko stieß einen grellen Schrei aus. Voller Freude rannte er zu Maria, fiel ihr in die Arme und drückte sie fest an sich. Vor lauter Aufregung zitterte sein ganzer Körper. Er fuhr sich mit dem Ärmel über die Augen und lachte und weinte gleichzeitig. „Du hast sie gesehen? Wo ist sie? Sag mir, wo sie ist, wo hast du meinen Sonnenstrahl gefunden?"

Maria schaute ihm verlegen in die Augen und wirkte plötzlich erschöpft. „Es war bei der alten Trauerweide. Da hab ich sie gesehen. Sie ist nicht mehr das Kind, das sie mal war. Ich hab sie gefühlt, sie ist eine Lichtgestalt."

„Eine Lichtgestalt? Ich denke, du hast sie gesehen? Was ist passiert, lebt sie nicht mehr?"

„Doch, Falko, aber nicht hier. Sie lebt in der Sonne, du kannst dich selbst überzeugen. Es war so schön. Wenn die Sonne aufgeht, kannst du sie in den Sonnenstrahlen tanzen sehen."

Nun war Falkos Ruhe endgültig dahin. Er wollte auf der Stelle zur Weide, doch Maria hielt ihn fest. „Jetzt nicht! Warte bis morgen früh, wenn ihr Licht noch kühl ist, dann kannst du der Sonne in die Augen sehen."

Falko fiel das Warten schwer. Er fieberte dem neuen Tag entgegen, und als die Nacht dem Morgen wich, gingen er und Maria im

Dämmerlicht zur Trauerweide. Schweigend schritten sie Hand in Hand durch den Wald. Der Weg ging stets bergab und folgte dem Lauf des Baches. Weiße Nebelschwaden stiegen vom Waldboden auf und ließen ihre Beine kniehoch darin verschwinden. Außer den beiden schien niemand auf zu sein. Die Nachttiere legten sich zur Ruhe und die Tiere des Tages erwachten langsam.

Falko zog Maria schnellen Schrittes zur Weide. Dort setzten sie sich hin und warteten. Als die Vögel zu zwitschern begannen und langsam die Sonne aufging, passierte es: Luzies Lichtgestalt kam mit dem ersten Sonnenstrahl. Sie tanzte zwischen den Bäumen und umhüllte die Eltern mit ihrem Licht.

Nun erlebte Falko das Gleiche wie Maria. Ein Glücksgefühl durchflutete seinen Körper und eine Stimme wisperte ihm ins Ohr: *„Ich bin die Königin des Lichts, solange die Sonne lebt, leb auch ich."*

Max

Max und Tino irrten nun schon drei Tage im Wald umher und hatten Luzie immer noch nicht gefunden. Max hatte gehofft, dass ein Lichtstrahl zwischen den Bäumen blinken und er Luzie entdecken würde. Jetzt wünschte er, sie würde wie früher blinken und er könnte singen: *„Blinki blinkt aus allen Ecken, ich werde sie entdecken."* Aber nichts passierte, nirgends war sie aufzuspüren. Er hatte überall gesucht, doch alles war vergebens gewesen.

Mutlos setzte er sich ans Bachufer und streichelte Tino gedankenverloren das Fell. Sie waren nun schon so lange unterwegs und ihn beschlich die traurige Gewissheit, dass alles sinnlos war.

Plötzlich hob Tino schnuppernd die Nase und lief zur Weide. Hatte er eine Fährte? Max stand auf und schaute nach allen Seiten. Er sah nichts. Nirgends war eine Spur von Luzie. Der Wald war wie ausgestorben, kein Vogel war zu hören, nicht einmal das Knacken eines Zweiges. Nur der Wind säuselte leise in den Blättern. Tino stand vor der Weide und kläffte den Baum an. Max hatte für diese Art Spiel kein Verständnis, er nahm Tinos Halsband und ging mit ihm heim. Zu Hause legte er sich sofort ins Bett. Er fühlte sich krank und elend. Sein Bauch rumorte, sein Herz schmerzte und in seinem Kopf schwirrten trostlose Gedanken herum. Ohne Luzie war er nur ein halber Mensch und das Leben machte ihm keine Freude mehr. Er wollte nichts sehen und hören, zog die Decke über den Kopf und schlief sofort ein.

Am nächsten Tag brachte er Tino heim. Maria erwartete ihn schon. Sie öffnete die Tür und berichtete aufgeregt: „Ich weiß, wo Luzie ist, ich hab sie gesehen."

Max stockte der Atem. „Was?! Wo ist sie? Ich hab doch alles abgesucht und nichts gefunden."

„Ich weiß, Max. Du kannst sie bei Tag nicht sehen. Luzie ist nicht mehr das Mädchen von einst. Sie ist jetzt die Königin des Lichts und wohnt in der Sonne. Wenn die ersten Sonnenstrahlen durch die Bäume blitzen, kannst du sie finden. Dann tanzt sie im Sonnenlicht. Schau genau hin, und wenn sie es will, kannst du sie sehen."

Max schüttelte den Kopf. „Wie kann das sein? Wie kann jemand, ohne zu verbrennen, in der Sonne wohnen?“

„Ach, Max, das ist eine lange Geschichte. Ich hatte gehofft, sie lebend zu finden. So wie sie war, als sie fortging, aber so ist sie nicht mehr. Es hat mit ihrem Licht zu tun, das Schicksal hat es so bestimmt. Luzie ist kein Mensch mehr, Max. Sie ist eine Sonnenkönigin, eine Fee, eine Lichtgestalt, wie immer du sie nennen magst. Die Weide hat mit mir gesprochen. Luzie hat sich mit der Sonne vereint. Sie ist die Königin des Lichts und hat uns das Sonnenlicht zurückgebracht.“

Max schüttelte zweifelnd den Kopf und fragte sich, was Maria wohl gehört hatte. Er war doch auch bei der Weide gewesen. Luzie war nicht da gewesen und niemand hatte mit ihm gesprochen. Da war nichts, dort säuselte nur der Wind in den Blättern.

Plötzlich kam ihm eine Idee. Wieso hatte er nicht gleich daran gedacht? Er musste die Weide fragen! Sie hatte immer geholfen, und wenn sie zu Maria gesprochen hatte, wieso nicht auch zu ihm?

Plötzlich hatte Max es eilig. Er bedankte sich bei Maria, verabschiedete sich von Tino und lief nach Hause. Dort wartete er ungeduldig auf den nächsten Tag. Bis zum Abend konnte er seine Nerven beruhigen, doch als die Nacht immer weiter fortschritt, hielt er es nicht mehr aus. Er wusste, dass es noch Stunden dauern würde, bis die Sonne aufging, aber die Angst, zu spät zu kommen, jagte ihn aus dem Haus.

Das Gesicht tief im Kragen vergraben, schritt er zur Weide. In dem dämmerigen Licht war der Weg voller rätselhafter Schatten und die Tiere der Nacht zirpten eine schaurige Melodie. Max beschleunigte seine Schritte, eilte zur Weide und begrüßte sie, wie Luzie es immer gemacht hatte. Die Weide antwortete nicht.

Er versuchte es noch einmal und verbeugte sich tief. „Guten Morgen, liebe Weide, der Bach ist aufgetaut, ich hole dir etwas Wasser.“

Max schüttete das Wasser an den Stamm und fragte: „Sag mir, liebe Weide, hast du Luzie gesehen?“

Die Weide blieb stumm. Max hörte nichts.

Er versuchte es noch einmal. Als er wieder nichts hörte, ging er zum Bach und setzte sich an den Wiesenrand auf einen Baumstumpf. Er schlang die Arme um die Knie und ließ traurig den Kopf hängen.

Die Nacht hatte ihren Höhepunkt schon überschritten, doch von der Morgensonne war noch lange nichts zu sehen. Max wartete und wartete. Je länger er wartete, desto unruhiger wurde er. Plötzlich bibberte sein ganzer Körper. Er sprang auf, ging ein paar Schritte auf und ab und setzte sich wieder hin. Die Anspannung, die ihn schon die ganze Zeit im Griff hielt, spielte ihm einen Streich und ihm kam der furchtbare Gedanke, Luzie könnte nicht kommen. Er versuchte, sich zu beruhigen, und murmelte leise vor sich hin: „Sie kommt schon, natürlich kommt sie. Du musst Geduld haben."

Geduld war aber nicht seine Stärke, schon gar nicht, wenn es um Luzie ging. Er tigerte hin und her, wurde immer nervöser und hatte Angst, die Sonne würde nie mehr aufgehen. Je länger er wartete, umso mehr zweifelte er daran, Luzie je wiederzusehen.

Max' Zähne klapperten. Er fühlte sich so einsam und verlassen. In seinem Kummer suchte er einen Schuldigen, den er für alles, was geschehen war, verantwortlich machen konnte. Er machte das Land dafür verantwortlich, das seit ewiger Zeit unter einem Zaubermantel gelegen und Luzie das ewige Leben versprochen hatte. Jetzt begriff er, dass Luzie eine Prophezeiung erfüllte und ihr ewiges Leben in der Sonne stattfand. Alle alten Waldaner hatten davon gewusst und geschwiegen. Max hasste plötzlich dieses Land, das schuld war an Luzies Verschwinden.

Es war für ihn immer selbstverständlich gewesen, dass Luzie da war und dass sie nichts trennen konnte. Und nun? Nichts! Nichts war ihm geblieben. Er war ganz allein, fror wie im tiefsten Winter und wartete auf eine Sonne, die nicht kommen wollte.

Max' Stimmung sank tief und tiefer und von Sekunde zu Sekunde fühlte er sich trauriger und trauriger. Verzweifelt blickte er zum Himmel, der sich nun in ein trübes Grau hüllte. Doch plötzlich blitzte ein heller Streifen am Horizont auf. Er wurde hell und heller und tauchte den Himmel in ein rötliches Licht. Die Sonne ging auf. Sie sandte ihre goldenen Strahlen zur Erde, vermischte sich mit dem Rot und tunkte nun alles in ein leuchtendes Orange. In den Sonnenstrahlen, die glitzernd auf die Erde niedersanken, sah er eine Gestalt.

Max starrte in das Licht, breitete zitternd die Arme aus und hauchte aus tiefster Seele: „Luuuzie ..."

In diesem Moment fühlte er die Wärme, die Luzie immer ausstrahlte, wenn sie ihn berührte. Er ließ sich einfangen von dem Licht und flüsterte immerzu: „Luzie. Meine Luzie. Du bist da, ich kann dich sehen."

Inzwischen hatte das Sonnenlicht von einer Farbe zur anderen gewechselt und leuchtete nun in einem klaren Weiß. Max genoss das Spiel der Sonnenstrahlen, die zwischen den Bäumen funkelten und in seinen Köper eindrangen. Die Wärme in seinen Gliedern machte ihn glücklich und Max wollte dieses Gefühl niemals mehr hergeben. Er tanzte mit Luzie im Licht und rief immerzu ihren Namen.

Es dauerte Stunden, ehe die Sonne heißer wurde, sich erhob und über die Berge weiterzog. Max winkte ihr ein letztes Mal zu und war berauscht vom Glück. Er konnte es nicht fassen, gestern war er mit dem Gedanken zu Bett gegangen, sein Leben sei zu Ende, und nun war er glücklich. Luzie war gekommen und das Schicksal hatte sie wieder zusammengeführt.

Von diesem Tag an marschierte Max beim ersten Hahnenschrei zur Weide, setzte sich auf den Baumstamm und wartete auf Luzie. Sie kam immer mit dem ersten Sonnenstrahl. Max legte sich dann in ihr Licht, ließ sich von ihrer Wärme einfangen und genoss ihre Umarmung. Sobald die Sonne weiterzog, rannte er zur Schule. Durch das frühe Aufstehen bekam er zu wenig Schlaf, sodass er an ständiger Übermüdung litt. Er schlief schon das dritte Mal in der Schule ein und bekam eine Ermahnung.

Als er am nächsten Tag erneut im Unterricht einnickte, wurde er zum Schulleiter, seinem Vater, gerufen. Dieser stellte ihn zur Rede. Ihm war es peinlich, dass er seinen Sohn verwarnen musste, doch das durfte er als Schulleiter nicht dulden. Johann waren die nächtlichen Wanderungen seines Sohnes nicht verborgen geblieben. Er wusste, was Max antrieb. Doch er hatte das Gefühl, dass der Junge einer Fata Morgana nacheilte.

Am nächsten Morgen, als Max wieder auf Luzie wartete, grübelte er darüber nach, wie er sein Problem lösen konnte. Plötzlich, wie durch eine Eingebung, fand er die Lösung. Hier an ihrem Lieblingsplatz wartete Luzie auf ihn und er schwor sich: „An dieser Stelle baue ich mir eine Hütte. Hier wird Luzie mich finden und ich kann für immer bei ihr sein."

Max war fest entschlossen und wollte mit seinen Eltern darüber reden. Als er nach Hause kam, traf er sie beim Frühstück an und kam gleich zur Sache. „Ich muss mit euch reden."

Johann sah von der Zeitung auf. „Was ist passiert, hast du mit Luzie gesprochen?"

„Nein ... ja! Sie hat mir einen Weg gezeigt, wie wir zusammen sein können, und das will ich nutzen."

„Ach, wie soll ich das verstehen? Lebt sie nun oder nicht?"

„Ja, aber nicht hier, sondern in der Sonne. Du weißt doch, sie ist nicht mehr die, die sie einmal war. Du hast von dem Orakel gewusst, Paps. Wieso hast du mir nie etwas gesagt?"

„Ach, Max! Das ist eine Weissagung aus alter Zeit. Falko und Maria wissen mehr darüber, aber niemand hat geahnt, was passiert und wie sie endet. Wir wussten, dass Luzie magische Kräfte hat."

Max schüttelte nachdenklich den Kopf. Er hatte sich die ganze Zeit Vorwürfe gemacht und die Schuld bei sich gesucht. Er hatte sich verflucht, dass er Luzie nicht zurückgehalten hatte, als sie die Krähe verfolgte. Aber wenn das Schicksal es so gewollt hatte, dann konnte er das Rad nicht zurückdrehen. Nun sah er alles mit anderen Augen und das bestärkte ihn noch mehr, seinem Vater von seinem Plan zu erzählen.

Er raffte seinen Mut zusammen und sagte mit fester Stimme: „Paps, ich möchte auf der Wiese eine Hütte bauen und für immer darin wohnen. Dort kann ich Luzie sehen und jeden Tag für kurze Zeit mit ihr zusammen sein."

Die Mutter schüttelte fassungslos den Kopf. „Junge, du bist erst vierzehn, du kannst nicht allein leben."

„Wieso nicht? Ich war mit Luzie so oft allein unterwegs, dann kann ich das jetzt auch."

Johann klappte die Zeitung zu und gab zu bedenken: „Bei Luzie warst du sicher. Sie hatte Zauberkräfte, die dir fehlen."

Max war fest entschlossen und bat nochmals: „Paps, lass mich gehen. Ich habe alles gut durchdacht."

„Aber, Max, ich hab gedacht, du lernst weiter und übernimmst mal mein Schulamt."

„Nein, Paps, das ist dein Weg. Mein Weg ist ein anderer. Ich will nichts anderes, als bei Luzie zu sein, das weißt du. Ich will auf der Wiese eine Hütte bauen. Es ist unsere Stelle, da kann ich sie treffen und sehen. Dort bin ich ihr nahe."

„Max, du weißt schon, dass die Wiese Falko gehört."

„Ich weiß, Paps, das ganze Gebiet gehört Falko. Es ist aber auch Luzies Wiese. Wir haben sie immer als unsere Wiese angesehen. Ich frag Falko, er wird sie mir bestimmt geben."

Die Eltern verstummten und Max befürchtete einen weiteren Einwand. „Mama, sag doch was, was sagst du dazu?"

„Was soll ich sagen, Junge? Wenn es um Luzie geht, hast du immer gemacht, was du wolltest. Was könnte ich jetzt dagegen sagen? Du hast dich ohnehin schon entschieden."

Max nickte. „Paps, und du? Was sagst du?"

„Ich bespreche das mit Falko. Wenn er dir die Weide gibt und es dein fester Wille ist, dann helfe ich dir."

Das Weideland war Luzie versprochen, nun gab Falko es Max und ein Waldstück noch dazu. Von diesem Tag an stand Max frühmorgens auf, ging zur Weide und traf sich beim ersten Sonnenschein mit Luzie. Anschließend schleppte er Balken und Bretter zur Wiese und begann mit dem Bau der Hütte. Johann und Falko halfen ihm dabei. Tino wich Max nicht mehr von der Seite und Maria beschloss, ihm den Hund anzuvertrauen.

Es verging fast ein ganzes Jahr, bis die Hütte fertig war. Als Max seinen fünfzehnten Geburtstag feierte, war sie vollendet und er beschloss, dort einzuziehen.

Max packte seine Sachen zusammen, verabschiedete sich von den Eltern und zog mit Tino und einem schwer beladenen Handkarren den Hügel hinauf. Oben auf dem Berg blieb er stehen und sah ein letztes Mal hinunter auf sein Heimatdörfchen Waldanien, das sich lieblich in eine Mulde duckte und wieder grünte und blühte. Die Berge und Wälder sahen aus, als wären sie von Zauberhand gemacht worden. Max nahm Abschied von den glücklichen Kindertagen, die er mit Luzie in diesem Dorf verlebt hatte, und steuerte wagemutig eine neue Zukunft an. Er zweifelte keine Sekunde daran, dass er das Richtige tat. Um Luzie nahe zu sein, musste er den Platz wählen, den sie beide so liebten.

Max arbeitete den ganzen Tag. Er fällte Bäume, baute eine Wasserzufuhr und zimmerte Tische und Bänke. Die Möbel waren so schön, dass bald die Dorfbewohner darauf aufmerksam wurden und die Sachen kauften. Max legte Vorräte an, kaufte Ziegen und Schafe, baute einen Stall und ein Gatter. Sobald die Arbeit getan war, hackte er Holz für den Winter und ging mit Tino auf die Jagd. Der Hund liebte es, die Tage draußen in freier Natur zu verbringen, doch am schönsten war es, wenn morgens die Sonne aufging. Dann erwarteten sie Luzie vor der Hütte und genossen die frühen Morgenstunden. Max ließ sich von ihrem Licht wärmen und tankte neue Kraft. Tino vollführte jedes Mal einen Freudentanz. Er sprang herum und versuchte, die Sonnenstrahlen einzufangen.

Sie verbrachten eine glückliche Zeit, bis sich eines Tages alles änderte.

An einem schönen Sommertag streiften Max und Tino durch den Wald. Sie waren auf der Jagd und wollten Hasen erlegen. Die Tiere hatten sich in Windeseile vermehrt, wurden zur Plage und fraßen die ganze Saat auf. Als Max zum Möhrenfeld kam, hüpften schon wieder Hasen darauf herum. Er setzte die Flinte an, und als der erste Schuss knallte, waren alle weg. Ein Hase verpasste den Anschluss und flitzte in den Wald. Tino hetzte hinterher und verschwand mit ihm im Unterholz. Max pfiff ihn zurück, doch er hörte nicht. Nach einiger Zeit tauchte er mit dem Hasen wieder auf, um gleich danach unter dem nächsten Busch zu verschwinden.

„Tino!“, rief Max. „Wo willst du hin? Komm zurück!“

Alles Rufen war zwecklos, Tino rannte blindlings hinter dem Hasen her und entfernte sich immer weiter.

Max wurde langsam böse. „Tino! Schluss jetzt! Komm hierher!“

Der Hund hörte gar nicht hin, sondern benahm sich, als wäre der Teufel in ihn gefahren. So hatte Max ihn noch nie gesehen. Kopflos rannte er im Zickzack hinter dem Hasen her und war plötzlich verschwunden.

Max wartete und glaubte, er würde gleich wieder auftauchen, aber Tino kam nicht. Als er nichts mehr von ihm sah oder hörte, suchte er die Gegend ab. Doch alles Pfeifen und Rufen war zwecklos: Tino war weg.

Max setzte sich auf einen Stein und hoffte, dass er bald zurückkehren würde. Er wartete und wartete. Nach einer Stunde wurde er unruhig und suchte erneut. Er durchstreifte den Feldrand, suchte in allen Büschen, ging den Berg hinauf und hinunter und suchte am Bach, doch Tino blieb verschwunden.

Max suchte bis zum späten Abend, erst als es dunkel war und er nichts mehr sehen konnte, ging er heim. Zu Hause zündete er ein Licht an, setzte sich vor der Hütte auf die Bank und hoffte, Tino irgendwo bellen zu hören. Die Stunden zogen dahin und die Hoffnung, dass der Hund heimkehrte, schwand mehr und mehr.

Max hielt die ganze Nacht Ausschau und wünschte, Luzie wäre bei ihm. Er vermisste sie so sehr. Er freute sich zwar, wenn sie morgens kam, aber das war nicht die Wirklichkeit. Es waren Lichtspiegelungen, die er sah und spürte. Sonnenstrahlen, die in sein Herz eindrangen. Doch jetzt, wo er sie wahrhaft brauchte, war sie nicht da. Er war sich sicher, wenn sie bei ihm wäre, würde sie Tino finden.

Max ließ traurig den Kopf hängen. Tränen standen in seinen Augen, jetzt hatte er beide verloren: Luzie und Tino.

Am nächsten Morgen suchte er weiter und am darauffolgenden Tag ebenso. Max suchte drei Tage lang. Als er am vierten Tag Tino immer noch nicht gefunden hatte, gab er die Hoffnung auf, ihn je wiederzusehen.

Das Blatt wendet sich

Satan humpelte mit langen, verfilzten Haaren und wettergegerbtem Gesicht durch sein altbekanntes Jagdrevier. Der Junge sah total verwildert aus. Er hatte kaum noch Kleider am Leib, das Hemd war zerrissen und die zu kurz gewordene Hose bedeckte mit den vielen Rissen und Löchern gerade noch sein Gesäß. Sein Gesicht war von Hunger und Kummer geprägt und eine tiefe Traurigkeit lag darauf.

Während er in Gedanken vertieft durch den Wald ging, drängten sich die Erinnerungen der letzten Jahre in seinen Kopf.

Die Vergangenheit holte ihn ein und er musste daran denken, wie es ihm in der dunklen Zeit, als die Sonne verschwunden war, erging.

Die Vergangenheit ließ ihn nicht los. Er sah sie deutlich vor sich und er fühlte den alten Schmerz, als passierte alles in diesem Moment. Jetzt hatte er wieder diese Bilder im Kopf und es begann mit dem Tod der Krähe ...

Nachdem die Sonne verschwunden war und Satan die Krähe im Wald vergraben hatte, verbrachte er einige Tage im Wald. Erst als er durchgefroren war, ging er nach Hause. Seine Mutter schickte ihn wieder hinaus in die Kälte, um Tiere zu fangen. Er gehorchte und war froh, wenigstens nachts am warmen Ofen liegen zu dürfen.

Seitdem die Wachmannschaft den Wald kontrollierte, war es für Satan sehr gefährlich. Die Mutter schickte ihn trotzdem hinaus und schärfte ihm ein, sich vor den Männern zu verbergen. Deshalb war er ständig auf der Suche nach guten Versteckmöglichkeiten. Durch Zufall fand er eine trockene Höhle, die selbst seine Mutter nicht kannte.

Die Öffnung war winzig, aber groß genug, um einen schmalen Burschen wie ihn durchzulassen. Er brauchte nicht weit zu kriechen, da fiel sein Blick auf einen größeren Hohlraum. Hier konnte er stehen. Durch den Eingang fiel genug Licht herein, um alles zu erkennen. Satan vergewisserte sich, dass niemand darin hauste, und nahm sie in Besitz. Beim Verlassen versperrte er mit einem Stein den Eingang und tarnte mit Sträuchern und Gestrüpp den Trampelpfad.

Sein Gefühl riet ihm, das Geheimnis für sich zu behalten und auch der Mutter nichts von der Höhle zu erzählen.

Tag für Tag trieb die Mutter ihn hinaus, doch die Tiere, die er nach Hause brachte, wurden immer weniger. Wenn er mal wieder eins gefangen hatte, riss die Mutter ihm das Tier aus der Hand, kochte es ein und warf ihm die Knochen hin. Davon wurde Satan nicht satt und er wurde immer dünner und schwächer. Der Hunger nagte an seinem Magen, doch die Kälte war sein schlimmster Feind. Mit steif gefrorenen Gliedern war es unmöglich, Tiere zu fangen. Wenn er aber etwas zu essen haben wollte, musste er es tun. Und so lauschte er mit der ständigen Furcht, nicht schnell genug zu sein und selbst gefressen zu werden, auf jedes Rascheln, Summen und Brummen.

Satan kamen die alten Erinnerungen in den Sinn und er dachte mit Schaudern daran, als er eines Abends gesehen hatte, wie seine Mutter Säcke aus der Hütte schleppte. Er konnte sich genau an den Wortlaut erinnern, als er seine Mutter zur Rede gestellt hatte.

„Was machst du da? Was sind das für Säcke?"

Stinki zuckte teilnahmslos die Schultern. „Ich hau ab!"

„Wo willst du denn hin?"

„Frag nicht so blöd. Verschwinde!"

„Aber Maam. Wo gehst du hin?"

„Das geht dich nichts an. Mach Platz, weg da."

„Mama, nimm mich mit! Du kannst mich doch nicht allein lassen! Wo willst du denn ohne mich hin?" Von einer jähen Angst gepackt, klammerte er sich an sie. „Lass mich nicht allein! Bitte, nimm mich mit!"

Die Hexe schlug ihm ins Gesicht. „Verschwinde oder ich prügele dich windelweich!"

„Aber, Maam ...", wimmerte Satan. „Warum machst du das? Nimm mich mit!"

„Ich geh allein. Verschwinde! Ich kann nicht noch ein hungriges Maul stopfen."

Satan klammerte sich an ihren Rock. „Bitte, bitte, nimm mich mit."

Stinki stieß ihn weg, nahm einen Stock und schlug auf ihn ein. Jetzt wo sie ihr Ziel vor Augen hatte, wollte sie sich nicht länger mit dem

Burschen belasten. Satan legte schützend seine Arme über den Kopf. Als er merkte, dass seine Mutter es ernst meinte, lief er davon und verkroch sich voller Furcht und Hoffnungslosigkeit in seiner Höhle. Da er glaubte, die Mutter hätte die Hütte verhext, betrat er diese nie wieder.

Wieso seine Mutter sich heimlich davonmachte, war ihm ein Rätsel, er hatte doch alles für sie getan und würde es auch wieder tun. Doch sie hatte ihn wie einen dreckigen Kojoten vertrieben und allein gelassen. Er kam sich niedriger vor als jedes Tier und glaubte schon, Vierbeiner ständen über ihm. Tiere waren nicht allein, sie hatten Eltern, doch er … er hatte niemanden.

Satan verbrachte die letzten dunklen Tage in der Höhle, bis plötzlich am Eingang grelles Sonnenlicht aufblitzte. Verwundert kroch er hinaus und kniff geblendet die Augen zu. Die Sonne war da! Er reckte seine steifen Glieder und ließ sich wärmen. Es tat so gut, die Sonne zu fühlen.

Als er wieder etwas Leben in seinen Knochen spürte, schwang er seinen Rucksack über die Schulter und wanderte die Berge hinauf. Er wollte weg, weg von diesem Ort und den bösen Erinnerungen.

Die Monate vergingen. Satan wanderte den Tieren hinterher. Mittlerweile waren Winter und Frühling vorüber und es wurde wieder Sommer. Ein Jahr war vergangen und er war wieder in seiner vertrauten Heimat angekommen. Er zog in seine alte Höhle ein und baute sich dort eine sichere Unterkunft. Sein Tagesablauf bestand darin, durch den Wald zu streifen und nach etwas Essbarem zu suchen. So kam er immer wieder in das Tal, in dem Max und Tino lebten.

Satan beobachtete, wie Max' Hütte groß und größer wurde, und bestaunte jede neue Gerätschaft. Ab und zu verkroch er sich hinter einem Holzstapel und sah Max und Tino beim Abendessen zu. Beim Geruch von gebratenem Fleisch lief ihm der Speichel im Mund zusammen. Am liebsten hätte er sich bemerkbar gemacht, aber aus Angst, vertrieben zu werden, wagte er es nicht. Er blieb eine Weile, schlich dann zum Bach, trank etwas Wasser und verschwand.

Seitdem Satan wusste, dass Max hier lebte, kam er immer öfter. Er versteckte sich hinter dem Holzstapel und hatte so das Gefühl, nicht allein zu sein. So vergingen die Wochen und Satan kannte bald Max' genauen Tagesablauf.

Satan wischte mit einer raschen Handbewegung seine trüben Gedanken fort und kam zurück in die Gegenwart. Heute war ein schöner Tag und den wollte er sich nicht durch trübe Gedanken verderben lassen. Er verdrängte seine Sorgen und durchstreifte auf der Suche nach etwas Essbarem den Wald. Vorsichtig bahnte er sich einen Weg durchs Unterholz, kroch auf allen vieren einen Hügel hoch und äugte in jedes Mauseloch. An einer großen Birke verteilte er mit den Füßen das Laub, erntete ein paar Pilze und ging weiter.

Plötzlich blieb er wie angewurzelt stehen. Hinter ihm scharrte und raschelte es. Er ging in die Knie, hob einen Stock vom Boden auf, wirbelte blitzschnell herum und rief: „Wer ist da?"

Niemand antwortete.

Satan lauerte nach allen Seiten und hörte wieder das Geräusch. Da war was, das spürte er ganz genau. Es war ein Atmen, Hecheln, Winseln und kam aus dem Busch. Er rechnete jeden Augenblick mit einem Angriff. In dem Busch konnte sich alles verbergen: ein Mensch, ein Wolf, ein Wildschwein. Und alle waren gefährlich.

Satan ging in die Hocke, hielt den Stock zum Schlag bereit und schlich um den Busch herum. Plötzlich hörte er unter der Erde ein ängstliches Wimmern. Er kniete nieder, schob einige Äste und Blätter zur Seite und entdeckte zwischen dem Gestrüpp einen Fuchsbau, aus dem das Gewimmer kam. Er konnte es deutlich hören.

Satan ließ den Stock fallen. Er legte sich flach auf den Boden, spähte in das Loch und entdeckte etwas Weißes. Er griff hinein und ertastete das Hinterteil eines Tieres. Das Tier bellte dreimal kurz.

Satan stutzte. „Das ist ein Hund! Was macht der denn da drin?"

Der Hund winselte. Seine Laute klangen schwach und endeten in einem jämmerlichen Wimmern.

Satan tätschelte sein Hinterteil. „Ruhig, mein Junge. Halt still, ich hol dich raus."

Das Tier schien ihn zu verstehen, es bellte einmal kurz und verstummte. Satan lockerte mit dem Stock die Erde und vergrößerte das Loch. Dann packte er den Hund an den Hinterbeinen und zog ihn ganz langsam heraus. Als er erkannte, wen er gerettet hatte, riss er überrascht die Augen auf. „Tino ... du? Wie kommst du hierher?"

Tino zitterte am ganzen Körper. Er konnte sich kaum auf den Beinen halten und sackte kraftlos zusammen.

Satan nahm ihn auf den Arm und strich ihm übers Fell. „Mann, bist du schlapp, wie lange steckst du denn da drin? Komm, ich trag dich zum Bach, du musst etwas trinken."

Satan sprach mit weicher Stimme und flößte Tino mit der hohlen Hand etwas Wasser ein. Dann setzte er ihn in seinen Rucksack, zog die Schnüre zu, sodass sein Kopf noch herausschaute, und versprach: „Hab keine Angst, ich bring dich nach Hause."

Als Satan bei Max ankam, merkte er, dass er nicht den Mut haben würde, ihm den Hund zu überreichen. Er versteckte sich und beobachtete erst einmal die Lage.

Max saß mit hängendem Kopf vor der Hütte, starrte trübsinnig auf den Boden und führte Selbstgespräche. Er trauerte um Tino, den er für immer verloren glaubte, und murmelte leise seinen Namen.

Satan streifte den Rucksack ab, stellte ihn auf den Boden und zog die Schnüre auf. „Lauf, Tino, lauf zu Max."

Tino war zu schwach und blieb sitzen. Damit hatte Satan nicht gerechnet. Vorsichtig hob er den Hund aus dem Rucksack, schlich zu Max, legte Tino in seinen Schoß und verschwand. Max glaubte zu träumen, als er Tino erblickte. Doch dann sah er Satan hinter dem Schuppen verschwinden. Er wollte sich bedanken und ihn rufen, doch er brachte den Namen *Satan* nicht über seine Lippen. Er sah den Jungen hinter dem Holzstapel, brachte aber den Namen nach wie vor nicht heraus.

Erst als Satan weglief, sprudelten die Worte aus seinem Mund: „San! Bleib stehen! Wo hast du Tino gefunden?"

Satan zuckte zusammen. Er glaubte, was falsch gemacht zu haben, und versteckte sich.

Max sah ihn hinter den Balken hocken. „Mensch, San, lauf doch nicht weg! Ich tu dir nichts. Komm zurück. Das hast du gut gemacht, ich danke dir."

Satan traute seinen Ohren nicht: Max bedankte sich und nannte ihn San, einfach San. Nicht Satan oder sonst ein Schimpfname. Nein! Einfach San.

Er kam aus seinem Versteck, blieb mit eingezogenem Kopf stehen und wartete, dass Max es sich anders überlegte und ihn verscheuchte. Doch nichts dergleichen geschah. Im Gegenteil: Max stellte zwei Teller auf den Tisch, winkte ihn heran und lud ihn zum Essen ein.

„Komm, San, iss mit mir. Zu zweit schmeckt es besser."

San, wie er sich ab heute nur noch nennen wollte, kam aus seiner Deckung. Er belauerte Max misstrauisch und war jederzeit bereit abzuhauen. Weil Max jedoch immer noch freundlich gestimmt war, wagte er sich näher heran.

Max reichte ihm ein Brot und ein Glas Milch. „Setz dich, das ist bequemer."

San hockte sich mit einer halben Pobacke auf die Bank und biss in das Brot. Er verschluckte sich, schnappte nach Luft und hustete. Als Max die Hand hob und ihm auf den Rücken klopfen wollte, sprang San ängstlich auf. Er stieß gegen den Tisch und kippte die Milch um. Zitternd legte er seine Arme über den Kopf. „Nicht schlagen, bitte nicht schlagen."

Max blickte fassungslos auf den verstörten Jungen. So einen ängstlichen Burschen hatte er noch nie gesehen. Er hob Becher und Teller auf, stellte alles wieder auf den Tisch und sagte: „Halb so schlimm, San. Setz dich, ich hol neue Milch." Als er mit der Milch aus der Hütte kam, saß San weinend am Tisch. Max blickte ihn erstaunt an. „Warum weinst du?"

San krümmte sich zusammen. Er wippte nach vorn und hinten, strich fahrig mit den Händen über seine Beine und schluchzte: „Ich hab die Milch umgestoßen, das hab ich nicht gewollt. Ich schwöre, das hab ich nicht gewollt! Bitte entschuldige."

Max schüttelte verwundert den Kopf. „Ach komm, San, das ist halb so schlimm, iss dein Brot oder schmeckt es nicht?"

San machte den Mund auf und zu, schnappte nach Luft und krächzte wie eine Elster: „Doooch! Es ist das beste Brot, das ich je gegessen habe. Ich hab noch nie so ein Brot gegessen. Ich hab noch nie mit jemandem an einem Tisch gesessen. Ich hab noch nie ..." Plötzlich versagte seine Stimme. Ein ungeweinter Kloß saß in seinem Hals und das ganze Leid, das er in seinen jungen Jahren hatte erdulden müssen, brach aus ihm heraus. Er schrie seinen Schmerz hinaus und erzählte von Schlägen, Schuld und Alleinsein. Die Worte stürzten wie ein Wasserfall aus seinem Mund und endlich flossen die Tränen, die er so lange unterdrückt hatte.

Max zerriss es fast das Herz, als er den vierzehnjährigen abgemagerten Jungen so schluchzen hörte. Er legte seinen Arm um ihn und redete beruhigend auf ihn ein. „Wein nur, San. Wein alles aus dir heraus und weine so lange, bis dein Herz frei ist."

San wimmerte wie ein getretenes Tier. Der unterdrückte Schmerz brannte in seinem Herzen und er konnte ihn nicht mehr zurückhalten. Er ertrug den Gedanken nicht länger, dass seine Mutter ihn verlassen hatte, und musste seine Last jemandem anvertrauen. Max war so mitfühlend und verständnisvoll, er würde ihn verstehen.

San zögerte eine Weile, dann gestand er Max seine größte Befürchtung: Er glaubte, nicht der Sohn der Hexe zu sein, sondern nur ein stinkender Junge, den sie irgendwo entführt hatte. „Sie ist nicht meine Maam. Eine Mutter hat ihr Kind lieb. Ich wollte eine Mama, die mich liebt." Endlich war es heraus. San sprang mit rotem Kopf auf und rannte davon.

Max hätte ihn gerne zurückgehalten, denn jetzt verstand er: Der Junge war nicht böse, er war ein armes, gequältes Kind, das die Hexe jahrein, jahraus misshandelt hatte.

Am nächsten Tag fand Max einen Hasen vor seiner Tür. Am darauffolgenden ein Huhn, dann eine Taube. San brachte ihm Geschenke. So wie er es früher für seine Mutter getan hatte, so machte er es jetzt für Max. Er hörte nicht auf damit und bald hatten die beiden ein unausgesprochenes Bündnis. Max kochte die Tiere und lud San zum Essen ein.

San erzählte alle Neuigkeiten der Dorfbewohner und Max erzählte von Luzie. Sie wurden immer vertrauter und es dauerte nicht lange, bis sie Freunde waren.

An einem warmen Sommertag brachte San Max Fische. Diese waren schnell gebraten und beide saßen nach dem Essen noch eine Weile in der warmen Sonne. Max musterte seinen Freund. San sah so verwildert aus, dass er eher einem wilden Tier als einem vierzehnjährigen Jungen glich. Seine mottenzerfressenen Kleider klebten in Fetzen an seinem Leib. Die langen schwarzen Haare hingen wirr in sein Gesicht und sein verkrüppelter Fuß war zerschunden und feuerrot. Max konnte das nicht länger mit ansehen. Er musste sich ein Herz fassen und mit San darüber sprechen. So konnte er den Jungen nicht länger herumlaufen lassen. Er wollte ihn nicht kränken und überlegte, wie er beginnen sollte.

Max räumte die Teller zusammen, brachte sie zur Spüle und murmelte im Vorübergehen: „Darf ich dir was sagen, San, ohne dass du böse wirst?"

„Natürlich, was gibt es?"

„Du stinkst. Du musst mal baden." Die Worte waren kaum heraus, da sauste San schon davon. Max sah verwirrt hinter ihm her. „Bleib stehen! Wo willst du denn hin?"

„Zum Bach. Ich denk, ich soll baden."

„Doch nicht da. Komm zurück. Das machen wir anders."

Max zog einen Holzbottich auf die Wiese, füllte ihn mit warmem Wasser und wies San an: „Zieh deine Sachen aus und setz dich rein. Das wird dir gefallen."

San zog sein zerrissenes Hemd aus, schlang die Arme um seinen dünnen Körper und stieg vorsichtig ins Wasser.

Max schüttelte den Kopf. „Nicht so. Zieh alles aus, auch die Hose. Die Lumpen werfen wir weg, du bekommst von mir saubere Sachen."

San zögerte. Doch als Max ihm den Rücken zukehrte, ließ er die Hose fallen, stieg in das warme Wasser und tauchte bis zum Hals unter.

Max warf ihm ein Stück Seife in den Bottich. „Wasch deine Haare, aber pass auf, dass du nichts in die Augen bekommst."

San hatte Schwierigkeiten, die glitschige Seife zu fassen. Er planschte im Wasser und wunderte sich, dass das Ding ihm immer wieder durch die Hände flutschte. Als er die Seife endlich erwischte, biss er hinein und warf sie angewidert ins Gras. „Igitt! Was ist das? Das schmeckt eklig."

Max lachte. „Au Backe, San! Die kannst du nicht essen. Warte, ich zeig dir, was du damit machen musst. Später schneide ich dir noch die Haare."

Max schrubbte San wie ein kleines Kind, trocknete ihn ab und zog ihm eins seiner Hemden und eine Hose an. Der Junge war für die Sachen viel zu dünn. Die Hemdärmel baumelten über seine Finger und die Hose rutschte ihm bis zu den Knien. Max krempelte die Ärmel um, nahm eine Kordel, zog die Hose bis zur Brust, band die Kordel um Sans Taille und verknotete sie. Dann stülpte er San einen Topf auf den Kopf und schnitt ihm alle Haare, die darunter hervorschauten, ab. Jedes Mal, wenn die Schere zuschnappte und wieder ein paar wirre Locken auf die Erde fielen, zuckte San erschrocken zusammen.

Max gab ihm einen liebevollen Klaps. „Halt still, sonst schneid ich dir die Ohren ab."

Nachdem die letzte Strähne gefallen war, holte Max seine alten Stiefel. Er probierte einen an Sans gesundem Fuß aus und polsterte den anderen mit Lammwolle aus. Danach rieb er den Klumpfuß mit Wundsalbe ein, legte einen sauberen Verband an und stülpte den Stiefel darüber. San hatte das Gefühl, als hätte er einen Schraubstock an seinem Bein und traute sich nicht aufzustehen. Als er es trotzdem versuchte, stolperte er und fiel auf die Nase. Max zog ihn hoch. San stand auf wackeligen Beinen und hielt sich Halt suchend an der Stuhllehne fest. Die Stiefel fühlten sich fremd an und behinderten ihn. Ohne Schuhe hatte er prima laufen können, aber nun kam er sich vor wie ein Krüppel.

San wollte Max nicht enttäuschen. Er biss die Zähne zusammen, versuchte es noch mal und stakste wie ein Storch im Salat umher. Es dauerte keine Minute, da fiel er wieder hin. Unbeholfen stand er auf, rieb sich die schmerzenden Knie und hätte am liebsten die Stiefel ausgezogen.

Max sah lachend zu, wie er sich abquälte. „Au Backe, San, du musst neu laufen lernen. Weißt du, was du machen musst? Üben, üben, üben!"

Die Königin des Lichts

Am nächsten Tag saß Max im Morgengrauen vor der Hütte und wartete auf die Sonne. Eine tiefe Traurigkeit hielt ihn gefangen. Er war einsam und unglücklich. Plötzlich fürchtete er sich vor der Einsamkeit, die er nicht mehr leugnen konnte. Nachdem er monatelang freudig auf Luzies Lichtgestalt gewartet hatte, versetzte es ihm jetzt einen brennenden Stich im Magen, dass sie nicht echt war. Er presste die Zähne zusammen, um nicht laut aufzuschreien, und sackte leise schluchzend in sich zusammen.

Als sich der erste Silberstreifen am Horizont zeigte, schloss er die Augen, ließ sich von dem heller werdenden Licht einhüllen und seufzte: „Luzie, wo bist du? Du fehlst mir so. Ich wünschte, ich könnte dich sehen, fühlen, hören.“ Sein Wunsch wurde immer stärker, er konnte an nichts anderes mehr denken und sehnte mit jeder Faser seines Herzens Luzie herbei.

Plötzlich hörte er ein leises Knacken. Max hob langsam den Kopf und öffnete die Augen. Ein junges Mädchen stand vor ihm. Es war Luzie, wirklich und leibhaftig. Sie war erwachsen, genauso wie er. Das war kein Dunstbild! Es war real, er konnte sie sehen!

Luzie kam auf ihn zu und Max fühlte ihren Atem. Sie war echt, er konnte sie riechen. Von einem heftigen Schwindel erfasst, nahm er ihre Hände und hielt sie fest. Eine Träne lief ihm über die Wange und sein ganzer Körper zitterte. Luzie war da und lebendig wie eh und je.

Max schmiegte sich an sie, fühlte ihre Haut, ihre Wärme und Kraft. Er konnte sie berühren, fühlen, halten. Es war keine Lichtspiegelung, kein Schatten ihrer selbst, sie war wirklich da. Das hatte er sich so gewünscht. Mit jedem Tag war sein Wunsch stärker geworden. Er hatte sie herbeigesehnt. Sie sollte wirklich und wahrhaftig zu ihm kommen.

Nun war sein größter Wunsch in Erfüllung gegangen. Er konnte sie tatsächlich sehen und anfassen! Sie war kein tanzender Schatten. Keine Lichtspiegelung, keine durchsichtige Fee, nein, sie lebte und stand vor ihm.

Max traute sich kaum zu sprechen und hauchte ergriffen: „Luzie! Bist du es wirklich?"

„Na klar, Erdling. Auf wen wartest du denn?"

Das war Luzie. Seine Luzie! So sprach nur sie mit ihm. Max sprang auf, berührte ihre Haare, ihr Gesicht, ihre Hand. Sie lebte! Sie war da, glitzerte wie die Sonne und sprach mit ihm. Max glaubte zu träumen und betastete vorsichtig den Saum ihres Kleides. Auch das war echt. Er fühlte die Seide, sah ihre schimmernde Haut und bewunderte ihren goldenen Körper.

Luzie umarmte ihn und er fühlte ihren Herzschlag, der ruhig und gleichmäßig in ihrer Brust klopfte. Obwohl er Luzie mit eigenen Augen sah, kam ihm das Ganze vollkommen unwirklich vor. Er starrte sie mit einem törichten Lächeln an und wusste nicht, was er sagen sollte. Vor lauter Aufregung brachte er kein vernünftiges Wort heraus, und weil ihm nichts Besseres einfiel, stammelte er: „S...s... san ist hier."

„Ich weiß, Max, er ist dein Freund. Sag ihm, seine richtige Mutter ist bei mir und liebt ihn über alles."

Luzies Stimme schien von weit her zu kommen und Max begriff plötzlich: Sie war nicht mehr von dieser Welt und würde nie ganz zu ihm zurückkehren. Er verdrängte den traurigen Gedanken und genoss den Augenblick, sie war da und sprach mit ihm, was wollte er mehr? Plötzlich hatte er tausend Fragen und wollte wissen, wo sie lebte, wohin sie ginge, wann sie wiederkäme ...

Luzie setzte sich auf die Bank, legte ihren Arm um Max' Schultern und erzählte ihre Geschichte: „An dem Tag, als ich die Zauberperle verschluckte, war mein Schicksal besiegelt und niemand hätte es verhindern können. Sei nicht traurig, Max, ich bin es auch nicht. Es ist so, wie es kommen musste. Ich habe das ewige Leben und verbringe es im Feenreich. Ich bin die Königin des Lichts. Alle Elemente gehorchen mir und jetzt kann ich dir jeden Wunsch erfüllen. Also wünsch dir was. Ich erfülle dir einen Wunsch."

„Au Backe, Luzie. Egal was? Einfach so?"

„Egal was und einfach so. Du hast dir doch gewünscht, dass ich dir einen Wunsch erfülle, jetzt bin ich erwachsen und kann es tun."

„Ach, Luzie, es ist alles so verworren, was soll ich mir schon wünschen? Mein größter Wunsch ist, dass du bei mir bist."

„Den Wunsch habe ich dir schon erfüllt. Ich bin hier. Also wünsch dir noch was.“

Max fiel nichts Gescheites ein, und weil er Luzie nicht enttäuschen wollte, sagte er: „Ich wünsche mir, das San gesunde Beine und ebenmäßige Lippen hat.“

„Gut, Max. Wenn das dein Wunsch ist, soll es geschehen. Bring San hierher, dann werde ich dir den Wunsch erfüllen.“

Eng umschlungen saßen beide auf der Bank. Max ließ seine Freundin nicht mehr los und berichtete, wie sehr er sie die ganze Zeit vermisste. Der Morgen verging wie im Traum. Sie unterhielten sich, lachten und liebkosten sich.

Als die Sonne höher stieg und heißer wurde, musste Luzie mit ihr gemeinsam weiterziehen. Sie verabschiedete sich, setzte sich auf einen Sonnenstrahl, winkte Max zu und zog hinauf ins Licht.

Max hatte das Gefühl, es wären erst ein paar Minuten vergangen. Er war ganz durcheinander, seine Kehle war trocken und seine Augen brannten. Luzie war bei ihm gewesen. Es war unglaublich. Sie war zu ihm gekommen und wollte sogar noch mal erscheinen.

Er war so glücklich. Sein Herz pochte in seiner Brust und drohte zu zerspringen. Vor lauter Glückseligkeit rannte er schreiend die Wiese rauf und runter und brüllte immer wieder: „Luzie lebt! Sie kommt zu mir! Sie lebt!“

Max konnte das Glück kaum ertragen. Alleine hielt er es nicht länger aus, er musste es mit jemandem teilen. Er dachte an Luzies Eltern, sie waren die Einzigen, die sein Glück verstehen konnten, und sollten sich mit ihm freuen. Max überlegte nicht lange, er pfiff Tino herbei und machte sich sogleich auf den Weg.

Es war schon Mittag, als er bei Luzies Eltern anklopfte und sogleich verkündete: „Luzie ist da! Sie ist lebendig. Ich hab sie gesehen, gefühlt und mit ihr gesprochen.“ Max zappelte von einem Bein auf das andere und blickte nervös zu Maria und Falko.

Maria ließ vor Schreck einen Teller fallen und Falko schnellte von seinem Stuhl hoch. „Was?! Du hast sie gesehen? Sie lebt? Wo ist sie?“ Als Max nicht sofort mit der Sprache rausrückte, packte Falko ihn bei den Schultern. „Komm, Junge, sag schon, wo ist sie? Wo hast du sie gesehen?“

Max verspürte einen heftigen Stich im Magen und hoffte, dass er nicht zu viel versprach. „Sie lebt im Feenreich, doch sie hat versprochen, mich jeden Morgen zu besuchen. Deshalb bin ich hier. Ich möchte, dass ihr mit mir kommt und Luzie morgen früh begrüßt."

Maria war ganz durcheinander. Sie strahlte Max an, drückte seine Hand und stellte immer wieder die gleichen Fragen: „Du hast mit ihr gesprochen? Was hat sie gesagt? Wie geht es ihr?"

Falko verzog beleidigt das Gesicht und murrte leise vor sich hin: „Er hat sie gesehen. Er hat mit ihr gesprochen. Luzie ist zu ihm gegangen."

Maria nickte glücklich. „Und Max ist zu uns gekommen und teilt mit uns sein Glück. Also freu dich!"

Falko war nicht so leicht zu besänftigen und sagte gekränkt: „Drei Jahre ist mein Sonnenstrahl nun weg. Ich will sie auch sehen!"

„Das will ich auch, Falko. Deshalb holt Max uns doch, ist das nicht schön?" Maria bekam ganz feuchte Augen, sie drückte Max' Hand. „Danke, danke, dass du zu uns gekommen bist."

Max rieb sich verlegen die Nase. „Wenn ihr sie sehen wollt, dann packt ein paar Sachen und kommt mit mir. Ihr könnt bei mir übernachten, dann begrüßen wir sie morgen früh gemeinsam."

Jetzt ging alles ruckzuck. Falko packte die Schlafsäcke ein und Maria füllte einen Rucksack mit Kuchen, Schinken und Wein. Dann machten sie sich auf den Weg zu Max' Hütte. Als sie dort ankamen, bereitete Max die Schlafplätze vor und Maria deckte den Tisch. Beim Essen drehte sich das Gespräch nur um Luzie. Es wurde erst unterbrochen, als draußen ein Holzscheit vom Stapel polterte.

Max ging zur Tür. „Ach, San, du bist es, komm rein, ich hab was mit dir zu besprechen."

Maria sah Max verständnislos an. „San ... wer ist das?"

„Das ist mein Freund. Er besucht mich manchmal, ihr kennt ihn unter dem Namen Satan."

Falko schnellte vom Stuhl hoch. „Wa...a...as? Das ist doch der Junge der widerlichen Hexe. Der ist schuld, dass Luzie fort ist."

Max zuckte die Schultern, ging zur Tür und ließ Tino raus.

Falko schaute ihm erstaunt nach. „Jetzt guck mal, wie der Hund den Burschen begrüßt! Weiß das Tier nicht, dass der Junge dafür verantwortlich ist, dass Luzie nicht mehr bei uns ist?"

Max schüttelte den Kopf. „Im Gegenteil, Falko, Tino hat dem Jungen sein Leben zu verdanken."

„Das musst du mir erklären."

„Wenn San Tino nicht gefunden hätte, wäre Tino jetzt tot."

„Ach, und deshalb ist er jetzt dein Freund?"

Max seufzte. „Lass gut sein. Es ist nicht immer so, wie es aussieht. San hat Schlimmes erlebt, er ist nicht allein schuld. Es ist so viel passiert, wem soll man da die Schuld geben? Schau dir den Jungen an, Falko, schau in seine verletzte Seele und dann sag mir, ob er schuldig ist."

Falko ließ sich in den Schaukelstuhl plumpsen, der Schock saß tief. Er war nie hartherzig gewesen und hatte für jeden ein offenes Ohr gehabt, doch seitdem seine geliebte Luzie nicht mehr da war, brauchte er einen Schuldigen, und das war der Junge! Doch jetzt wo Max den Jungen in einem anderen Licht darstellte, zweifelte er, ob dieser der richtige war.

Maria stand am Fenster und beobachtete, wie Tino dem Jungen das Gesicht ableckte. Die Freude der beiden war ansteckend, sie schmunzelte und sagte leise: „Wenn Tino dem Jungen vertraut, dann können wir das auch."

Max fiel ein Stein vom Herzen, er öffnete weit die Tür und winkte San herein. Der humpelte zögernd näher und wischte sich verlegen die Spucke von den Lippen. Max ging ihm entgegen. „Hab keine Angst, San, komm, setz dich zu uns."

Ein paar Minuten herrschte betretenes Schweigen, Maria fasste sich zuerst und fragte: „Wohnst du auch hier?"

San verzog eingeschüchtert seinen Mund. Er schüttelte den Kopf und spürte alles Blut aus seinem Gesicht weichen. Er schämte sich, zugeben zu müssen, dass er kein Zuhause hatte, und wippte verlegen auf dem Stuhl vor und zurück.

Max sah, wie er litt, und versprach: „Heute Nacht schläfst du hier. Denn wir wollen morgen früh alle zusammen Luzie begrüßen."

Sans gequälter Gesichtsausdruck verschwand. Er setzte sich gerade hin, strahlte Max an und genoss es zu wissen, dass er bleiben durfte. Während Maria ihm allerlei Fragen stellte, blickte er scheu von einem zum anderen. Er beantwortete alles und erzählte seine Geschichte. Als er merkte, dass ihm kein Unheil drohte, fasste er

Vertrauen und zeigte auf seine Stiefel. Stolz ging er ein paar Schritte hin und her und präsentierte, wie gut er darin laufen konnte.

Falko ließ ihn nicht aus den Augen. Er prüfte unauffällig seine Worte und studierte sein Verhalten. Als er endlich seinen eigenen Kummer beiseiteschob und den Jungen ohne Groll ansah, erkannte auch er, dass hier ein unglückliches Geschöpf vor ihm saß, dem man unbedingt helfen musste.

Falko schämte sich für sein Benehmen und machte sich heimlich den Vorwurf, das Elend nicht erkannt zu haben. Er war so mit seinem eigenen Leid beschäftigt gewesen, dass ihm das Unglück des Jungen entgangen war.

Verlegen schaute er auf die Uhr, stand auf und reichte San die Hand. „Komm, Junge, es ist Zeit, wir wollen schlafen gehen."

Als Max sah, wie glücklich Falko San mit diesen Worten machte, fühlte er sich plötzlich leicht und beschwingt. Das Gefühl war wunderbar und er wusste, es waren Friede und Vergebung.

Die ganze Nacht hatte Max vor Aufregung kaum ein Auge zugemacht und immer wieder zum Himmel geschaut. Nun dämmerte es und er war froh, endlich aufstehen zu können. Er tastete sich im Halbdunkeln nach draußen und begegnete Maria und Falko. Auch sie hatten kaum geschlafen. Ihnen stand die Anspannung ins Gesicht geschrieben und tiefe Ringe lagen unter ihren Augen.

Max zündete vor der Hütte ein Feuer an, legte Decken auf die Bänke und kochte Kaffee. Das machte er jeden Morgen. Bereits abends richtete er ein Lagerfeuer her, um es morgens zu entfachen.

Falko und Maria saßen eingehüllt in Decken da und schlürften den heißen Kaffee. Von San war nichts zu sehen, er schlief noch tief und fest. Als Max ihm vorsichtig auf die Schulter tippte, schlug er erschrocken die Augen auf. Er wollte aufspringen, schaffte es aber nicht. Die Behinderung machte ihm morgens immer Schwierigkeiten und es dauerte einige Minuten, bis seine steifen Knochen geschmeidig waren.

Hinkend kam er nach draußen. Max zog eine Bank ans Feuer, legte San eine Decke um die Schultern und gab ihm eine heiße Milch. San wusste gar nicht, wo er hinschauen sollte, so eine Behandlung hatte er noch nie erfahren.

Schüchtern umklammerte er seine Beine, wippte mit gesenktem Kopf hin und her und stammelte: „Da...n...ke."

Als Maria den Jungen so jämmerlich auf der Bank sitzen sah, begriff sie, dass er mutterseelenallein war und sie sich um ihn kümmern musste. Ihr wurde ganz komisch zumute, und einer plötzlichen Eingebung folgend, sagte sie: „Wenn du willst, kannst du bei uns wohnen."

San verkroch sich unter der Decke und weinte lautlos. Wie sehr wünschte er sich ein Zuhause, doch er hatte Angst, es zu glauben.

Max setzte sich zu ihm. „San, komm mal raus, ich muss mit dir reden. Ich weiß, wo deine Mutter ist."

San schleuderte die Decke weg. „Ich will sie nicht sehen. Die Hexe ist nicht meine Mutter. Ich habe keine Mutter!"

„Und ob du eine Mutter hast. Jeder hat eine Mutter. Auch du. Deine Mutter ist bei Luzie. Heute ist ein besonderer Tag. Luzie erfüllt dir heute einen Wunsch."

„Woher weißt du das? Ich bin doch an allem schuld. Wieso soll Luzie mir also einen Wunsch erfüllen?"

„Du hast keine Schuld, San. Niemand hat Schuld, es war eine Fügung des Schicksals. Du wirst sehen, Luzie hat dir verziehen, genauso wie ich."

San konnte seine Tränen nicht mehr zurückhalten, beschämt kroch er unter die Decke und jammerte leise vor sich hin. Eine angespannte Stille machte sich breit. Auf einmal fühlten sich alle schuldig und jeder dachte darüber nach, warum alles so gekommen war.

In ihre Decken eingemummt, saßen sie schweigend auf der Bank und warteten auf die Morgenröte. Kurz nach fünf schlich die Nacht davon und es wurde heller. Falko und Maria schnellten von den Sitzen und tigerten nervös auf der Wiese herum. Sie zitterten vor Angst und Freude und konnten es gar nicht erwarten, endlich ihr Kind zu sehen. Es dauerte noch einige Minuten, dann ging am Horizont ganz langsam die Sonne auf. Luzie sank mit dem ersten Sonnenstrahl zur Erde. Sie trug ein goldenes Kleid, stand strahlend im Licht und sah aus wie eine Königin.

Die Eltern zitterten vor Aufregung und starrten sie mit offenem Mund an. Luzie trat aus dem Lichterglanz und kam langsam auf sie zu. Die Eltern erstarrten, sie wollten etwas sagen, brachten aber keinen Ton heraus. Sie erkannten ihr Kind kaum wieder und fragten sich, ob das schöne junge Mädchen wirklich Luzie war.

Erst als Max zu ihr hinlief und ihren Namen rief, erwachten sie aus ihrer Starre. Sie lachten und weinten, fielen sich in die Arme und begriffen endlich: Es war Luzie. Sie konnten ihre Tochter sehen, fühlen, hören und mit ihr reden.

Max führte Luzie zur Bank und alle drängten sich um sie herum. Sie hatten tausend Fragen und jeder wollte seine als Erster stellen.

Luzie beantwortete sie alle und erklärte noch einmal: „Ich bin die Königin des Lichts und erfülle euch einen Wunsch. Also wünscht euch was!"

Falko tänzelte aufgeregt vor Luzie auf und ab. „Ich will dich sehen. Sonst nichts."

Maria drückte Luzies Arm. „Ich möchte auch nichts anderes."

„Der Wunsch ist schon erfüllt", lächelte Luzie. „Ihr könnt mich hier bei Max treffen. Wenn ihr sonst keine Wünsche habt, dann erfülle ich jetzt Max den seinen, er hat sich etwas für San gewünscht."

Alle starrten auf San und Falko fühlte eine leichte Eifersucht in sich hochsteigen. Doch als er Sans erbärmliche Gestalt sah, sagte ihm eine innere Stimme: „Schäm dich, Luzie gehört dir nicht allein."

Luzie nickte ihm zu, als hätte sie seine Gedanken erraten, und flüsterte San ins Ohr: „Ich bringe Grüße von deiner Mama. Sie ist bei deiner Geburt gestorben und lebt bei mir im Feenreich. Die Hexe war bei deiner Geburt dabei und hat dich mitgenommen. Sie ist nicht deine Mutter. Komm mit mir, San. Deine Mama liebt dich. Leg dich auf die Wiese, richte deine Handflächen zum Himmel und du wirst deine Mama fühlen."

San saß schlotternd auf der Bank und traute sich nicht aufzustehen. Erst als Luzie seine Hand nahm und ihn zu der Stelle führte, wo die Sonne ihr volles Licht zur Erde sandte, legte er sich ins Gras. Die Sonnenstrahlen umhüllten seinen Körper und ein warmer Luftzug streichelte seine Wangen.

San lag da und rührte sich keinen Millimeter von der Stelle. Sein Körper rebellierte: Obwohl er mitten in der Sonne lag, bibberte er wie im tiefsten Winter.

Luzie sah ihn zittern und streichelte beruhigend seine Glieder. „Schließ die Augen, San. Fühlst du die Wärme, die auf deinen Handflächen brennt und in deinen Körper fließt? Fühlst du sie? Du musst dich konzentrieren, dann wirst du deine Mama spüren."

San kniff die Augen zu und hörte, wie es in seinen Ohren säuselte: „Es wird alles gut, mein Junge, ich bin's, deine Mama."

Zitternd hielt er die Handflächen in die Sonne. Er brauchte eine Weile, doch dann spürte er, wie in seinen Händen die Sonnenstrahlen brannten, in seinen Körper eindrangen und sein Blut erwärmten.

Luzie fragte noch einmal: „Fühlst du es, San? Kannst du es spüren? Fühlst du, wie das Licht deine Seele wärmt und deinen Kummer verbrennt? Das sind die Küsse deiner Mutter. Deine Mama liebt dich, kannst du sie fühlen?"

Luzie legte ihre Hände auf sein Gesicht und strich über seine gespaltene Lippe. Dann zog sie ihm den Stiefel aus und berührte seinen Klumpfuß. Überall wo Luzie San berührte, fühlte er Wärme, nichts als Wärme. Es waren glühende Flammen, die in ihm loderten und sein Blut zum Kochen brachten. Er lag da und ließ es geschehen.

Dann passierte es: Seine Lippen heilten und formten sich zu einem schönen Mund. Danach verwandelte sich sein Klumpfuß in einen gesunden Fuß. San wusste gar nicht, was mit ihm passierte. Ein nie gekanntes Glücksgefühl durchströmte seinen Körper und alles Leid, alle Bosheit und aller Kummer schwanden aus seiner Seele. Ein tiefer Friede machte sich in ihm breit und es war, als würde er neu geboren werden. Aus Angst, alles könnte nur ein Hirngespinst sein, blieb er liegen und beschloss, nie mehr aufzustehen.

Luzie ließ ihn mit seinem Glück allein und verbrachte mit Max und den Eltern noch zwei schöne Stunden. Sie saßen eng umschlungen auf der Bank und redeten. Max und Maria saßen links und rechts neben Luzie und Falko kniete vor ihr. Er sprang immer wieder auf, streichelte ihr Haar und hätschelte ihre Wangen. Luzie hatte kaum Platz zum Atmen. Jeder wollte ihr ganz nahe sein und keiner wich von ihrer Seite.

Als die Sonne wärmer wurde, stand Luzie auf und verabschiedete sich. Falko stieß einen gequälten Schrei aus. Er hielt ihre Hand, zog sie zurück und versuchte, sie aufzuhalten. Sie war doch der Grund, warum er gekommen war, und nun ging sie wieder fort. Luzie entzog ihm ihre Hand, verschwand im Licht und wurde eins mit der Sonne. Falko blickte traurig hinter ihr her, er sah noch ihr Blondhaar funkeln und weg war sie.

San lag auf der Wiese und hatte sich die ganze Zeit nicht gerührt. Alles Rufen und Bitten, er solle kommen, war zwecklos gewesen. Er lag in der Sonne und genoss das warme Licht.

Maria ging zu ihm und hielt ihm einen Spiegel hin. „Steh auf, San, schau, wie schön du bist."

San starrte in den Spiegel und erkannte sich kaum. Ihm lächelte ein hübscher schwarzhaariger Junge entgegen. Seine Lippe war geschlossen und ebenmäßig geschwungen. San betastete sein Gesicht und konnte nicht glauben, dass er es war, der ihn da aus dem Spiegel anlächelte. Zweifelnd berührte er seinen Fuß, stand auf und prüfte, ob er auch echt war. Er befürchtete hinzufallen, aber nichts passierte. Er stand aufrecht auf seinen Füßen und hatte das Gefühl, nie ein anderes Bein gehabt zu haben. Vierzehn Jahre lang war er als Hinkebein herumgelaufen und nun ging er das erste Mal aufrecht.

San stolzierte vor der Hütte auf und ab und fuhr immer wieder mit dem Finger über seine Lippen. Sie waren geschlossen und kein Speichel tropfte mehr aus seinem Mund. Immer wieder begutachtete er sein Gesicht im Spiegel. Er konnte von seinem Anblick nicht genug bekommen und vergewisserte sich, ob der hübsche Junge noch zu sehen war.

Maria beobachtete ihn lachend. Sie packte ihre Sachen und winkte ihm zu. „Komm mit, San, wir gehen nach Hause."

San riss den Kopf herum. „Wirklich? Ich darf wirklich mitkommen und bei euch wohnen?"

Maria nickte. „Natürlich, versprochen ist versprochen. Du bleibst bei uns und kannst die Schule besuchen."

San konnte es immer noch nicht glauben, doch Falko und Maria machten ihr Versprechen wahr und gingen mit ihm nach Hause.

Als San das schöne Anwesen von Falko und Maria sah, riss er verwundert die Augen auf. So ein schönes Haus hatte er noch nie betreten und er traute sich nicht weiter. Er blieb in der Diele stehen und starrte in den großen Garderobenspiegel. Zum ersten Mal sah er sich in voller Größe und erblickte einen fremden Jungen. San war von außen und von innen ein neuer Mensch geworden. Überwältigt von seinen Gefühlen, schossen ihm Tränen in die Augen.

Maria nahm ihn in den Arm und streichelte sein Haar. „Hab keine Angst, San, es ist alles neu für dich, du musst erst alles kennenlernen. Ich zeige dir jetzt dein Zimmer, da kannst du zur Ruhe kommen. Nachher schaust du dir alles an."

Maria stieg die Treppe hoch. San ging langsam hinterher und bewunderte die Bilder, die rechts und links an den Wänden hingen. Überall wo er hinschaute, sprang ihm Luzies Gesicht entgegen. Oben im Flur waren mehrere Türen, eine stand einen Spalt offen. San sah etwas darin funkeln und spähte hinein. In dem Zimmer leuchtete alles gelb. Die Decken, Vorhänge und Teppiche waren in verschiedenen Gelbtönen aufeinander abgestimmt und verbreiteten ein warmes Licht. Alles strahlte und es war, als würde die Sonne darin scheinen.

San wollte hineingehen, doch Maria hielt ihn fest. „Nicht hier, das ist Luzies Zimmer."

„Oh, Entschuldigung. Ich wollte Luzie das Zimmer nicht wegnehmen."

„Ich weiß, komm weiter, das Zimmer nebenan ist deins."

Als San den Raum betrat, stockte ihm der Atem. An der Wand stand ein großes Bett mit einer leuchtend blauen Decke. Am Fenster, vor dem ein Tisch und zwei Stühle standen, hingen blaue Gardinen. Gegenüber waren ein Schrank, eine Kommode, ein Spiegel und ein Regal mit Büchern untergebracht. Ein Schaukelstuhl stand in einer Ecke und ein dicker Teppich lag davor. San hatte noch nie so viele Bücher gesehen.

Maria sah, dass er erblasste. „Gefällt es dir nicht? Du kannst alles verändern und es so einrichten, wie du es haben möchtest. Schau dir alles in Ruhe an, und wenn du etwas wissen willst, fragst du. Morgen besorgen wir dir neue Kleider." Maria ließ ihn allein und zog die Tür ins Schloss.

San eilte hinterher, machte die Tür auf und zu, um zu probieren, ob er nicht doch eingesperrt war. Als er sicher war, dass er wieder rauskonnte, ließ er sich erleichtert auf den Boden sinken. Er lag mit offenen Augen auf dem Teppich und wusste nicht, ob er träumte. Nach einer Weile stand er auf, nahm ein Buch aus dem Regal und setzte sich damit in den Schaukelstuhl. Als er nach hinten federte, sprang er hoch und setzte sich auf einen der anderen Stühle. Zwei Minuten später legte er sich auf das Bett. Als er in den weichen Kissen versank, glaubte er zu ertrinken und sprang wieder auf.

San war kein Feigling, aber die neuen Sachen erschreckten ihn. Er ging in den Flur und öffnete die Badezimmertür. Dort blickte er erstaunt auf das Waschbecken, die Toilette und Dusche. San hatte keine Ahnung, was das war. Er steckte den Kopf in die Kloschüssel und drückte auf den Abzugsknopf. Plötzlich spritzte ihm das Wasser ins Gesicht. Entsetzt rannte er hinaus, knallte die Tür zu, flitzte die Treppe runter und taumelte Maria in die Arme.

„Da ... da ... oben fließt ein Bach“, stotterte er aufgebracht.

Maria hörte die Wasserspülung und begriff, dass er mit den vielen neuen Sachen überfordert war und sie ihm alles zeigen und erklären musste. Sie legte den Arm um Sans Schultern und zeigte ihm das ganze Haus.

Nach einem ausgiebigen Rundgang vom Keller bis zum Dachboden ging San, erledigt von den vielen neuen Eindrücken, zu Bett. Er wälzte sich hin und her und wusste nicht, wo Kopf- und Fußende war. Mal lag er mit dem Kopf oben, mal unten. Er zog die Decke hoch und runter, drehte sich von einer Seite zur anderen und fand keine bequeme Schlafposition. Nach einiger Zeit gab er auf, legte sich auf den Fußboden, zog die Bettdecke über sich und schlief ein.

Am nächsten Tag besuchte Falko Max' Vater und besprach mit ihm Sans Einschulung. Als Direktor der Schule bestand Johann darauf, dass San trotz seiner vierzehn Jahre mit dem ersten Schuljahr beginnen sollte. Falko erklärte sich einverstanden und bestellte bei Johann die Schulbücher.

Maria kaufte für San neue Kleider und zeigte ihm, wie man mit Messer und Gabel aß und sich die Zähne putzte. Für San war alles neu. Er lernte wie ein kleines Kind und folgte willig allen Anleitungen. Egal, was Maria von ihm verlangte, er las ihr jeden Wunsch von den Augen ab. Er deckte den Tisch, putzte die Schuhe und machte die Betten. Maria frisierte ihm die Haare, schnitt seine Nägel und kleidete ihn ein. Das Glück lächelte San zu und war bereit, ihm das zu geben, was er sich in all den Jahren so sehr gewünscht hatte: einen Freund und eine richtige Familie.

Zwei Wochen später stand San mit neuer Jacke und Hose, gewaschen und frisiert, vor der Haustür und wartete auf Maria. Eine gespannte Vorfreude hielt ihn gefangen und ein mulmiges Gefühl machte sich in ihm breit. Heute war sein erster Schultag. Maria wollte ihn begleiten und den Kindern erklären, dass er noch nie in einer Schule gewesen war und deshalb nun die erste Klasse mit ihnen besuchen würde. San schritt nervös vor dem Haus auf und ab. Er zog dauernd seine Jacke stramm und übte mit seinen neuen Schuhen einen geschmeidigen Gang. Bis zum Schulbeginn hatte er noch Zeit und so lief er immer wieder ins Haus, schaute in den Garderobenspiegel, ob seine Kleider noch in Ordnung waren, und lief wieder nach draußen. Die Aufregung schlug ihm auf den Magen und er wurde von Minute zu Minute unruhiger.

San war nicht mehr wiederzuerkennen und von dem schmuddeligen Jungen von einst war nichts mehr vorhanden. Mittlerweile hatte sich herumgesprochen, dass ihm ein Wunder widerfahren war und er jetzt bei Falko und Maria wohnte. So war es nicht verwunderlich, dass ihn, als er mit Maria das Klassenzimmer betrat, dreißig neugierige Augenpaare anstarrten. Als Maria erklärte, dass San jetzt bei ihr wohnte und sie seine Pflegemutter wäre, ging ein Raunen durch das Klassenzimmer. Die Kinder steckten ihre Köpfe zusammen und tuschelten. San wäre am liebsten wieder mit Maria nach Hause gegangen, doch er nahm all seinen Mut zusammen und setzte sich auf seinen Platz.

Die Kunde, dass Luzie seine Behinderung weggezaubert hatte und Wünsche erfüllte, verbreitete sich wie ein Lauffeuer. Die Schüler versammelten sich nach der Schule auf dem Schulhof und jeder wollte plötzlich Sans Freund sein. Sie umringten ihn und riefen taktlos: „Hey, San, komm hierher und erzähl uns deine Geschichte. Erzähl uns von Luzie und sag uns, welche Wünsche sie erfüllt."

Die Kinder tätschelten seinen Arm, klopften ihm auf die Schulter und hofften, er würde sie zu Luzie bringen, damit sie auch Geschenke bekämen. San war das Getue zuwider und er flüchtete nach Hause.

Gerne half San Falko bei der Arbeit, kümmerte sich um verletzte Tiere, fällte morsche Bäume und pflanzte neue. Er entwickelte sich zum Wildhüter und zeigte Falko alle Verstecke, wo die Tiere ihre Jungen zur Welt brachten. Nach der Arbeit besuchte er Max und abends blätterte er in den Schulbüchern und lernte. San lernte schnell. Nach drei Monaten hatte er schon drei Klassen übersprungen und durch Marias gute Pflege drei Kilo zugenommen. So zogen die Wochen und Monate dahin.

Eines Tages, als die Schulglocke die Pause einläutete, dauerte es keine zwei Minuten, bis San wieder einmal von den Kindern umzingelt war und von allen Seiten Wünsche auf ihn einprasselten.

Er verstand kaum ein Wort und hob abwehrend die Hände. „Halt, stopp! Was wollt ihr von mir?"

Die Kinder schrien alle durcheinander: „Wir wollen, dass du unsere Wünsche erfüllst!"

San musste über so viel Dummheit lachen. „Ich? Wie soll ich das machen? Ich kann keine Wünsche erfüllen."

Die Kinder rückten näher und maulten: „Wieso nicht? Luzie hat dir doch auch einen Wunsch erfüllt. Also frag sie."

San schüttelte verärgert den Kopf. „Was soll das? Luzie hat nur Max einen Wunsch erfüllt, aber sonst niemandem."

„Dann nimm uns heute Nachmittag mit zu Max. Wir helfen dir dafür bei den Hausaufgaben."

„Dafür brauche ich euch nicht. Das schaff ich alleine."

„Dann nimm den Apfel. Komm schon, San, geh mit uns, du kennst Max besser als wir. Sprich du mit ihm!"

San drängte sich durch den Kreis lärmender Kinder und wollte weg. Sie hielten ihn fest und grölten: „Ja, sprich du mit ihm. Auf dich hört er."

San war von allen Seiten umstellt. Ellbogen stießen ihn an und Hände schubsten ihn herum. Die Kinder bedrängten ihn immer weiter. Je mehr er sich sträubte, umso aufdringlicher wurden sie. Einer gab ihm Schokolade. Der Nächste brachte eine Birne und ein anderer gab ihm ein Stück Kuchen.

Ein hübsches, dunkelhaariges Mädchen stand etwas abseits und beobachtete San die ganze Zeit.

Nach zehn Minuten kam sie näher, band ihm ein Freundschaftsbändchen ums Handgelenk und flüsterte ihm zu: „Nimmst du mich mit zu Max?"

San stand mit den Händen voller Sachen auf dem Schulhof und nickte verdattert. Die Kinder glaubten, er wäre einverstanden, und schrien: „San nimmt uns mit! Wir treffen uns nach der Schule und gehen mit ihm zu Max!"

Die Nachricht verbreitete sich in Sekunden, und als die Schule aus war, versammelten sich die großen und kleinen Jungen und Mädchen auf dem Schulhof. Als San aus dem Gebäude kam, kreisten sie ihn sofort ein und drängten ihn zum Wald. San quetschte sich durch die Menge und wollte nach Hause, doch die Kinder hielten ihn fest und schoben ihn vorwärts. Sie waren wie von Sinnen, alle lachten, klopften ihm auf den Rücken und sprachen von den vielen schönen Dingen, die sie sich wünschten. San hatte keine Chance, sich zu befreien, und wurde mit fortgerissen. Der Tross grölender Kinder schlängelte sich immer schneller durch den Nadelwald und San wäre am liebsten im Erdboden versunken. Er versuchte mehrmals zu flüchten, doch die Schüler bemerkten seine Absicht und versperrten ihm den Weg. Sie waren schon ein Stück gegangen, da nahm das Mädchen mit dem Freundschaftsband seine Hand.

San schaute sie von der Seite an und knurrte: „Und wie viele Wünsche hast du?"

Das Mädchen senkte die Lider und lächelte. „Einen."

„Und welchen?"

„Ich möchte, dass du mein Freund bist."

Die Antwort verwirrte San. Er kannte das Mädchen, es hieß Jana, aber er hätte nie gedacht, dass sie sich für ihn interessierte. Sein Gesicht verlor den finsteren Ausdruck, er drückte ihre Hand und nickte. „Wenn du magst, dann bin ich dein Freund, doch ich möchte eine richtige Freundin, eine, die auch zu mir hält, wenn es keine Geschenke gibt."

Jana lachte. „Gut, dann können wir umdrehen. Mein Wunsch hat sich schon erfüllt."

„Liebend gern, wenn du mir sagst, wie wir hier fortkommen. Mir ist die Sache total peinlich."

Jana zog San zur Seite. „Komm, wir verdrücken uns und laufen nach Hause."

Ihr Plan wurde sofort durchschaut. Die Kinder ergriffen ihre Hände, zogen sie weiter und drängten sie vorwärts. Überall waren Hände, die an Sans Jacke zerrten. Eine Faust schnellte nach vorn und erwischte ihn im Rücken. Er stolperte und fiel Jana in die Arme.

San drehte sich ärgerlich um. „Ich glaub, wir können nicht mehr zurück, schau nur, wie aufgedreht alle sind. Sie blockieren uns den Weg."

Seine Vermutung bestätigte sich sofort. Die Kinder kreisten sie ein und schubsten sie weiter. San gab den Widerstand auf und ließ sich vorantreiben. Er hatte schon mehrere blaue Flecke und wollte nicht noch weitere Beulen davontragen. Jana, die keinen Schritt von seiner Seite wich, hatte auch schon einige blaue Stellen. San hätte gerne die Kinder zur Vernunft gebracht, aber sie hörten nicht auf ihn. Erst als sie Max' Hütte erreichten, hörte das Gedränge und Geschubse auf.

Max hatte sie schon von Weitem gesehen und ging der Menge entgegen. „Was wollt ihr hier, macht ihr einen Ausflug?"

Die Kinder schoben San nach vorn. „Los, sag, was wir wollen!"

San druckste herum und wollte nicht mit der Sprache heraus. Max sah sein Unbehagen. „Na, San, sag schon, warum treiben die Kinder dich hierher, was wollen sie?"

„Sie haben Wünsche und wollen, dass du sie erfüllst."

„Ich? Aber, San, das kann ich nicht. Ich kann keine Wünsche erfüllen!"

Als die Kinder hörten, dass ihr Vorhaben gefährdet war, brüllten sie: „Aber Luzie kann es! Sag es Luzie!"

Max war wie vor den Kopf geschlagen. „Was soll ich Luzie sagen? Was wollt ihr von ihr?"

„Geschenke, Geschenke!" Die Kinder wurden immer lauter.

Max hielt sich die Ohren zu. „Ich versteh kein Wort, was wollt ihr?"

Nun prasselten von allen Seiten Wünsche auf ihn ein. Ein Fahrrad, eine Puppe, einen Fußball wollten sie haben. Es kamen immer mehr Wünsche. Einer wollte ein Pferd, die andere ein Pony, der Dritte ein Auto. Max hörte sich alle Wünsche an und wunderte sich, wie viel unnützes Zeug dabei war. Die Wünsche wurden größer und jedem fielen immer mehr ein. Die Kinder fanden gar kein Ende und wurden immer gieriger.

Max runzelte die Stirn. Er hatte Mühe, gegen das Stimmengewirr anzukommen, und schrie: „Hört auf! Solche Wünsche erfüllt Luzie nicht.“ Doch die Kinder waren wie von Sinnen. Max konnte sagen, was er wollte, sie hörten nicht hin und verlangten ihre Geschenke.

Plötzlich verfinsterte sich der Himmel. Grelle Blitze zuckten am Firmament und Donnerschläge unterbrachen das Geschrei.

Max zeigte zum Himmel. „Schaut, Luzie schimpft. Lauft nach Hause, Kinder! Lauft, beeilt euch, bevor sie richtig böse wird und euch für eure maßlosen Wünsche bestraft.“

Die Kinder bekamen Angst, sie rissen Jana mit sich fort und rannten davon. San blieb allein zurück und plötzlich war es still. So schnell das Unwetter aufgezogen war, so schnell war es nun wieder verschwunden. Max ging zu San, legte den Arm um seine Schulter und fragte: „Und du, was wünschst du dir?“

San schüttelte sich, als wollte er einen unsichtbaren Dämon von seinem Rücken vertreiben. „Nichts, Max. Glaub mir, ich hab die Kinder nicht zu dir gebracht. Die haben mich überrumpelt. Ich hab doch alles, was man sich wünschen kann, das weißt du! Trotzdem kannst du mir einen Wunsch erfüllen.“

Max sah ihn irritiert an. „Und der wäre?“

„Mach mit mir ein Picknick, so wie du es mit Luzie immer gemacht hast.“

„Au Backe, San. Das hättest du leichter haben können. Den Wunsch hätte ich dir auch ohne diese wilde Horde erfüllt.“

Am nächsten Tag regnete es in Strömen und an den darauffolgenden auch. Max saß unter dem Vordach der Hütte und starrte traurig zum Himmel. Luzie ließ sich nicht blicken und Max befürchtete, sie zürnte wegen der unsinnigen Wünsche der Kinder.

Es dauerte vier Tage, bis endlich die Sonne aufging und Luzie erschien. Max verbrachte mit ihr die Morgenstunden und sie besprachen die unersättlichen Wünsche der Kinder.

Luzie hatte so etwas erwartet. „Wenn ich Wünsche erfülle, wird so etwas immer wieder passieren. Weißt du noch, Max, davor hat mein Vater mich damals schon gewarnt.“

„Das stimmt. Die Kinder haben von Sans Heilung gehört und glaubten, du würdest sie ebenfalls beschenken."

„Das ist der Grund, weshalb ich niemandem mehr einen Wunsch erfüllen werde. Also sag es allen, es gibt keine Geschenke."

Max wusste, dass Luzie richtig handelte. Er genoss sein Glück und war froh, dass sie trotzdem das Wunder bewirkte und morgens für einige Stunden zu ihm kam. Als Luzie mit der Sonne weiterzog, ging er zu der Stelle, an der sich der Bach teilte und eine kleine Insel im Wasser bildete. Er sammelte Holz, bereitete alles für ein Lagerfeuer vor und stellte einen Kessel, eine Pfanne und Angelzeug bereit. Dann warf er einen letzten Blick auf seinen früheren Spielplatz, ging ins Dorf und lud San für den nächsten Tag zum Picknick ein.

San freute sich auf das Picknick und fieberte dem Schulschluss entgegen. Aus Angst, es könnte etwas schiefgehen, erzählte er niemandem von seinem Vorhaben. Er befürchtete, dass die Kinder mit ihren unersättlichen Wünschen wieder alles zerstören würden. Deshalb machte er sich nach Schulschluss mit seinem Rucksack heimlich auf den Weg zu Max.

Der Weg war matschig und voller Pfützen. Der dreitägige Regen hatte den Bach anschwellen lassen, der nun eiliger als sonst durch sein Bachbett floss. Damit man das Gewässer trockenen Fußes überqueren konnte, hatte Max einen Steg gebaut. San betrat die kleine Brücke das erste Mal. Er zog seine Hosenbeine hoch und schritt über die feuchten Bretter. Max erwartete ihn schon und Tino sprang ihm freudig entgegen. Sie gingen zu der kleinen Insel und verbrachten den Tag mit Angeln und Grillen.

Genauso wie Max es mit Luzie gemacht hatte, ließen sie sich nach dem Essen die Sonne auf den Bauch scheinen. Max stimmte ein Lied an. San hatte noch nie gesungen, was früher mit seiner krächzenden Stimme auch undenkbar gewesen wäre. Aber jetzt wo er gesund war, besaß er eine wohlklingende Stimme.

Max brachte ihm den Wortlaut bei und gemeinsam sangen sie: „Jenseits vom Tale standen ihre Zelte ..."

Es war so ein schöner Tag und San wünschte, er würde nie vorübergehen.

Von nun an verbrachte San jede freie Minute bei Max. Eine brüderliche Freundschaft entstand und jeder vertraute dem anderen seine Sorgen an. Es war eine wunderbare Zeit und alles hätte für San so schön sein können, wenn da nicht die neidischen Dorfbewohner gewesen wären, die ihn ständig mit irgendwelchen Wünschen bedrängten.

Sobald sie hörten, dass er Max besuchte, kamen die Erwachsenen mit ihren Wünschen: „Ich brauche eine Kuh, geh und sag es Max ... Mein Zaun ist kaputt, erzähle es Luzie ... Ich brauche ein neues Dach, schau mal, was du machen kannst ..."

San beteuerte immer wieder, dass Luzie keine Wünsche mehr erfüllte, doch sie ließen ihn nicht in Ruhe. Mittlerweile hatte San sich von den Dorfbewohnern komplett zurückgezogen und erzählte niemandem mehr, wenn er Max besuchte. Er litt darunter, wollte er doch mit allen Freund sein und nicht wieder zum Einzelgänger werden.

Eines Tages, als San in gedrückter Stimmung mit Max zusammen am Bach saß, berichtete er ihm davon. Max überraschte es sehr, dass die Dorfbewohner San immer noch bedrängten. Inzwischen ging es allen wieder gut: Die Äcker waren bestellt, die Bäume trugen Früchte und das Vieh graste friedlich auf den Weiden. Im Waldaland waren Friede und Ordnung eingezogen und Max verblüffte die Habgier.

„Lass sie reden, San. Irgendwann werden sie es begreifen und aufgeben."

„Hoffentlich hast du recht, du siehst den Neid nicht in ihren Augen. Es wird immer schlimmer. Ich glaube, die missgönnen mir mein Glück."

„Ach, wirklich? Was treibt die Leute bloß um? Sie haben doch alles, was sie brauchen."

„Glaub mir, Max. Niemand will mehr so richtig arbeiten, sie denken, Luzie sollte alles regeln."

„Sind die denn verrückt geworden? Was fällt denen ein? Und was ist mit dem Mädchen, von dem du mir erzählt hast? Macht die auch mit?"

„Du meinst Jana. Nein, Max, sie ist die Einzige, die zu mir hält."

„Ach komm, San, vielleicht siehst du Gespenster, so missgünstig sind die Dorfbewohner doch nicht ..."

San zuckte die Schultern. Eine Weile schwiegen beide. San wollte sich den schönen Tag nicht vermiesen lassen, verscheuchte die trüben Gedanken und verbrachte mit Tino und Max einen unbeschwerten Tag.

Als der Abend kam, ging er mit Max zu dessen Viehherde. Sie stand auf einer Koppel auf dem Hügel. San lief ein paar Schritte voraus und fing die Ziegen ein, die sich durch das Gatter gezwängt hatten. Einige Bretter hatten sich gelöst. Max kontrollierte den Zaun und klopfte alles fest. Er wischte sich den Schweiß von der Stirn, blickte versonnen ins Tal und genoss die herrliche Fernsicht. Dies war die einzige Stelle, von wo aus er das gesamte Dorf, seine Hütte und auch den Wald überschauen konnte. San und Max setzten sich auf einen Baumstamm und genossen die Aussicht und Ruhe.

Plötzlich drang lärmendes Stimmengewirr aus dem Wald herauf. Max runzelte die Stirn. „Was ist das für ein Geschrei?"

San fuchtelte wild mit den Armen. „Das kommt aus dem Wald. Schau, da sind die Dorfbewohner."

Die Dorfbewohner marschierten aus dem Wald und stapften in Richtung Hütte. Vier Holzfäller schoben eine Handkarre, die mit einer großen Kiste beladen war. Eine Horde Kinder begleitete sie.

Max sprang auf. „Die gehen zu mir. Was haben die vor?"

„Ich weiß es nicht, mir hat niemand etwas gesagt."

„Dann wird es Zeit, dass wir nachschauen, was die wollen."

Max nahm eine Abkürzung über die Weide und eilte mit San nach Hause. Als sie dort eintrafen, wimmelte es bereits von Menschen. Die Männer belagerten die Hütte und die Frauen warteten auf der Wiese. Überall erhob sich Kindergeschrei und von der friedlichen Bergstimmung war nichts mehr zu spüren.

Als die Leute Max erblickten, ging es drunter und drüber. Alle sprachen auf einmal. Einer schubste den anderen weg, denn jeder wollte als Erster sein Anliegen kundtun.

Max hielt sich die Ohren zu. „Sachte, Leute! Ich verstehe kein Wort. Was wollt ihr hier?"

Nun brüllten alle, genau wie ihre Kinder zuvor, ihre Wünsche heraus. Der eine wollte ein Schwein, der andere eine Kuh, der Nächste ein Pferd. Die Wünsche wurden immer größer und maßloser.

Max vernahm das unersättliche Verlangen und rief ärgerlich: „Darum werde ich Luzie nie bitten! Geht nach Hause, Leute. Ihr wisst, dass Luzie keine Wünsche mehr erfüllt, das habe ich doch schon euren Kindern gesagt. Also geht und gebt endlich Ruhe!"

„Was?!", brüllte ein bulliger Holzfäller. „Du willst unsere Wünsche nicht weitergeben? Das wollen wir doch mal sehen! Los, Männer, packt ihn und sperrt ihn in die Kiste, dann kann er darüber nachdenken, ob er tut, was wir von ihm verlangen."

Max schüttelte den Kopf. „Geht nach Hause. Es bleibt dabei: Luzie erfüllt keine Wünsche." Er drehte sich um und ging mit San zur Hütte. Plötzlich traf ihn eine Faust von hinten. Zwei Holzfäller fielen über ihn her, kreuzten seine Hände auf dem Rücken, schnürten die Handgelenke zusammen und sperrten ihn in die mitgebrachte Kiste.

Im gleichen Moment fesselten zwei andere Männer San und banden ihn am Türpfosten fest. Tino bellte lauthals, während zwei starke Hände ihn festhielten.

Max trat gegen die Kiste. „Lasst mich raus! Ihr macht einen Fehler, so erfüllt Luzie eure Wünsche nie."

Die Holzfäller lachten. „Das glauben wir nicht. Wenn sie dich wiederhaben will, muss sie es tun. Erst wenn sie unsere Wünsche erfüllt, lassen wir dich frei." Die Männer drückten Max' Kopf hinunter, schlugen den Deckel zu, schulterten die Kiste und riefen San zu: „Sag Luzie, dass wir Max haben."

San zerrte an seinen Fesseln. „Seid ihr verrückt geworden? Was zum Teufel soll das? Luzie kommt nicht zu mir. Sie spricht nur mit Max."

„Das ist uns egal! Sag ihr, sie soll unsere Wünsche erfüllen, dann bekommt sie Max zurück. Oder wollt ihr alles für euch allein haben?"

Hastig luden die Männer die Kiste auf den Karren, warfen die Riemen darüber und zurrten sie fest. San sah, wie sie sich zum Abtransport bereit machten, und kam sich vor, als stünde er am Marterpfahl.

Er riss und zerrte an den Seilen und kreischte: „Das könnt ihr nicht machen. Seid doch vernünftig, das kann nicht gut gehen!"

„Hört, hört, der kleine Parasit hat gut reden. Du hast auch alles, was du willst. Du hast dich bei den Reichsten von uns eingenistet, hast neue Eltern, ein schönes Zuhause und bist gesund. Was willst du noch mehr?“ San blickte entsetzt von einem zum anderen. So also dachten die Leute. Sie waren auf ihn neidisch, und er hatte mal geglaubt, es wären seine Freunde.

Die Karre setzte sich in Bewegung. Sie ruckelte über die Wiese und Tino rannte kläffend hinterher. Max lag eingepfercht in der Kiste und bekam kaum Luft. Mit den Händen auf dem Rücken und angezogenen Knien konnte er sich kaum bewegen und es war ihm unmöglich, seine Fesseln zu lösen. Er rief um Hilfe, aber niemand hörte ihn.

Während die Männer mit der Karre die Wiese hinunterpolterten, verdunkelte sich der Himmel. Sie legten einen Zahn zu und wollten über die Brücke. Doch als sie sich dem Bach näherten, zerrissen grelle Blitze die Wolken und Donnerschläge hallten durch das Tal. Kurz danach stand eine violette Sonne zwischen den schwarzen Wolken und Luzie erschien in dem lodernden Feuerball. Plötzlich prasselten dicke Hagelklötze auf die Erde. Wasser stürzte von den Berghängen und der Bach verwandelte sich blitzschnell in einen reißenden Fluss. Er trat aus seinem Bett, überschwemmte die Wiese und weichte die Erde auf. Die Karre blieb im Morast stecken. Die Männer zerrten sie vorwärts, versanken aber immer tiefer im Schlamm. Während sie kräftig zogen und drückten, brach ein Rad und der Wagen kippte um. Ratlos blickten sie sich an. Nun erst bemerkten sie die Gefahr: Das Wasser stieg. Der Bach schwappte schon über den Steg und stieß wütend gegen die Bretter.

Die Holzfäller ließen die Karre stehen und liefen zum Steg. „Haut ab, Leute! Der Steg hält nicht mehr lange. Die Brücke bricht!“

Die Menschen, die noch auf der trockenen Wiese standen und das Unwetter beobachteten, rannten hinter den Holzfällern her. Es bildete sich eine Menschentraube und alle drängten sich gleichzeitig über die kleine Brücke. Der Steg konnte die Last nicht tragen, er schaukelte und ächzte. Es dauerte keine drei Minuten, da krachte er ein und riss alle in den Bach. Panik machte sich breit. Die Leute schrien und griffen nach allem, was sie erhaschen konnten. Sie klammerten sich an Äste und Bretter, schwammen hustend zum Ufer und liefen triefend nass davon.

Dann war es still, das Unwetter war vorüber.

Ein Mädchen stand versteckt hinter einem Baum und beobachtete, wie die Leute davonhasteten. Als sie sicher war, dass niemand sie bemerkte, lief sie zur Hütte, huschte hinein und durchstöberte alle Schubladen. Nach zwei Minuten kam sie mit einem Messer wieder heraus und lief zu San.

Während der verzweifelt versuchte, seine Fesseln zu lösen, packte sie von hinten sein Handgelenk und flüsterte ihm ins Ohr: „Beweg dich nicht. Ich zerschneide deine Fesseln."

San brauchte eine Sekunde, ehe er begriff, wer da hinter ihm stand. Er erkannte Jana und seufzte erleichtert. „Du bist meine Rettung! Gut, dass du da bist."

Jana säbelte an seinen Fesseln herum. San konnte kaum ruhig halten und drängte: „Beeil dich, Jana. Wir müssen Max befreien. Er sitzt noch in der Kiste."

Mittlerweile drohte die Karre samt Kiste zu versinken. Max lag auf der Schulter und fühlte, wie das Wasser in sein Gefängnis eindrang. Er versuchte sich zu drehen, doch in der Enge und mit gefesselten Händen war das schier unmöglich. Die Kiste zwängte ihn dermaßen ein, dass er nur seinen Kopf bewegen konnte.

Inzwischen stieg das Wasser immer höher. Seine Schulter, der Bauch und die Beine waren bereits ganz nass und jetzt schwappte das Wasser an sein Kinn. Er streckte seinen Hals und reckte den Kopf in die Höhe. Doch in dieser Haltung konnte er nicht lange verharren. Es dauerte nur ein paar Minuten, da war sein Nacken schon ganz steif. Das Wasser erreichte nun seinen Mund. Noch konnte er durch die Nase atmen, aber lange hielt er so nicht durch.

Max schrie um Hilfe. Bei jedem Schrei floss das Wasser in seinen Mund und die Anstrengung raubte ihm die wenige Luft, die durch die Ritzen drang.

Eine Minute später stieg das Wasser über seine Lippen und Max befürchtete, nicht mehr rechtzeitig rauszukommen. Er dachte an San, doch der war selbst gefangen. Von ihm war keine Hilfe zu erwarten. Max glaubte zu ertrinken und seufzte in höchster Not: „Luzie, hilf mir, hilf mir hier raus!"

Plötzlich schlug eine riesige Welle gegen die Karre, riss die Kiste herunter und spülte sie fort. Die Kiste drehte sich immer schneller, ohne dass Max etwas unternehmen konnte. Er konnte gar nichts machen und war dazu verurteilt, liegen zu bleiben und auf ein Wunder zu hoffen. Die Kiste kullerte wie ein Ball herum, ihm war speiübel und er wusste nicht mehr, wo oben und unten war.

Als er glaubte, sich übergeben zu müssen, wurde die Kiste ein Stück höher auf die trockene Wiese gespült. Max wusste nicht, was passiert war, doch auf einmal lag die Kiste still und das Wasser verschwand. Er prüfte, ob seine Knochen heil geblieben waren, und bewegte vorsichtig den Kopf, Finger und Zehen. Es schien noch alles heil zu sein. Sein Schädel brummte und seine Ohren rauschten. Er hörte nichts: keine Stimmen, kein Geschrei.

Plötzlich unterbrach Tinos Gebell die Stille. Die Ohren waren also noch in Ordnung. Was war geschehen? Hatte Luzie ihm geholfen? Natürlich, so wütend konnte nur Luzie werden. Sie hatte das Unwetter geschickt und ihn gerettet!

Während Max seine Gedanken ordnete, durchtrennte Jana Sans Fesseln. San massierte seine schmerzenden Handgelenke und drängte zur Eile. „Danke, Jana. Komm schnell, wir müssen Max befreien!"

Mit dem Messer in der Hand rannten sie los. Die Kiste lag nur wenige Meter vor der Hütte und Tino tänzelte um sie herum. Als San und Jana ankamen, sprang er ihnen kläffend entgegen. San schubste ihn weg. „Mach Platz, Tino, wir befreien Max!"

Die Kiste lag mit dem Deckel nach oben. San trommelte gegen das Holz und machte sich bemerkbar. „He, Max, bist du okay? Halte durch, ich hole dich raus."

San hörte ein kümmerliches Husten. Er stellte sich eilig auf die linke Kante und rief Jana zu: „Halte die Kiste fest, ich zerschneide die Riemen."

San hatte Schwierigkeiten, die strammen Gurte zu lösen. Die Schnalle saß so fest, dass er alle Kraft aufwenden musste, um sie loszubekommen. Als er es endlich geschafft hatte, öffnete er mit einem erleichterten Seufzen den Deckel. „Los, Max, raus mit dir oder willst du hier übernachten?"

Max streckte seinen Kopf heraus, sein Gesicht war feuerrot. Er schnappte nach Luft und keuchte: „Hilf mir, San, zieh mich raus."

San zog ihn mit Jana aus der Kiste und durchschnitt die Fesseln.

Max streckte steifbeinig seine schmerzenden Glieder. „Danke, San. Das war knapp." Plötzlich wurde ihm bewusst, dass auch sein Freund frei war. „Wie kommst du hierher? Wer hat dich befreit?"

San legte seinen Arm um Janas Schulter. „Das hat sie gemacht."

Max' Augen musterten Jana. Er war auf die Dorfbewohner und ihre Gier wütend und sagte eine Spur zu laut: „Du! Warum? Du weißt schon, dass es dafür keine Geschenke gibt!"

Jana errötete. „Wegen der Geschenke hab ich das nicht gemacht."

„Sondern?"

„Weil San mein Freund ist."

Max zog betreten die Augenbrauen hoch. Er schluckte seinen Ärger runter, bedankte sich bei den beiden und ging mit ihnen zur Hütte. „Kommt rein, auf den Schreck müssen wir etwas trinken. Setzt euch an den Ofen, ich mach uns einen warmen Kakao." Er stellte Becher und Kakao auf den Tisch und murrte: „Wie konnten die Dorfbewohner das nur tun? Sie haben doch alles, was sie brauchen. Warum können sie damit nicht zufrieden sein?"

San sah seine Niedergeschlagenheit und wollte ihn trösten. „Es waren nicht alle, Max, die Holzfäller haben die Leute verrückt gemacht. Du siehst ja, Jana war nicht dabei."

„Ja, du hast recht. Entschuldige, Jana. Ich danke dir! Ohne deine Hilfe wäre ich noch in der Kiste und ohne Luzies Hilfe wäre ich ertrunken." Max dachte an die qualvollen Minuten, als er glaubte, sterben zu müssen, und bekam erneut Herzklopfen. Er donnerte mit der Faust auf den Tisch. „So etwas darf nie wieder passieren, San! Geh zu Falko und meinem Vater, besprich mit ihnen, was heute geschehen ist, und sorge dafür, dass so etwas nie wieder vorkommt. Mach allen klar, dass ich ohne Luzie jetzt tot wäre."

Max war richtig sauer und ereiferte sich immer mehr. So böse hatte San ihn noch nie gesehen. Er konnte sich kaum beruhigen und schimpfte weiter: „Luzie hat die Sonne geholt und Schakans Fluch rückgängig gemacht. Aber glaubt mir, genauso kann sie die Sonne auch wieder verschwinden lassen. Denkt an den Zauberbann, den der Berggeist über uns verhängte.

Willst du, dass die Sonne lacht,
dann gib gut auf mich acht.
Denn wird mir was geschehen,
wirst du die Sonne nie mehr sehen!"

Luzie hat die Macht, das Gleiche zu tun, und wenn sie böse wird, kann ich sie nicht zurückhalten. Also, schreib den Fluch auf und nagele ihn im Gemeindesaal an die Wand, damit er nicht in Vergessenheit gerät. Das ist ein Appell an alle. Diese Warnung gilt auch für mich. Luzie wird es nicht noch einmal dulden, dass man mich bedroht, um sich selbst zu bereichern."

In dem Moment, als er diese Worte ausspuckte, leuchtete die Abendsonne durch das Fenster und es war, als würde sie Max zunicken und seine Worte besiegeln.

***

Falko und Johann beriefen eine Versammlung ein und ordneten an, dass die Leute San und Max in Ruhe ließen. Um der Anordnung Nachdruck zu verleihen, drohten sie: „Wer sich nicht daran hält, wird von der dörflichen Gemeinschaft und jeglicher Hilfe ausgeschlossen."

Die Waldaner schämten sich, wie weit ihre Habgier sie getrieben hatte. Sie nahmen ihre gewohnte Arbeit wieder auf und lenkten das Leben in geordnete Bahnen.

Als die vertraute Ordnung eingekehrt war, ging Falko mit San zur hohen Gracht. Sie fällten die kranken Bäume und rissen die Hexenhütte ab. Nun bekam der dunkle Wald Luft und Sonne. Das Licht ließ die Blumen erblühen und die Insekten und Vögel zogen wieder ein. Sie bauten ihre Nester und überall zwitscherte und summte es. Der Zaubermantel, der über dem Waldaland gelegen hatte, war endgültig verschwunden. Die alte Weide sprach nie mehr und das Waldaland war frei von jeder Magie. Das normale Leben kehrte ein und niemand dachte mehr daran, sich irgendetwas zu wünschen. Doch ein Zauber verging nie! Es war der Zauber der frühen Morgenstunden. Er gehörte Luzie und Max und war nur für sie bestimmt.

Luzie kam jeden Morgen und verbrachte mit Max die ersten Stunden des Tages in glücklicher Zweisamkeit. Obwohl die Jahre vergingen, wurde Luzie nicht älter und blieb das schöne junge Mädchen von einst. San heiratete seine Freundin Jana, trat Falkos Erbe an, hütete und pflegte weiterhin den Wald. Tino war schon lange gestorben und mittlerweile waren alle alt und grau.

Max war ein altersschwacher Mann. Seine Knochen waren steif und brüchig und das Gehen fiel ihm schwer. Eines Tages, es war an einem kalten Novemberabend, legte er sich ins Bett und fiel in einen traumlosen Schlaf.

Als er am nächsten Tag erwachte, brannte im Ofen kein Feuer und in der Hütte war es eiskalt. Fröstelnd zog er die Bettdecke über seine zittrigen Glieder und schloss müde die Augen. Nichts konnte ihn bewegen aufzustehen, das Feuer zu entzünden oder etwas zu essen. Er war so müde und wollte nur noch schlafen und schlafen.

Plötzlich blitzte durch den Fensterladen ein Licht. Blinzelnd hob er die Lider und es war ihm, als ob wie früher Luzies Licht durch die Ritzen blinkte. Er schloss die Augen, tauchte ein in einen schönen Traum und murmelte den längst vergessenen Kinderreim: *„Blinki blinkt aus allen Ecken, ich werde sie entdecken."*

Da hörte er ihre Stimme: „Max, du verrückter Erdling, steh auf und komm raus!"

Das war Luzie. Sie war da und rief nach ihm. Er raffte sich hoch, wollte aufstehen, schaffte es aber nicht. Sein Körper war zu schwach und sackte immer wieder zusammen.

Luzie trommelte gegen die Tür. „He, Erdling, komm raus, wo bleibst du?!"

Max wollte sie rufen, brachte jedoch kein Wort heraus. Nur ein heiseres Röcheln entfuhr seinen Lippen.

Luzie stieß die Tür auf, ging zu seinem Bett und beugte sich zu ihm hinunter. Sie horchte auf seinen Atem, fühlte seinen Puls und merkte, dass er sein Leben aushauchte. Behutsam schob sie ihre Arme unter seinen Körper, hob ihn hoch und trug ihn hinaus.

Max fühlte sich in Luzies Armen geborgen. Er legte seinen Kopf an ihre Schulter, tat seinen letzten Atemzug und schloss für immer die Augen. In dieser Sekunde wurde Max wieder der Junge von einst. Seine Seele stieg aus seinem Körper, ließ seine alte Hülle zurück und schwebte mit Luzie ins Licht. Einen Wimpernschlag später zogen zwei eng umschlungene Sonnenstrahlen hinauf zum Himmel und verschwanden in der Unendlichkeit.

Das Orakel hatte sich erfüllt – und überall wisperte es:

„Die Quelle des Lebens ist das Licht,
geh zur Sonne und du findest dich."

PS: Willst du die beiden tanzen sehen,
musst du der Sonne in die Augen sehen.

Danksagung

Mein Dank gilt:

meiner Tochter Andrea,
die mir mit Rat und Tat zur Seite stand.

Die Autorin

Gisela Luise Till, geboren 1944, lebt mit ihrem Mann in Alsdorf bei Aachen. Schreiben hat die zweifache Mutter immer begleitet, doch in den Jahren mit Beruf und Familie fehlte ihr die Zeit, ihr Steckenpferd intensiver auszuüben. Erst als Seniorin fand sie die Muße, sich dem Schreiben intensiver zu widmen, und schrieb, inspiriert durch ihre Enkelin, die immer mehr von ihren Märchen hören wollte, das Fantasiebuch „Die Zauberperle“, das in Papierfesserchens MTM-Verlag erschienen ist.

Die Autorin besuchte mehrere kreative Schreibkreise und erlernte aus vielen Fachbüchern die Techniken des Schreibens. Schreiben ist für sie Träumen, Eintauchen in eine andere Welt, in der sie ihre Gedanken auf Reisen schickt und neue Geschichten ersinnt.

Ihre schönsten Märchen, Gedichte und Geschichten veröffentlichte sie in verschiedenen Anthologien und arbeitete gleichzeitig an dem vorliegenden Buch:

Die Königin des Lichts

Unser Buchtipp

Gisela Luise Till
Die Zauberperle

ISBN: 978-3-86196-003-4
Taschenbuch, 220 Seiten

Als die kleine Maria auf sonderbare Weise in einen geheimnisvollen Wald gelangt, ahnt sie nicht, dass sich damit ihr Leben auf den Kopf stellt. Sie trifft auf arglistige Zwerge, die mir Wölfen und Bären herumziehen und auf Waldmenschen, von denen sie bis dahin noch nie etwas gehört hat. Mit einem von ihnen freundet sie sich an und dann nimmt das Schicksal seinen Lauf. Sie müssen gemeinsam gegen einen grausigen Berggeist kämpfen, denn sie besitzt etwas, das der Widerling um jeden Preis haben will. Können sie ihn gewinnen?

www.ingramcontent.com/pod-product-compliance
Lightning Source LLC
LaVergne TN
LVHW091254190726
843491LV00001B/263

* 9 7 8 3 8 6 1 9 6 7 5 1 4 *